Adiós a Dylan

Premio
MAURICIO ACHAR

LITERATURA RANDOM HOUSE

En la edición 2016, el jurado estuvo integrado por
Julián Herbert, Emiliano Monge, Cristina Rivera Garza,
Jorge Lebedev y Andrés Ramírez.

Adiós a Dylan

ALEJANDRO CARRILLO

LITERATURA RANDOM HOUSE

Primera edición: noviembre, 2016

D. R. © 2016, Alejandro Carrillo Rosas

D. R. © 2016, derechos de edición mundiales en lengua castellana:
Penguin Random House Grupo Editorial, S. A. de C. V.
Blvd. Miguel de Cervantes Saavedra núm. 301, 1er piso,
colonia Granada, delegación Miguel Hidalgo, C. P. 11520,
Ciudad de México

www.megustaleer.com.mx

ISBN: 978-607-315-044-6
Impreso en México – *Printed in Mexico*

El papel utilizado para la impresión de este libro ha sido fabricado a partir de madera procedente
de bosques y plantaciones gestionadas con los más altos estándares ambientales, garantizando
una explotación de los recursos sostenible con el medio ambiente y beneficiosa para las personas.

Penguin
Random House
Grupo Editorial

Para el Ale de adolescente que quiso ser escritor

Para Bastian y Lydia

*Para toda la banda chingona gracias a la que escribo:
papás, hermanos, abuelos, tíos y amigos*

How does it feel
To be on your own

BOB DYLAN

1

It's All Over Now, Baby Blue

4:12 *Track* 11 del *Bring It All Back Home*, 1965

Sara está muy seria y ya sé lo que me va a decir. Cuando por fin me explica que no quiere volver a verme, que lo siente pero se enamoró de Nacho, lo primero que me viene a la cabeza es *It's All Over Now, Baby Blue*, la canción que Bob Dylan grabó el 15 de enero de 1965 en la tercera sesión de su álbum *Bring It All Back Home*.

En vez de la voz de Sara en mi mente ahora escucho los primeros tonos de la armónica y luego a Bob gritar con rabia que debo irme, que todo se ha acabado.

Los enormes ojos de Sara, su cara bajo la luz de la tarde, me hacen pensar que no podía acabar de otra forma. Una parte de mí siempre supo que este momento llegaría y nada lo describiría mejor que esta canción, y aunque me siento de la chingada, esa parte siempre quiso que acabara así.

Había conocido a Sara hacía más de un año en la biblioteca Vasconcelos. Vi por primera vez su sonrisa que podría iluminar una ciudad, cuando se sentó enfrente de mí y abrió un libro de Allen Ginsberg. Fue como si un imán me absorbiera el estómago, como si el destino jalara los hilos para hacerme voltear a verla al mismo tiempo que en mi celular empezaba

Sad Eyed Lady of the Lowlands, la canción que Bob escribió para su esposa, embobado, como si contemplara una visión. Durante diez minutos la vi de reojo pasar las hojas del libro. Mi corazón pateaba como si quisiera romper las paredes de las costillas. No podía ser casualidad. La historia de Dylan y los *Beats* siempre estuvo entrelazada. Además, en mis audífonos, Dylan seguía soltando su larga canción de amor: su rezo salvaje se estrellaba en mi corazón aventándome al vacío. Las palabras subían y se arrastraban a través de mi garganta, luchando por salir, abriéndose paso entre las voces que me decían: "Eres un pendejo, si le hablas vas a hacer el ridículo, va a fingir que no te oyó y se va a cambiar de lugar". Con las manos temblando, por fin pude decirle, muy bajito: "Hola. ¿Te gusta Ginsberg?".

Sara está enojada. Porque no digo nada, porque sigo sentado, mirando cómo la luz que entra por la ventana le cae sobre el pelo y la hace más hermosa que nunca, como una revelación que hasta el final me dejara ver el verdadero poder de su belleza. Quiero irme pero no puedo. De veras. No puedo. Tengo los pies pegados al piso y estoy a punto de llorar como un huérfano, viendo cómo los millones de besos y tragedias que nos tocarían vivir juntos se hacen pedazos, cómo el futuro donde Sara cuida a nuestros hijos mientras corretean en las dunas de Bayberry Dunes desaparece.

Después de mucho me paro y camino a la puerta, pero las rodillas me tiemblan y me tropiezo. Una ola de náusea me dobla en el momento en que salgo de su departamento. Bajo las escaleras del edificio, me pongo los audífonos y busco la canción en la que he estado pensando. Vuelvo a ese día en la biblioteca, al momento más extraño de esa tarde y probablemente el más extraño de mi vida, cuando me dijo que se llamaba Sara, Sara Reyes.

Estaba tan sorprendido que los nervios se detuvieron de golpe. Me quedé en blanco y sin preocuparme por lo que pudiera pensar, le conté la serie de señales que me habían hecho hablarle. Le dije lo que Bob Dylan significaba en mi vida: había leído cada biografía y sabía todo de él: el hospital donde nació en una pequeña ciudad minera en el norte de Minnesota, que su primera novia se llamaba Echo Star porque vino al mundo una noche en la que apareció un cometa. Le dije de la conexión con Ginsberg y que en el momento que se sentó junto a mí yo oía una canción que Dylan había compuesto para su primer esposa, que se llamaba Sara, como ella.

Sara Lownds y Bob Dylan, por supuesto, no se conocieron en una biblioteca, sino en Nueva York, en Greenwich Village, en el barrio donde Dylan tocó sus primeras canciones y donde escribió sus primeros versos sobre antiguas melodías folk.

Por suerte Sara, mi Sara, no se espantó. Sonrió como si me entendiera, me agarró la mano y me pidió que le contara más.

Dejo atrás el edificio de Sara y camino sobre Churubusco hacia Insurgentes. Todavía me siento enfermo y mi mente repite y repite sus últimas palabras mezcladas con los acordes de *It's All Over Now, Baby Blue*, que ha seguido repitiéndose, y que seguirá una y otra vez hasta llegar a mi casa. Después de encerrarme en mi cuarto, la canción habrá alcanzado exactamente cuarenta y cuatro reproducciones seguidas.

Tonight I'll Be Staying
Here with You

3:21 *Track* 10
del *Nashville Skyline,* 1969

A pesar de la misma mirada triste, Sara Lownds y Sara Reyes son muy diferentes. Lownds era flaquita y misteriosa. Sara Reyes es grande: las piernas, las nalgas, los labios y los ojos, sobre todo los ojos, grandes como tormentas.

Encerrado en mi cuarto, una semana después de que me terminó por Nacho, pienso en eso: en su cuerpo. Es la una de la tarde y estoy abajo de las cobijas, con los párpados pegados, oyendo a Dylan en los audífonos, porque la casa está llena de invitados y no quiero saber nada de ellos. Me duele la cabeza y tengo la boca amarga y reseca. No puedo dejar de pensar en ella y en las ganas que tengo de acariciarla, así que meto la mano en mis bóxers y me masturbo, otra vez, como lo he hecho desde que me desperté. El recuerdo de su cuerpo me aprieta y hace que mi pene lata con fuerza entre mis manos, regando olas de placer y tristeza mezcladas en una misma sustancia. Es una sensación oscura que no me va a llevar a ningún lado ni me va a hacer sentir mejor, pero que no puedo parar. Mientras mis manos suben y bajan sobre la pared de carne, me imagino respirando otra vez el olor de su vagina. Cuando me vengo y el esperma se riega sobre mi estómago, agarro un poquito con la mano y lo pruebo, como si el sabor hiciera el recuerdo más real. Alcanzo a oír que alguien toca la puerta de mi cuarto. Subo el volumen y me acuesto boca abajo para seguir pensando en Sara.

Lo mejor de coger con ella era que me hacía sentir otro: cuando estábamos juntos lo demás desaparecía. Entre más nos veíamos el efecto se alargaba y, aunque no estuviera con ella, su presencia seguía cuidándome, como una armadura que me protegía de las partes duras del mundo. Era como si en medio de una vida de mierda hubiera aparecido una canción extraña y sus acordes hicieran saltar sonrisas del fondo de mis huesos. La rutina se me hizo pedazos y me parecía un milagro llegar a su casa y coger con ella, como si fuera tan normal, como si pasara siempre.

Siguen tocando la puerta. Tocan y tocan hasta que me levanto y les abro. Es mi mamá, me dice que mi prima está preguntando por mí, que deje de hacer lo que estoy haciendo y baje a saludarla.

Las caras de mis tías me ponen más triste de lo que estaba. No importa que Julieta esté ahí, sentada en el sillón, sonriéndome. Supongo que a una parte mía también le da gusto verla, a la que siempre le han gustado sus pestañas larguísimas y sus labios de geranio, pero es una parte insignificante, porque la hago a un lado muy fácil. Les digo que me siento mal y regreso a mi cuarto.

Apago la luz, pongo la misma canción que estaba oyendo y me meto a las cobijas. La primera vez que cogí con Sara fue una semana después de la Vasconcelos. Apuntamos nuestros *mails* y teléfonos y nos despedimos. La noche después de conocerla no pude dormir. Escuché cuarenta y nueve veces seguidas *Sad Eyed Lady of the Lowlands*, lo que equivale a 9 horas con 13 minutos. Para las noches siguientes hice una *playlist* con 16 versiones de la canción: en mono y estéreo, la maqueta, 2 *bootlegs* y 10 *covers*. Las líneas digitales que formaban su número de teléfono apuntado en mi celular aventaban toneladas y toneladas de luz: cada vez que lo veía las ilusiones saltaban, se regaban adentro de mí. Repasaba el encuentro una y otra vez, encontrando parecidos entre la cara de Sara y los versos de la canción. Pero no me atrevía a hablarle. Así al menos tenía el impulso eléctrico de su número de teléfono y la posibilidad de algo más. Porque si le marcaba, la historia podía acabarse antes de empezar: si Sara no me contestaba o ni siquiera se acordaba de mí, se apagarían las ideas del futuro y yo regresaría a mi vida lenta y sin chiste.

Lo único que hice fue agregarla a Facebook, para que cuando aceptara mi solicitud de amistad pudiera decirle en el *chat*: "Qué suerte que te metiste al mismo tiempo que yo". Nunca se conectó.

Pero dos días después me habló al celular.

"Hey, chavo. Ya oí la rola que me dijiste. Está chidita. Oye, ¿qué onda? Hay que vernos ¿no?"

El día que nos volvimos a ver fue en casa de Sara, un departamento en el primer piso de un edificio en la calle de Londres. Me llevé la guitarra y el soporte de metal de la armónica, aunque no sabía tocarla, sólo porque me gustaba cómo me veía con ella. Le canté *Tangled Up in Blue*, porque la rola habla de los primeros momentos de Dylan y Sara. Aunque también habla del final, de la mierda y la alegría, el principio y el adiós: una historia de amor completa comprimida en los 5 minutos con 40 segundos que dura la canción. Mientras yo cantaba, Sara sacó su celular y se puso a tomarme fotos. Cuando acabé, me quitó la guitarra, me agarró de la mano y me llevó a su cuarto.

La pared de atrás de su cama estaba tapizada con páginas completas arrancadas de revistas de rock. El foco del techo tenía una cubierta roja que transformaba la luz empapando el cuarto con un rosa pegajoso.

Sara se acercó a su compu, escribió algo en Facebook, prendió un cigarro, dio dos fumadas y me dijo que me sentara en la cama. Me besó como si ya nos conociéramos y lo hubiéramos hecho un millón de veces: sentí su lengua moverse despacito adentro de mi boca, chocando contra la mía, encimándosele, tapando los gritos de alegría que se me querían salir. Me soltó, regresó a la compu, puso otra canción, tal vez alguna cosa como Café Tacuba, dio otra fumada a su cigarro, agarró su celular y me quitó la sudadera y la playera.

"Ten, nene. Graba", me dijo, y me dio su teléfono. Vi a través de la pantalla del celular cómo se quitó la blusa bailando despacio y agarrándose la cintura al ritmo de la música. Vi sus tetas enormes queriendo reventar los pixeles del teléfono y desparramarse afuera de la pantallita. Se desabrochó el cinturón y uno por uno los botones del pantalón de mezclilla. Después me empujó para que quedara acostado sobre la cama, boca arriba, y se paró encima de mí, con una pierna a cada lado de mi cuerpo para que la grabara desde abajo. Se quitó el pantalón y los calzones, todavía bailando. Desde esa posición se veía mejor, más grande y real: las tetas y la panza y las piernas y la vagina, rasurada, acolchonadita y perfecta. Parecía una diosa gigante que lo supiera todo, controlando cada segundo y cada movimiento de lo que pasaba en el cuarto y afuera, en el mundo, en el universo. Sara se agachó poco a poco hasta quedar sentada encima de mí. Con una mano me ayudó a quitarme el pantalón y los bóxers y con la otra se acarició los pezones. Yo ya lo tenía bien parado. ¡Era demasiado! Demasiada puta alegría y demasiados nervios y demasiado presente. Sara me masturbó, duro, apretándomelo mucho mientras cerraba los ojos. Le dije que me esperara, y casi sin moverme, para que no se rompiera el hechizo, me estiré para alcanzar mis pantalones y sacar el celular. Me puse los audífonos, busqué una canción y le di *play*. Volví a agarrar su celular y grabé su cara con los párpados cerrados, un *close up* de su lengua asomándose por los labios, sus dedos con uñas rosas de princesa, frotándome.

"Graba, nene. Sigue grabando", me dijo, alzó las nalgas tantito, me acomodó el pene y se lo metió poco a poco, acompañando la entrada con unos gemidos roncos.

Se soltó el pelo. Seguía con los ojos cerrados y el color azul brillante, fosforescente, del maquillaje sobre sus párpados. Las gotas de sudor la hacían brillar como en una película. Y todo era perfecto por eso, porque la veía a través de una cámara y era como estar en el cine, viendo a una estrella: la canción en los audífonos golpeaba contra mis oídos, en oleadas, como el placer y las ganas que tenía de gritar y venirme. La batería, el órgano y Bob aullaban con locura, "Honey I want You! I want You! so bad". Yo estaba adentro y afuera de mí, saltando de la cámara a la canción a mi cuerpo. Veía la escena desde afuera, queriendo capturar cada instante del milagro, guardar todo lo que no podía grabar la cámara: el olor agrio de su vagina, sus gemidos de otra dimensión, los golpes de mi corazón, la música de Bobby sobre nuestros cuerpos. Respiré profundo y dejé que el sonido de la armónica terminara de transformar la escena, de elevarla. El enterrador culpable, la reina de espadas y el pequeño niño con su traje chino, de la letra de la canción, cobraban vida alrededor del cuarto, corrían desquiciados sobre el tocador, abrazaban a los rockeros pegados en la pared, nadaban en el humo de cigarro que flotaba sobre nosotros.

Cuando me dijo: "Chavo, espérate. No te vayas a venir", regresé desde la escena donde me contemplaba a mí mismo y me di cuenta que sí, que estaba a punto de venirme. Sara movió la cadera más y más rápido, aventándola contra mí. Los gemidos escurrían de su boca, uno tras otro tras otro tras otro, subiendo el volumen hasta llegar a un último crujido, un último grito rebotando contra las paredes del cuarto y de mis tímpanos y de mi corazón. "¿Sí aguantaste, verdad?", le dije que sí y me sonrió con la sonrisa más dulce que jamás nadie me había sonreído. Me dijo que me parara. Ella seguía con las rodillas hundiéndose sobre el colchón y la cara, ahora, enfrente de mi pene. "No dejes de grabar", me dijo, me lo agarró y me lo jaló muy rápido muy rápido muy rápido hasta que a través del celular vi cómo el líquido blanco saltó hasta su cara y se estrelló sobre la pintura azul de sus párpados, sobre su nariz, sus labios y sus dientes.

Después Sara me pidió el celular. Se limpió con un *kleenex* y se salió del cuarto. Yo fui al baño. Al salir me quedé parado enfrente del espejo. Prendí un cigarro y mientras soltaba el humo y éste subía despacio y se mezclaba con mi reflejo, me fijé que además de mi cuerpo flaco y moreno, de mi pelo largo, medio ondulado, y el fleco que me tapaba un poco los ojos, había algo más, algo que no había visto antes. Algo que me hacía más grande, más interesante y profundo. Más parecido a Bob Dylan.

Me quedé así un buen rato, contemplando al nuevo personaje del espejo, pensando que esta versión se parecía más a mí mismo que ninguna otra, y que si Sara también veía a este personaje guapo y misterioso, ésta iba a ser una buena historia.

She Belongs to Me

2:47 *Track* 10 del
Bring It All Back Home, 1965

Las luces escurrían de su pelo y de sus ojos y salían de sus labios como un río. Estaba llena de piedras preciosas y era un solo de guitarra infinito. La noche ardía cuando estaba a su lado. Pero también el día y la gente a su alrededor: ardían y resurgían más hermosos que antes. El humo de sus cigarros formaba una cortina de la que se asomaba de vez en cuando y me sonreía. En sus ojos cabían miles de palabras y millones de canciones. Ella podía quitarle la oscuridad a la noche y pintar de negro el día. Se callaba cuando lo único que querías era oírla, y hablaba en las iglesias y en los panteones sin parar. No tenía vergüenza, las palabras no lo pensaban dos veces y se aventaban de su boca al vacío. Le valía madres todo. Le importaba todo. Caminaba sobre la cuerda floja como si fuera una avenida muy grande. Sus muslos eran una cerca electrificada quemando mi corazón. Tenía una voz grave, de acero, como un tren recién construido. Era fría, como un cuchillo recién afilado. Ardía y cuando su pecho se pegaba al mío hacía que mis deseos se cumplieran. Sara era como el ruido de neón de las ciudades, como una gitana leyendo la palma de una mano sin siquiera verla, como una virgen que conocía las respuestas antes de ser preguntadas. Sara era un amuleto. Y Sara era mía.

Había salido de su boca como si nada: "Hey, nene. Ahora soy tuya". Me dio miedo, que me lo dijera así, como cualquier cosa. Y no era cualquier cosa: esas palabras terminaron de hipnotizarme. Me lo había dicho unas tres semanas después de la primera vez que cogimos, en su casa, a las dos de la mañana. Traté de detener el momento, de ponerle música: ¡al fin estaba adentro, en el corazón oscuro de una historia de a deveras, de las que consumen y duelen y te hacen sentir vivo! Aunque era de madrugada yo quería salirme a la calle a gritar con ojos inyectados de amor que ella era mi gitana, que podían todos irse a la chingada: ya no tenía que buscar, ya sólo había que abrir bien los ojos para no perderme ni un detalle. Para aprenderme cada capítulo de la historia.

Una semana después de su declaración desvelada yo estaba esperándola en mi cuarto, recordando la escena: mi mente sumergida en el sonido místico de sus labios soltando las sílabas que confirmaban el Sueño: "Nene, ahora soy tuya". Vi la hora. Apagué el estéreo, me puse los audífonos y bajé corriendo las escaleras todavía tarareando *She Belongs to Me*. Mi papá estaba, como siempre, encerrado en su estudio, y mi mamá, como siempre, con mi tía o con sus amigas del catecismo, así que, como siempre, salí sin avisarle a nadie y me senté en la banqueta a esperar a Sara.

Estaba muy cabrón sentir eso: como un rumor o una luz fosforescente vibrándome abajo de la piel. ¡Tenía que ser lo mismo que Bob había sentido por su Sara! Seguro a él también se le había llenado el cuerpo de luces cuando la veía. Me puse a pensar en ellos, a reconstruir la escena de su casamiento a escondidas en algún lugar en Nueva York, cuando Sara, mi Sara, me tocó el hombro. Llevaba una blusa sin mangas con un logo de las Ultrasónicas y en la frente un fleco partido en dos que le caía a los lados de la cara como relámpagos.

"Hey, chavo. Qué onda. Tengo dos minutos estacionada enfrente de ti. ¿En qué piensas?", me dijo y me dio uno de esos besos lentos, donde la lengua se toma el tiempo necesario para arrastrarse adentro de la otra boca intercambiando su saliva. Luego me jaló del brazo y me dijo que me subiera al coche. Se estacionó enfrente de la casa de su amiga Rosa, en una vecindad vieja en la colonia Guerrero. Rosa medía más o menos lo mismo que Sara, pero estaba más flaca. Era güera y aunque se le veían las raíces negras, estaba, y seguro sigue estando, muy bonita. Llevaba un vestido negro, pegado, con un escote enorme de los que hacen que las tetas se vean más grandes de lo que son. Se veía buena onda. Sara le dijo: "Güey. Éste es mi chico", y me señaló. Se metieron a la vecindad agarradas de la mano. Yo las seguí, nervioso, porque no conocía a nadie.

La fiesta se desparramaba sobre el pasillo de la vecindad. Había un montón de punks y darketos en grupitos, tomando caguamas y fumando mota. De pronto sentí que estaba en una película. Eso me quitó los nervios: por fin pasaba algo interesante en mi vida, por fin se llenaba de callejuelas oscuras de mala muerte a la mitad de un barrio podrido y de personajes rotos salidos de *Desolation Row*. Gracias a Sara. Si no la hubiera conocido habría estado en mi cuarto, como todas las noches, viendo videos de *cumshots* en ampland.com y jalándomela como si se fuera a acabar el mundo. Pero estaba ahí, en el pasillo, embobado por la noche.

Saqué uno de mis cigarros y le di uno a la Morris, que se veía más tímida que yo y que no me había dicho nada desde que Sara me la presentó antes de meterse a la casa de Rosa y dejarme aquí afuera. La Morris aceptó el cigarro, sacó un encendedor de su morral y me lo dio para que prendiera el mío. Se veía que era chida, la Morris, pero estaba bien fea y no me podía imaginar cómo alguien se la iba a coger, nunca, por más que quisiera vivir una experiencia sórdida.

Tenía una panza gigante, como una caja de cervezas, que hacía que la playera de Los Ramones se le levantara como lona de tianguis. Además estaba chiquita y su pelo formaba una hilera picuda de pelos rosas y morados de más de treinta centímetros.

"Entonces... ahh... ¿eres el novio de la Sara?", me preguntó. "Sí", le dije, y ella se quedó callada, como si fuera una compu muy lenta que tuviera que procesar cada pedacito de información, y por fin me respondió con un: "Y... oye ¿tú si vas mucho al Chopo?... porque es que... nunca te había topado", "No, casi no", le contesté y después de mucho, cuando creí que ya habíamos acabado de hablar, me dijo: "Ahhh, y... ¿oye? ¿Tú fumas?". "Sí", le dije, "Delicados". "No. De ésos no. De la buena". Sólo había fumado mota tres veces, una con mi hermano David, antes de que se muriera, una con Julieta y una con Sara, pero le dije que sí. "Chido... ¿Y tienes?". Le dije que no y pasaron otros treinta segundos hasta que abrió su inmensa boca de tortuga y suspiró uno de sus largos "ahhhh" y luego, como en cámara lenta, buscó en el morralito de tela que llevaba colgando en el hombro y sacó una estopa húmeda y me la dio.

No había probado la mona y no tenía muchas ganas, pero no quería decirle que no y me quedé pensando. Nunca había leído que Dylan ni Kerouac hubieran escrito sus visiones después de meterse cemento o resistol cinco mil o lo que fuera eso. Pero a lo mejor sí lo habían probado y nunca lo dijeron y la experiencia podría servirme, en un tiempo. Cuando estuviera listo escribiría sobre esta noche: una cobija de alucinaciones metiéndose en mi cerebro, sacándome de mi mundo de niño y dejándome ver la vida como realmente era.

La voz del Profesor me sacó de mis pensamientos. Todavía no sabía que se llamaba así, pero el güey que acababa de llegar con un grupito de tipos de mi edad, se presentó con ese nombre.

"Buenas noches. Dígame. Usted debe ser el nuevo novio de Sara", me dijo el Profesor.

Le regresé la estopa a la Morris sin haberla probado.

"Buenas noches para usted también, señorita Morris. ¿Cómo se encuentra?", le dijo a ella.

"Ahhh... qué onda profe. Qué hay", le contestó y le dio un jalón a la estopa.

"Entonces, caballero, ¿es usted o no el nuevo amante de Sara?". Además de la forma ridícula en la que hablaba, el Profesor se detuvo en la palabra *nuevo* y la dijo con más ganas. Yo volteé con la Morris y vi cómo ella se encogió de hombros, y finalmente le contesté al Profesor que sí, hasta medio orgulloso.

"Muy bien. Muy bien. Entonces, ¿ya sabe usted que es una prostituta?"

El Profesor esperó mi respuesta sin quitarme los ojos de encima. Llevaba un saco de pana y seguro medía más de un metro ochenta y cinco. No sé. Creí que tenía unos cuarenta y algo de años. Como no le contesté, me repitió la pregunta, como si fuera un guión y yo debiera saberme la siguiente línea de memoria. Pero no me la sabía, así que volvió a repetirla y, esta vez, después de decir la palabra *prostituta* apretó los puños, y aunque sólo era un montón de huesos, mejor me hice para atrás. El Profesor trató de controlarse.

"¿Ya viste su página? ¿Ya sabes que es una meretriz?"

En eso llegó Sara, como si lo hubiera olido. La vi salir de casa de Rosa y pararse enfrente del Profesor.

"¿Qué quieres, güey? ¿Qué estás haciendo?", le dijo, escupiéndolo con cada palabra.

El Profesor le contestó temblando de coraje. Parecía que había esperado mucho por esto y por fin podía decírselo en su cara.

"Nada, mi amor. Pero estaba a punto de decirle que escribiera 'Zara con zeta, B. Mexican Bunny webcam' en Google.

Ahh. Y que eres una prostituta. Pero no se lo dije. No te preocupes. En eso llegaste y..."

Durante unos segundos todo, menos la batería y el bajo que golpeaba en las bocinas del estéreo, se quedó en silencio, o eso sentí, al menos. El Profesor se acomodó el pelo güero y grasoso atrás del cuello y apretó los labios como en una señal de victoria, como gritándole por dentro: ¡Ya te chingué! Y ya se estaba relajando y empezando a sonreír, cuando Sara lo empujó.

"¿Sí, pinche puto? Ándale. Sácalo todo, papito. ¿Qué más?, desahógate, puto." El Profesor se puso a tartamudear, pero todavía estaba muy encabronado y eso le dio fuerza, aunque no tanta, porque ya nada más me hablaba a mí, como si Sara no existiera.

"Tu novia es una meretriz nihilista", me dijo y se hizo para atrás agarrando valor para empujarme. Pensé en mi hermano David y en todas las veces que me dijo que lo acompañara a sus clases de box.

Sara se paró entre los dos.

"¿Ya acabaste, pendejo?", le dijo y le dio un puñetazo en el estómago. El Profesor trató de jalar aire, pero Sara se le echó encima, lo tiró al piso y le siguió pegando en la cara. Él se tapó, como pudo, con las manos, pero no le servían de mucho. Ya hasta estaba llorando. "¡Pinche puto!", le gritaba Sara, sin dejar de madrearlo. Yo traté de salirme y tomar aire porque me estaba mareando, pero no pude porque ya había un montón de gente alrededor de nosotros, emocionados por la sangre, como si estuvieran en la secundaria. Sara seguía aullando: "¡Pinche puto, pinche puto!", y cuando la Morris y el grupito de adolescentes del Profesor reaccionaron y se la quitaron de encima, la cara del Profesor ya parecía un trapo viejo, empapado de sangre y con menos dientes. Entre tres agarraron a Sara para que no se le volviera a aventar, pero ella seguía soltándole patadas y se les zafó y le alcanzó a pegar otra vez, hasta que dos chavitos arrastraron al Profesor a otra parte. Yo no sabía qué hacer. Sara estaba en el piso y la Morris la estaba abrazando. Pensé que si me acercaba a lo mejor ni me reconocía, como esos perros doberman que en la noche se ponen ciegos y ya no se acuerdan de su familia, ni de la gente que sí los quiere. A lo mejor yo ni siquiera era parte de su vida de verdad y lo último que ella necesitaba era que la viera así. De todas formas me acerqué y me agaché atrás de ella, como una sombra. Puse una mano en sus hombros, aunque sea para después poder decirle que había estado ahí, apoyándola. Aunque lo único que quería era desaparecer, estar en cualquier otro lado: en mi cuarto, viendo la boca de las estrellas porno escurrir litros y litros de semen. O escuchando el concierto del Royal Albert Hall del 66, repitiendo una y otra vez el mítico *track* en el que alguien del público le grita a Dylan, "Judas!", y él le contesta, "I don't believe you, you are a liar!" y luego con la garganta atascada de rencor le dice a The Band: "Play fukin' loud!" y empieza a cantar, escurriendo odio en cada palabra: "Once upon a time you dressed so fine, you threw the bums a dime, in your prime, didn't you?!", comprimiendo bien la rabia, aventándosela a la jeta de esos hijos de puta ridículos y falsos.

Rosa se abrió paso entre la gente, hizo a un lado a la Morris, abrazó a Sara y le dijo al grupito del Profesor: "¡Llévense a ese pendejo de aquí!".

Yo iba a poder apreciar la escena con toda su fuerza, con toda la sangre y el dolor, con los verdaderos colores del drama, hasta después, dentro de unas horas, cuando ya estuviera lo suficientemente afuera y la contemplara como lo haría un artista. Para entonces ya iba a poder proyectarla en mi cabeza, emocionado, varias veces, y luego escribirla y archivarla en mi colección. Pero todavía no, en ese momento estaba demasiado adentro, espantado.

"Oye, y qué onda con lo de la *webcam*", le dije a Sara, así como si nada, mientras ella le daba un trago a la botella de whisky que tenía sobre las piernas. Estaba recargada en la cabecera de su cama, fumando y tallándose los ojos. Ya eran casi las cinco de la mañana, habíamos llegado hacía veinte minutos de la fiesta de Rosa. Yo estaba acostado a su lado viendo el techo. A pesar de que Sara ya había tomado mucho casi no se le notaba, su voz, aunque más lenta, salía sin trabajo de sus labios.

"Pues es mi chamba". El olor del cigarro y el alcohol llenaban las paredes con su mezcla agria. La única luz prendida era la de la mac con el Spotify tocando *An Other Self Portrait*, que apenas tenía una semana de haber salido.

"Pus no sé. Me pagan monedas virtuales para que les enseñe las tetas o las nalgas y a veces me meta algo. La cosa es que si les enseño más y hago más ondas, me dan más monedas. Y ya." Sara se calló y se encogió de hombros y yo también, porque no sabía que decirle. Me quedé oyendo el nuevo disco de Bobby. Prendí otro cigarro.

"Y qué, ¿te molesta?", me preguntó Sara. Yo me enderecé para verla a los ojos y que le quedara muy claro que no, a mí me valía madres, yo no era como el Profesor: yo estaba arriba de todo eso.

"¿Y por qué le dicen así al Profesor?", le pregunté cuando ella ya había entendido que yo no tenía ningún problema con su trabajo.

"Pues porque sí da clases en una prepa, de filosofía."

"Órale. Oye, ¿y sí fueron novios?", le pregunté, y me dijo que habían andado como ocho meses pero que se acabó después de la primera vez que había cogido conmigo.

Sara le dio otro trago al whisky. En la compu sonaba *Pretty Saro*. Ya me estaba dando sueño. También le di un trago a la botella, aunque me dolía el estómago y ya no quería seguir tomando. Me volví a acostar. Me gustaba oír a Sara hablar y me gustaba verla así, con el maquillaje corrido y los ojos hinchados. La playera y los pantalones seguían manchados con la sangre seca de su ex-novio. Me estaba quedando dormido, así que sus palabras me llegaban desde lejos, y cuando al fin me alcanzaban, las sentía blandas, calientitas.

"Pero ya no lo quería. Al Profe. O no estoy segura de si lo quise. Aunque me gustaba oírlo hablar."

Y a mí me gustaba tener a Sara a mi lado, me gustaba verla en la cama llenando su cuarto de humo, oírla mezclada con la voz de Dylan que salía de las bocinas de su compu.

"Al principio se portó bien chido conmigo. La neta. Hasta me regalaba libros."

Cada vez la oía más lejos. Antes de dejarme caer y dormirme, alcancé a echar otro vistazo a la escena y sonreír. ¿Qué más podía pedir? El Profesor y las *webcams* sólo hacían que Sara fuera más interesante: una diosa borracha y melancólica. Una diosa que no sabía decir mentiras. Una artista que no se arrepentía de nada. Una chica que se acomodaba a mis sueños y me hacía sentir orgulloso: mi novia golpeaba a sus amantes hasta deshacerles la cara, se encueraba en internet y se metía los dedos enfrente de la computadora para ganarse la vida. Ella fumaba y esperaba la mañana con el maquillaje verde de los bosques cubriéndole los párpados. Daba sorbos a su botella de whisky antes de dormir. La ley no podía tocarla. Era perfecta. Y lo mejor era que mientras yo pensaba en todo eso, ella seguía ahí, en carne y hueso. No se había ido a ninguna parte.

Not Dark Yet

6:27 *Track* 7 del
Time Out of Mind, 1997

Llevo tres días con una gripa de la chingada. La siento en los oídos y en la parte de atrás del cuello revuelta con la tristeza. El sol salió después de seis días de nubes y de todas formas yo me siento como si estuviera en otro planeta, en uno donde las cosas pasan a otro ritmo. Tengo las cortinas cerradas y adentro sólo se cuelan unos hilos de luz, pero no muchos. Apenas me levanté de la cama y me arrastré hasta la computadora y puse el *Time Out of Mind*.

Doy un *click* en el icono de Chrome. Espero que se cargue la ventana y me voy a Gmail. Escribo mi nombre de usuario: omar.brambila1996, y el *password*: D@v1d3obbyY0. Aunque revisé mi correo hace diez minutos en el teléfono, siento una ola de vértigo porque a lo mejor ya llegó un *mail* de Sara. Ya casi puedo leer lo que va a decir:

"Nene, perdóname. Estoy bien loca. Ya sabes. Pero te quiero un chingo y la neta no pensé que tanto. Pero estaba en el pesero y en eso oí una de las canciones que te gustan, ésa de *True Love Tends to Forget*".

No, no puede ser esa canción. Sería imposible que pasaran el *Street Legal* en el radio y menos que un chofer de pesero lo dejara en vez de cambiarle a una cumbia. Tiene que ser alguna rola que pongan en Universal Estéreo, de las más famosas, *Mr. Tambourine Man*, a lo mejor. Además, aunque se lo regalé, seguro que Sara no ha oído el *Street Legal* ni una sola vez.

Mejor:

"Nene, perdóname. Estoy bien loca. Ya sabes. Pero te quiero un chingo y la neta no pensé que tanto. Pero estaba en el pesero y en eso oí una de las canciones que te gustan, esa de *Mr. Tambourin Man*. Y dije: Órale. A mi nene le gusta. Entonces te escribí. La neta discúlpame. Te quiero un resto. Lo de Nacho fue una pendejada. Y ya ves, sólo pasó un mes y ya me muero por regresar contigo. #teamobiencabrónparasiempre."

Pero doy *click* en *sign in*, espero a que la página termine de cargar y… no hay ni un *mail*. Ni siquiera un correíto de alguna actualización de un *blog* de Dylan. El estómago se me comprime, se me vacía de sangre o de vida y aunque la tos no me deja, prendo un cigarro. Le doy dos fumadas y las grietas de la garganta se me abren y tengo que apagarlo.

Me siento colgado, lejos. Esperando un milagro.

Subo el volumen porque está sonando *Not Dark Yet* y Dylan está a punto de decir que todavía no está tan oscuro, pero ya casi, ya mérito empieza la noche.

Me agacho sobre el escritorio, meto la cabeza entre mis brazos y cuando Bob termina con el verso aprieto otra vez el *mouse* y doy *click* en el botón de *refresh* de Chrome para ver si ya llegó algo, y aunque ya sé que no tiene caso, que sólo ha pasado un minuto, que Sara nunca me va a escribir ni a buscar… ¡Ahí está! Un *mail*. ¡No es de Sara pero es un milagro porque es el anuncio oficial del lanzamiento del nuevo disco de Bobby! El 4 de marzo sale a la venta *The 30th Anniversary Concert Celebration, Deluxe edition*, con *bonus tracks* y blueray y tomas de los ensayos nunca antes vistas, que aunque ya las conocemos por los videos pirata, esta vez las veremos oficialmente, en HD. Bobby llega otra vez cuando creí que tocaría fondo: abro pestaña tras pestaña tras pestaña en el navegador buscando las notas sobre el disco: The Examiner, All Dylan, Outtakes y, por supuesto, donde está lo mejor, donde los *bobcats* se reúnen y aprietan las teclas emocionados, lanzando teorías, haciendo encuestas y compartiendo chismes y rumores: los foros de expectingrain.com.

El mejor *tread* lo abrió TheGirlfromtheNorthSoul y pregunta el lugar exacto y el día en el que compramos nuestros discos de Dylan. Cada respuesta parece una novela por sí misma. Hay cientos de historias que cubren décadas y ciudades en cinco continentes. Vidas comprimidas, contadas a partir de los puntos más importantes de la vida artística de la Leyenda. Thethief48 compró el *Highway 61* el día que nació su hijo, una mañana nublada en el corazón de Londres. Brownsvilleguy consiguió el *Live at Budokan* en un mercadito en Barcelona, después de que una gitana le leyera la mano y le dijera que el amor de su vida moriría joven. QueenJane fue a una tienda de discos en Pittsburgh a comprar el *Saved* acompañada de una chica albina de Nueva Zelanda. Elston Gunn compró el *Love and Theft* el mismo día que salió, en Nueva York, en la tarde, mientras las ruinas de las Torres Gemelas seguían ardiendo del otro lado de la ciudad. Tiendas de discos en Chicago, en Thailandia, en Hibbing: regalos desenvueltos en cumpleaños y reconciliaciones. Bodas y nacimientos y divorcios y ataques terroristas y días grises, nada importantes, que si no fuera por Bob Dylan nadie los recordaría. A mí apenas me han tocado seis lanzamientos. Ya sé que me falta un chingo y no me puedo comparar con los grandes *bobcats* de la comunidad, pero voy por mis discos, los formo enfrente de mí, prendo un cigarro y escribo las historias más interesantes.

Primero, *Together Through Life* en el 2009. Tengo catorce años y voy al Tower Records de Mundo E con mi hermano David. Él dice que le gusta mucho Dylan y hasta cree que es un verdadero fan, pero está a años luz de cualquier Dylanólogo serio. No ha leído ni una biografía y no tiene todos los discos y apenas una semana después de que saliera el CD viene a preguntar por él. En la tienda, David le coquetea a la chica que nos atiende, ella nos busca el nuevo disco de Bob, enterrado en una estantería, lejos de los más vendidos. La chica es gordita, pelirroja, y tiene una de esas sonrisas que pueden salvarte. Se sonroja mucho y ella también le coquetea a David. Cuando nos vamos, mi hermano ya tiene su teléfono. Está bien contento y me dice que Bob Dylan es de buena suerte y me abraza y me promete que vamos a verlo en concierto, algún día, juntos.

Ocho meses después, cuando sale *Christmas in the Heart*, regreso por el disco al mismo Tower Records.

Ya no está la chava y ya no está mi hermano, ni conmigo en la tienda ni en ninguna parte del mundo, y yo ya sé mucho más de Bob Dylan de lo que mi hermano supo en los diecinueve años que vivió.

Los *Witmark Demos* y los *Mono Recordings* salen casi un año después. Compro la edición de lujo con el libro, 17 acetatos y 4 CD's. Mi prima Julieta me acompaña a recogerlos en el Mixup de Galerías, donde los había encargado. Nos vamos a su casa porque su papá es el único que tiene para tocar discos de vinil. Siempre he pensado que Julieta se parece a Salma Hayek. Es chaparrita y tiene los mismos ojos y el mismo cabello negro y lacio y perfecto. Me gusta sentir cómo el calorcito de su pierna se pasa a la mía cuando nos sentamos juntos en el sillón para oír los discos. Nuestras piernas se rozan y ahí, mientras la aguja cae sobre el *track* cuatro del *Blond on Blond* original, en mono, como fue concebido, y Bobby brilla sobre la piel negra del acetato y canta: "… she makes love just like a woman…", estoy seguro que estoy enamorado de ella. Y siento que aunque nunca haya pasado nada entre nosotros, con sólo los roces de nuestros muslos, estamos cruzando una línea prohibida.

El anterior al que está por salir, el *Another Self Portrait*, lo compré una semana antes de conocer a Sara, como una premonición, porque Bob Dylan dice en la letra de la canción que abre el disco que fue a ver al gitano, que él podía sacarte de tu miedo y empujarte a través del espejo. Es como si Bobby con sus poderes de profeta me hubiera dicho que esperara. Sólo un poquito. Que mi historia ya iba a empezar.

Un disco después estoy enfrente de la computadora, disfrutando de un modo extraño el dolor, la mierda, el sexo y el amor que cupieron en cada uno de los meses que pasé con Sara, y hasta pienso que a lo mejor puedo esperarme un poquito para ir a comprar el nuevo disco con ella al Mix–Up de Plaza Coyoacán, el que está cerca de su casa. Voy a agarrarla de la mano y aunque las cosas estén frágiles, caminaremos hasta la letra *D*, de Dylan. Ya en su casa deslizaremos el CD del Aniversario 30 en la bandeja del estéreo y subiremos el volumen para oír la escalofriante versión de los O'Jays de *Emotionally Yours*, hasta que, sin pensarlo, nuestros labios se encuentren, desesperados por haber estado lejos tanto tiempo.

Obviously Five Believers

3:33 *Track* 13
del *Blonde on Blonde,* 1966

Estoy esperando a Joaquín en un Sanborns. Antes veníamos cada miércoles. Tomábamos café y cuando daban las seis nos cruzábamos la calle y subíamos los tres pisos hasta el departamento de Billy. Ya pasaron quince minutos y no llega. Me cambio de mesa a la terraza y saco un cigarro, pero me cansa llevármelo a la boca y jalar el humo y luego soltarlo y repetir lo mismo una y otra vez. De todos modos nada está pasando como me lo imaginaba. El cielo está muy azul, sin una nube, y cuando le dije a Joaquín que necesitaba verlo para hablar de Sara, me imaginé un cielo negro y dramático. Yo estaría oyendo *Life is Hard* y Joaquín llegaría hasta mi mesa empapado por el agua oscura que caería sobre la ciudad. Con los ojos húmedos me diría que es horrible sentir esto, a él también le han roto el corazón: "Nacho no puede compararse contigo. Además, Sara está hecha para ti. Es tu destino."

Pero ni siquiera está lloviendo y cuando Joaquín llega de verdad, tiene una sonrisa gigante.

"Omar, ¡cómo estás, cabrón!", me dice, y me da un abrazo.

"Me da gusto verte, güey. ¿Qué has hecho?"

¿Qué más puedo hacer que extrañarla y sentirme de la chingada? No debería de tener que explicarle y él no debería estar tan contento. La escena es lo bastante grave para tomarla en serio: él ya sabe que Sara está con el hijo de puta de Nacho desde hace un mes y que no he vuelto a saber de ella, ni siquiera me ha mandado un mensaje.

Joaquín se sienta y a pesar de mi cara sigue sonriendo. Lo peor es que me da gusto verlo y ese gusto empieza a iluminar mi cabeza y a quitarle intensidad a las cosas, como si a la mitad de *Hollis Brown* llegara *The Man in Me* y sus acordes luminosos nos hicieran olvidar la tragedia. Pero no. Estamos en un funeral. En la parte más triste de la historia y yo no debería dejar que Joaquín me contagie con su alegría.

Le pregunto por qué está tan contento.

"No mames, güey. Encontré al amor de mi vida. Y ni siquiera le gusta Bob Dylan", me dice, con la sonrisa más grande del mundo.

Gracias a él, a Joaquín y su metro noventa y su barba y su felicidad de un millón de dólares, llegué a los Obviously Five Believers. Él fue el primer fan de Dylan que conocí. Él me contó del grupo y me trajo a la primera sesión.

"Es bailarina y filósofa. Le gusta Thoreau", sigue diciendo. Sus palabras me saltan como una granada y las esquirlas se me clavan en las piernas, en los brazos, en el corazón. Joaquín debe haberse dado cuenta, porque de repente trata de borrar la sonrisa, aunque no puede.

"Perdón, güey. Ya sé…"

La forma en que lo dice y la seriedad que trata de darle a las palabras, le devuelven al momento algo de importancia. Otra vez se trata de mi historia. Yo estoy en el centro. Soy una mancha oscura en medio del sol.

"Me siento entre *Positively 4th Street* y *Cold Irons Bound*", le digo, para ver si me contesta igual.

Joaquín no tiene ganas de jugar, pero se da cuenta de que entre más rápido terminemos más rápido podrá ir con el amor de su vida.

"Está bien, pues. A ver..., 'How does it feel?'", dice, sin ganas.

El juego siempre empieza así. Alguien arranca con esa línea de *Like a Rolling Stone* y el otro tiene que contestar con un verso de alguna de las canciones de la discografía de Dylan, incluyendo *bootlegs* y rolas de Guthrie, Hank Williams, los Mississippi Sheiks o de cualquier amigo o ídolo del Profeta. Si te sabes de memoria las 633 canciones de Dylan, no es tan complicado. Es más fácil hacerlo en los foros de Expecting Rain, porque te da tiempo de pensar y buscar las respuestas en los libros de letras o googlearlas. No hay muchas reglas. Se pueden poner o quitar signos de interrogación, cambiar artículos y palabras de singular a plural y de femenino a masculino. Joaquín y yo somos los mejores de los Obviously Five Believers. Los demás se tardan mucho y el juego se hace pesado. Yo he planeado esta plática desde hace varios días, así que estoy preparado.

"I haven't known peace and quiet for so long. I can't remember what it's like", empiezo.

Joaquín se atora un poquito pero encuentra el pedazo que estaba buscando.

"... something is happening here and you don't know what it is"

"Still I wish there was somethin' you would do or say", le contesto, muy rápido, "to make her feel my love", termino, esperando que se dé cuenta de la forma tan chingona como mezclé *Don't Think Twice* y *Make You Feel my Love*.

Joaquín no dice nada. Le da un trago a su café y muy a huevo me dice: "I can't think of any just now, can't believe these things would never fade from your mind".

Y otra vez, encimándome, le contesto luego luego: "She held me in her arms one time and said: Forget me not".

"Ya, güey. No chingues. Ya no te hagas esto", me dice Joaquín en lugar de contestarme con otra canción.

"Tú no hagas esto. Sólo es un juego. ¿O ya a se te olvidaron las letras?"

"No, güey. No me se me olvidaron las pinches letras, pero..."

"Pues entonces vas, güey, ándale." Le digo, y Joaquín respira profundo y no dice nada por un rato. Yo tampoco digo nada, porque creo que a lo mejor sí ya se le están olvidando las letras, porque está enamorado y le da pena admitirlo.

"I do not feel that good when I see the heartbreaks you embrace", dice finalmente y luego, por si fuera poco: "you are sick of love, but you are in the thick of it. When you're gonna wake up?"

¡Verga! ¡Que maestría! Esta vez soy yo el que me callo porque nada de lo que había preparado encaja en esa contestación tan genial. Le tomo a mi café y busco en el archivo de letras de mi cabeza, pero no encuentro nada, a lo mejor porque no hay nada que decirle.

"Qué, güey", me pregunta Joaquín, "¿ya te rindes o qué?"

"No. Aguántame tantito." Joaquín me aguanta y yo escarbo hasta que encuentro algo que encaja y le digo: "Maybe in another lifetime. One of toil and blood".

Ya no seguimos. Espero a que pase la mesera y le pido otra taza de café. Las manos me tiemblan. Me quito la sudadera. El sol y el ruido de los coches cruzando la avenida me ahogan.

"Ya son cuatro meses", le digo en voz baja, como si sólo me lo dijera a mí pero quisiera que él también lo oyera.

"¿Cuatro meses de qué?"

"De cuando la traje con los Obviously. Se me hace que desde ahí le gustó Nacho", le digo, convencido.

Eso creo. Aunque no me di cuenta ese día. Y ahora sólo lo supongo. Pero tuvo que ser ahí, porque no la volví a llevar a las sesiones. Seguro a Nacho también le gustó esa vez. Nos dio un aventón después de regresar a recoger la cartera que se le había caído cuando empezaron los madrazos. Pero Sara venía en el asiento de atrás y, no sé, no me acuerdo que Nacho la estuviera viendo. A lo mejor no me di cuenta. Yo había puesto el *Hardest to Find volumen 4* en el estéreo del coche, el que trae el *cover* que Bob le hace a Charly Daniels en Hamburgo en 1990. Venía hablando con Nacho de esa canción, *Old Rock 'N Roller*, le estaba describiendo al Dylan de cincuenta años, parado enfrente de su ejército de huérfanos. Le conté cómo agarró el micrófono y antes de cantarla dijo: "En caso de que se pregunten qué es lo que le pasa a la gente como yo, esta canción habla de eso".

Pensé que Nacho me ponía atención, porque decía que sí moviendo su cabeza rapada. No sé, yo a lo mejor estaba tan clavado explicándole la letra, que no me di cuenta de que Nacho le guiñaba el ojo a Sara por el retrovisor.

Pero no le pidió su teléfono. Se me hace que se aprendió la dirección y regresó unos días después y apretó uno por uno los timbres del *interphone*: "¿Sara?", "¿estoy buscando a Sara, la conoces?".

Joaquín pide otra taza de café, aunque ya no tiene ganas, sólo por tener algo en las manos, para no ser grosero, porque se ve que ya quiere dejar mis tonterías y correr a abrazar a su fanática de Thoreau. Pero es demasiado amable y en el fondo está preocupado por mí.

Desde que conocí a Sara quise llevarla con los Obviously Five Believers. Quería que se quedaran tan deslumbrados como yo. Se iban a morir cuando supieran cómo se llamaba y se pondrían a contar historias privadas de Bob y Sara Dylan, como si ellos mismos los hubieran espiado escondidos atrás del ropero en su casa de Woodstock. Pero no nos dio tiempo, llegó el hijo de Billy y tuvimos que detener la sesión.

Además Servín estaba de mal humor porque no habíamos llegado a las seis en punto. Billy me abrió la puerta y me dijo que me callara, ya habían empezado. Con Sara de la mano caminé al cuarto que debería haber sido la sala pero que no tenía sillones ni cuadros ni nada. El departamento de Billy era muy grande y con trabajos podía mantenerlo: su mamá se lo había dejado antes de morirse. Billy acababa de cumplir 65 años, tenía dos hijos ya grandes, ganaba una miseria trabajando de mesero en una cantina del Centro y lo poco que juntaba de propinas lo gastaba en comida y en copiar los libros y los discos de Dylan que comprábamos los demás.

En medio del cuarto había cinco sillas en círculo. Ya todos estaban sentados y habían empezado a recitar el *Tarántula*. Servín primero:

"ERES COMO MAGIA como el dueño del grasiento hotel y ¡no es tu padre a quien quiero comerme! Pero le llevaré una caja para jugar."

La idea del Proyecto Tarántula era de Servín. Él había formado a los Obviously Five Believers, así que él dirigía. El proyecto se trataba de aprendernos de memoria el libro completo, el *Tarántula*, el que Dylan escribió en los sesenta. Ocho capítulos cada quien. Luego lo repetiríamos de memoria, caminando enfrente de una cámara por alguna calle a la media noche, y lo subiríamos a nuestro *blog* y a Dylantube para celebrar el cumpleaños 73 de Bob. Avisaríamos a Expecting Rain y a los demás sitios de *bobcats*.

"¡No soy un caníbal! ¡Fíjate tú! No soy un paracaidista de caída libre / no llevo cartuchos de dinamita", siguió repitiendo Servín.

Billy, con su pelo largo, canoso, cayéndole hasta la espalda en una cola de caballo, hizo un esfuerzo para acordarse del capítulo que le tocaba. Cerró los ojos atrás de sus lentes redondos de John Lennon, y dijo su parte como si estuviera fumando mota, soltando las palabras despacito, alargando las vocales.

"Ahora estás en la tormeeeenta… donde tus primos buscan la pura gloooooria… junto al pueeeeente… y los leñadores te haaaablan… de exploraaaar… el mar Roooojo…"

Cuando Billy terminó, Ana, que estaba a su derecha, sacó su cuaderno, le dio una ojeada para acordarse y empezó:

"Busco el conocimiento. A cambio de un poco de información te daré mis discos de Fast Domino, algunas toallas de él y de ella y una secretaria de prensa particular…"

Ana repitió su capítulo del *Tarántula* perfectamente, sin trabarse, lanzando las palabras contra nosotros, como si además quisiera decir que somos unos idiotas y nunca seremos tan buenos, ni sabremos tanto de Dylan. Servín está enamorado de ella, todos los sabemos. Antes de que llegara Nacho siempre la iba a dejar a su casa, hasta la invitó a una fecha del Never Ending Tour en Minneapolis. Pero ella no le hacía caso, ni a él ni a nosotros. Bueno, sólo a Nacho. Se veía que estaba perdida por él. Pero Billy me dijo que Nacho sólo se la estaba cogiendo y que ella estaba tan enganchada que aunque quería algo más, se aguantaba, porque no quería espantarlo.

Ya le tocaba leer a Nacho. Pero como es un pendejo inventó un pretexto. Dijo que ya se sabía su capítulo, pero que estaba mal de la garganta y prefería no hablar. Billy me contó que Nacho conoció a Ana en milliondylanfans.com, en la sección de Duluth, porque el perfil de Ana es el más visitado. Nacho no tenía mucho en los Obviously Five Believers y ninguno creía que realmente le importara Bobby. Aunque tampoco estábamos seguros: a veces hasta parecía que le echaba ganas y trataba de aprender. Pero la mayoría del tiempo sólo nos choreaba contándonos de *bootlegs* que no existían para presumir que sabía más que nosotros. Hasta se aprendía de memoria las reseñas de bobdylanboots.com para impresionarnos.

"Me pregunto por qué Elvis Presley sólo sonríe con el labio superior. Piensa en ello, chico, pero no se lo preguntes al cirujano."

Eso lo dijo Joaquín y después se detuvo: "No me dio tiempo de aprender más". Servín movió la cabeza como si dijera: "Eres un pendejo". Joaquín es un fan extraño, pero es el que me cae mejor. Es el fan menos fan. Digo, está loco por Dylan y lo sabe todo de él, pero no le interesan ni el *blog* ni ninguno de los proyectos de los Obviously Five Believers. A veces siento que cuando no está en una de sus profundas temporadas de tristeza se siente tan bien que ni se acuerda del Maestro. Le interesan otras cosas y escucha más música. Escribe poesía, trabaja en una biblioteca pública y casi no tiene dinero. Una vez me contó que hace mucho tiempo, cuando vivía en Guadalajara, había sido cristiano obsesivo y ocupaba su tiempo libre trabajando en un libro en el que ordenaría la Biblia según las referencias de Bob Dylan al Viejo y al Nuevo Testamento. Empezaría con la primera alusión bíblica y de ahí avanzaría referencia tras referencia, cronológicamente, siguiendo el orden en el que Bob había compuesto las canciones.

Después de Joaquín me tocó recitar mi capítulo. "El pataleo de Mae West (una fábula)", y como estaba de muy buen humor lo dije imitando la voz de Dylan en *Theme Time Radio Hour*, para impresionar a Sara:

"El tren pasa cada noche —a la misma hora y él—, el mismo anciano…"

"Sí, ya. Está bien", dijo Servín, sin comentar nada de mi acento. "Oigan, tenemos que apurarnos con esto. Hay que terminarlo para el cumpleaños y no veo que avancemos mucho." Se paró de su silla y fue a recoger unos libros que había dejado en el suelo. "Y ahora quiero que escuchemos, otra vez, *Tweedle Dee and Tweedle Dum*. Acabo de leer un artículo en Expecting donde hablan de uno de los versos y quiero que lo discutamos."

El líder de los Obviously prendió su iPod y dejó correr la canción. Agarré a Sara de la mano. Le di un beso y le dije que escuchara bien, esa rola era increíble. El delicioso ritmo de las percusiones y la guitarra llenaron el cuarto. Servín esperó hasta que la canción llegara a la estrofa de la que quería hablar, le puso pausa y ya iba a empezar su disertación cuando oímos la puerta de la casa estrellarse contra una de las paredes como si alguien la hubiera abierto de una patada.

"¡Hijo de puta, te voy a matar!"

El tipo que había entrado al departamento y gritaba así tenía la playera rota y una mata de pelo largo cubriéndole la cara. Estaba como drogado y se aventaba contra las paredes del pasillito de entrada. Lloraba y gritaba como loco. Me puse enfrente de Sara, protegiéndola. Si hubiera estado solo me hubiera ido luego luego, igual que Servín, que cuando nos dimos cuenta ya estaba en la puerta con sus discos y libros.

Por un segundo el tipo se calmó y trató de fijar la vista.

"¡Dónde estás, cabrón!", gritó, cruzó el pasillo hasta la sala y agarró una silla.

"¡Tranquilo!", le gritó Billy y el tipo le contestó: "¡Te odio, cabrón!", y se aventó sobre nosotros con la silla en alto. Nos hicimos a un lado y la azotó contra una de las columnas. Los pedazos de plástico se regaron por el departamento.

"Cálmate, hijo", le dijo Billy, y se le puso enfrente para frenarlo, pero él se le volvió a aventar. En el segundo intento, Alex, como supimos después que se llamaba, alcanzó a su papá y le pegó. Luego, no sé cómo, Sara se quitó de atrás de mí. Cuando me di cuenta ya había tirado a Alex al piso. Él se la quitó de encima y si Nacho y Joaquín no hubieran reaccionado también le hubiera pegado a ella.

"¡Suéltenme culeros, a la veeeergaaa!".

A ellos también se los quitó muy fácil y les quiso pegar, pero no pudo, sus golpes caían en el aire, a lo loco, hasta que se pararon en seco cuando el puño de Nacho se estrelló en su cara y lo dejó inconsciente.

Joaquín termina su taza de café. Supongo que se estará preguntando cuánto más tiene que oír para irse. Porque además no tiene sentido todo esto, quiero decir, porque sabe que en realidad no me quiero sentir mejor y sólo quiero rescatar la sensación de injusticia y tragedia y hacerla más grande, alargarla lo más posible.

"Entonces, güey, ¿neta no has sabido nada de ella?", le pregunto, aunque ya sé que de todos los Obviously Five es el que menos puede haberla visto.

"Sí. La verdad sí la vi. Nada más te la estoy haciendo de emoción."

"¡No mames, güey, en serio, ¿sí?!"

"Pues claro que no, Omar. No mames. Esa vieja a mí nunca me cayó bien", me dice. "Sí sabías, ¿no?"

Sí, ya sabía.

"¿Y a Nacho?", le pregunto, "¿a él no lo has visto?"

"Menos", me contesta y bosteza.

"¿Te acuerdas la primera vez que la llevé? ¿Estuvo cabrón lo de Alex, no?"

"Sí, estuvo duro."

Nacho estaba muy emputado porque se lastimó la mano con el golpe, así que fue por Ana y la arrastró a la salida. Joaquín y yo llevamos a Alex hasta un sillón en otro cuarto, Billy se sentó y puso la cabeza de su hijo arriba de sus piernas, como si fueran una almohada. Sara trajo de la cocina una toalla y un balde de agua caliente. Se sentó y limpió la cara de Alex, quitándole la sangre de la nariz rota.

Después de un rato Alex salió del desmayo, aunque se durmió luego luego. Billy nos pidió disculpas. Nos dijo que su hijo no estaba bien de la cabeza y además se metía de todo. De vez en cuando le daban esos arranques y destruía algo y le pegaba. Pero Billy no quería cambiar la cerradura porque casi siempre podía manejar la situación: se encerraba en un cuarto hasta que Alex se cansaba y se quedaba dormido.

Joaquín y yo fuimos por unas sillas y nos sentamos a oírlo. Sara había acabado de limpiar a Alex y ahora sólo le acariciaba la cabeza. Yo estaba embobado viendo cómo sus manos se movían sobre su pelo, como si fuera su hijo y lo curara con puras caricias. Pensé que ese momento tenía algo de sagrado, y que Sara parecía una virgen.

"Omar, ya me tengo que ir", me dice Joaquín en cuanto se acaba esa taza.
"No manches, todavía es bien tempra. Espérate tantito…"
"Nel, güey. Ahora sí ya me voy. Perdón", dice, mientras se levanta y busca un billete para pagar su parte.
Me encojo de hombros y le digo: "Va. Pus ya qué".
"Sí… y tranquilo. No te claves mucho, se te va a pasar."
Sí, ya sé. Eso es lo peor de todo, que tarde o temprano se me va pasar, como se me pasó David y se me pasó Julieta y se me pasa la vida. Sí, al final se me va olvidar también y voy a regresar al mismo punto gris donde he vivido siempre.

Antes de que pueda decirle algo más, me abraza y se va. Yo me quedo un rato en el Sanborns. Me voy a las revistas y me pongo a leer. Si pienso en regresar a la casa me cae un peso encima, como un costal de mierda, como si todo fuera a ser mucho peor y ya no supiera darle forma. Hojeo varias revistas de la sección de música hasta que en una encuentro una nota de Bob de cuando hace unos años fue detenido por una policía mientras paseaba en New Jersey. Se supone que estaba dando vueltas por ahí porque quería comprar una casa, pero los vecinos lo vieron muy sospechoso, estaba sucio y mojado, así que llamaron a la patrulla. La policía no le creyó cuando el vagabundo le dijo que era Bob Dylan, así que lo subió al coche. La chica contó después que Bob había sido muy amable.

Changing of the Guards

7:05 *Track* 1 del *Street Legal*, 1978

Quiero verla, aunque sea con él. Es la tercera vez en la semana que vengo a este café a esperar a que su coche o el de Nacho se acerquen. Me pongo a ver su departamento dejando que las imágenes de nuestra historia se salgan por su ventana, crucen la calle y se me metan a la memoria, para estar seguro de que sí pasó. El cielo está negrísimo y no deja de llover. Saco un cuaderno de la mochila y le escribo algo, una carta o una canción, para sacarme los recuerdos que me arden. Me clavo en el papel, en las letras acumulándose, formando besos y primeras veces y cosas que no había visto antes.

"Disculpe, señor", me interrumpe alguien. Cierro el cuaderno. "¿Le importaría si me siento con usted?"

Es el Profesor. El Profesor de Sara. El cuarentón desgastado que da clases de filosofía en las prepas. Se me revuelve el estómago y no sé que decirle. El Profesor se sienta. Como estamos en las mesitas de la banqueta, prende un cigarro. Me da uno, pero le digo que no quiero, aunque fuma los mismos que yo.

"Está usted esperando a Sara. ¿No es así?", le digo que sí. Ya los dos estamos de este lado, juntos. Nacho está en el otro, en el paraíso, en el dulce reino de Sara Reyes, durmiendo entre sus piernas, escuchando sus sueños. "Yo también", me contesta y prende el cigarro, le da el primer jalón y saca el humo afuera de la lona que nos cubre, aventándolo contra los chorros de lluvia que hacen más dramático que estemos aquí, hablando de nuestra Diosa. El hueco oscuro en mi estómago se hace más grande.

"Vengo en contadas ocasiones", me dice, "pero me gusta. Es un buen sitio para contemplarla en su hábitat. Y estudiarla. Y estudiarlos. A todos. A todos nosotros".

"… Nosotros ya no…", le digo para explicarle.

"Sí. Ya lo sé. Usted estuvo con ella cinco meses. Fue parte del tercer grupo de estudio. Dos después de mí. Usted es el más chiquito. El único más joven que ella", me dice y me sonríe, en buena onda, como para decirme que él está igual de jodido que yo: somos las mismas ratas de laboratorio. Yo quiero gritarle que no es cierto, que no somos iguales. No podemos ser iguales. Pero mejor me aguanto. Y espero.

"A mí sí me contó de su trabajo", le digo, tratando de no parecer orgulloso.

"Así es. Tiene usted razón", me contesta, "quizá usted sí es especial". Me lo dice de verdad, sin ironía. "Y en definitiva es usted el más guapo", termina la oración agachando la cabeza. No quiere pelear ni presumirme. Se ve viejo y cansando y mientras prende otro cigarro yo pienso que debe de ser muy triste estar en su lugar y saber que lo suyo con Sara no fue especial, que fue un pasaje sin importancia que los lectores se saltan porque no hubo dolor de verdad. Sólo filosofía. Me da pena y como ya me estoy sintiendo generoso, aunque es una mentira, le digo que no es cierto, a lo mejor también él es especial y seguro es el más inteligente de nosotros.

Sería tan fácil explicarle qué es lo que nos hace diferentes. Y además lo ayudaría a dejar de sufrir sin sentido. Si pudiera hacerle ver con los mismos colores y música de fondo las mejores escenas de mi historia con Sara, se daría cuenta de que no tiene caso seguir engañándose. Si nos viera en Acapulco, juntitos, encerrados en un cuarto temblando de miedo, o la vez que conocí a su mamá y la vi llorar por primera vez, sabría que su historia no fue cierta, y sería libre. Pero no tiene caso decirle, de todos modos ya está llorando.

El Profesor acomoda la cabeza entre sus brazos, sobre en la mesa. Suspira y se deja ir: quejidos y lágrimas sin parar, como si fuera un niño. Yo no le digo nada. Sólo le aprieto el hombro, para que se sienta mejor y se calle.

Después de un rato se calma y me cuenta su historia. No se llama Profesor, se llama Francisco y conoció a Sara en una fiesta en Coyoacán. Ella estaba hasta la madre y se lo cogió en el baño. Él nunca había cogido así y jamás se había sentido tan pinche vivo en toda su pinche vida. Se enamoró hasta el culo, así, hasta el culo, porque ya dejó el tonito formal y falso y está hablando como la gente normal. Dice que no se había clavado así con nadie, la adoraba, hubiera dado su vida por ella y, al final, cuando la encontró cogiendo con uno de sus alumnos, hasta trató de hacerlo, de sacrificarse por ella aventándose de un puente. Se encoge de hombros.

"De todos modos lo envidio a usted", me dice regresando al tono de maestro, "pero no por ella. Sara no tiene nada que ver. Ya sé que no lo entiendes todavía, pero estás a punto de darte cuenta. Cuando te caigas y llegues al fondo, todavía vas a poder transformar este dolor en otra cosa. Yo ya no puedo".

Lo abrazo, como si yo fuera el maestro y no él, y le explico lo que sé. Que no lo entendió: "Sara no es una puta. Sara es real".

Un trueno azota el cielo y un grupo de gente corre a cubrirse en el techito en el que estamos, porque la lluvia se hizo más fuerte y ruidosa, así que ya le estoy gritando, para que me oiga, porque si no lo entiende, nunca va a dejar de dolerle. "¡Sara es una chingona! Pero es una niña y se rompe y no es perfecta. Pero es real. Yo ya lo entendí. ¡Es real!" Le grito y le grito para ganarle al estruendo del cielo. Y se siente bien gritarle así. Me hace sentirla más cerca, me hace oír su voz saliendo de las sombras. Casi siento que la oigo dándome las gracias por defenderla.

Hasta que la oigo de verdad.

Hasta que me doy cuenta de que sí es su voz. Que es ella, bajándose el gorro del impermeable, empapada. Que es ella junto a los demás que se cubren abajo del techito. Que es ella la que se acerca y me dice gracias, me da un beso en el cachete, saluda al Profesor con la cabeza y nos da la espalda. Y es ella la que se cruza la calle atravesando la cortina de lluvia, corriendo sobre los charcos hasta su casa.

Goin' to Acapulco

5:27 *Track* 5 del disco 1 de
The Basement Tapes, 1975

Sara traía un vestido azul oscuro. La tela de la falda tenía dibujos blancos y se le escurría entre los muslos. Llevaba los labios pintados de rojo y el pelo suelto. Dejé que pusiera uno de sus discos antes de salir de la ciudad, porque tarde o temprano iba a querer oír su música y era mejor oírla en el tráfico, para que a mí me tocara en la carretera. Me aguanté y después de la primera caseta conecté mi celular y escogí la lista que había preparado: Goin' to Acapulco. Primero, la versión de los *Basement Tapes*, y luego el *cover* de Calexico y Jim Smith que me fascina. Subí el volumen y traté de fijar el momento: Sara con el volante temblando abajo de sus manos, dejando que la falda se le subiera más, todavía más al pisar el acelerador. Las rayas amarillas de la carretera desapareciendo abajo del coche, y a mi derecha, una hilera de montañas convertida en manchas borrosas por la velocidad.

Yo sólo había ido una vez a Acapulco, cuando tenía seis años, con mi papá, mi mamá y David. Casi no me acuerdo de nada. Sólo de un balneario que se llamaba Cici y un golfito donde mi hermano hizo un tiro casi imposible.

Llegamos a las cinco. Sara conocía un hotel sobre la costera. Sólo tenía planta baja y una alberquita en el centro del patio rodeada por unas palmeras.

En cuanto entramos al cuarto me tiré en la cama. Hacía mucho calor y ya sentía el cuerpo pegajoso. Sara se metió a la regadera y se salió luego luego, encuerada, con el agua escurriéndole. Se rio mientras movía las manos en el aire tocando una guitarra imaginaria y agitando la cabeza como cantante de Heavy Metal. Me habría gustado que alguien más escuchara el sonido de su risa saltando de su boca, que alguien más viera lo que yo veía: el calor metiéndose al cuarto por las mosquiteras de las ventanas, las tiras negras de su pelo mojado, los colmillos gruesos que resaltaban en su boca. Y sus tetas inmensas y llenas de gotas de agua escurriendo por su panza y sus nalgas.

Se subió a la cama y me dijo que me pusiera de rodillas atrás de ella. Ni siquiera me puse condón. Me vine adentro y ella no me dijo nada, así que ni me preocupé. Fui al baño y me quedé sentado en la taza. Me olí los dedos y el olor de su vagina se me subió por la nariz y se me clavó en el cerebro. Respire profundo los tonos agrios, como de vinagre dulce, que apenas habían estado dentro de ella, y sonreí y pensé que nunca me había sentido tan enloquecidamente enfermo de alegría.

Casi todos los días en Acapulco fueron así. Sólo Sara y yo: íbamos a la playa, regresábamos al cuarto, cogíamos, nos emborrachábamos, fumábamos mota, cogíamos. Cuando me quedaba solo, en la noche, después de que Sara se dormía, me salía a la alberca. Me acostaba en los camastros a oír a Dylan. Quería que esos días se alargaran y quedarme con Sara en Acapulco, en ese hotel, para siempre. Me valía que los clichés más ridículos se me vinieran a la cabeza al mismo tiempo, al contrario, en el fondo yo era como Bob: antes de Sara Lowns él ya había soñado con vivir con sus primeras novias. Estaba desesperado por casarse y tener una familia. Y yo también quería eso con mi Sara. Verla diario, coger con ella cada día. Nunca me iba a cansar. El futuro era tan brillante que me dejaba ciego. En algún momento, en unos meses o años, alguien me descubriría y Sara y yo nos iríamos a vivir a Nueva York. Una noche, en uno de sus conciertos, Bob Dylan me vería sólo a mí entre las miles de cabezas del público, directamente a los ojos, pasándome la estafeta, igual que Buddy Holly se la había pasado a él en su último concierto en Duluth, antes de que su avión se estrellara. Luego Bob leería de mí en el periódico y compraría mi libro. Arreglaría un encuentro para decirme que al leerlo sintió algo parecido a la primera vez que leyó *Bound for Glory*, que en mis letras había visto los mismos trenes y vagabundos que en el libro de Guthrie, que yo tenía que seguir la tradición.

Si así era el futuro, no quería dejar de verlo. Las imágenes de los siguientes capítulos de mi vida se entrecruzaban miles de kilómetros más allá del presente, amarrándose, formando una cama en la que podía dejarme caer, feliz, sin preocuparme de nada.

El viernes, dos días antes de regresarnos, nos encontramos a Yoliztli, una amiga de Sara de la secundaria que ahora vivía en Acapulco. Quedamos de hacer algo en la noche. Sara se volvió a poner el vestido azul y se pintó los ojos de verde. Fuimos a cenar y luego ellas dijeron que querían ir a bailar. Yo estaba tan contento que pensé que podía aguantar un rato oyendo pendejadas pop, con tal de estar con Sara, así que fuimos a una disco al aire libre.

El ruido de la calle, de los motores de los coches, se metía hasta el antro y se revolvía con la música. En la barra pedí un whisky en las rocas y después una cerveza y un vodka y ya estaba lo suficientemente borracho para que todo me pareciera maravilloso, para que las cosas del mundo se me metieran a los ojos sin que mis pensamientos las detuvieran: la música subía y hacía bailar a los gringos y a las chicas de quince años. La canción que sonaba decía algo como: "Amores como el nuestro quedan ya muy pocos... de sábanas mojadas hablan las canciones... como Romeo y Julieta... lo nuestro es algo eterno". Pensé que Dylan citaba mucho mejor a Shakespeare que esa ridiculez de canción, pero no había bronca, por un momento hasta me gustó. Pensé en lo que pasaría si yo fuera otro, si no tuviera tantas ideas y pudiera pararme y bailar... qué pasaría si me olvidara de mis gustos y sin pensarlo, en automático, agarrara de la cintura a una de esas gringas o a Yoliztli y bailara con ellas y luego me las llevara al hotel y me las cogiera durísimo... Dylan no había sido el más fiel del mundo y aunque amaba a Sara no le importaba cogerse a cualquiera que se le pusiera enfrente. Era libre y podía hacer lo que fuera. Si yo encontraba la forma para sentirme siempre así de ligero, como en ese antro de Acapulco, podría hacer cualquier cosa sin pensarla dos veces: coger con quien quisiera, sin miedo, y nadie, ni siquiera yo, podría detenerme.

Sara y Yoliztli hablaban en voz alta, tenían que gritar para oírse en medio de la música. Contaban cosas de la secun y pedían daiquirís y margaritas. Yo también pedí una margarita. Empezó a sonar una canción de Shakira donde grita que está loca, loca, loca. Shakira estaba buenísima. Su música era una mierda pero estaba buenísima y me la habría cogido hasta que se me salieran los ojos. Se me paró y cada vez hacía más calor y me terminé la margarita y pedí otra. También me podría coger a Yoliztli. Tenía un vestido verde pegado, el pelo negro y lacio. Podría cogermela, a ella y a la otra amiga de Sara, Rosa y... y en eso dos chavitos como de quince años invitaron a Sara y a Yoliztli a bailar. Sara se carcajeó, me volteó a ver y me dijo: "Ahorita vengo". Los tipos llevaban un bigotito ridículo, como ésos que se dejan los chavitos que van a secundarias oficiales y se creen muy cabrones, pero sólo son unos chamacos nalgas miadas. Las cosas en las que estaba pensando, incluyendo a todas las chicas a las que me iba coger y mi nueva vida de libertad, se salieron de golpe de mi cabeza y se estrellaron contra el piso. Me terminé la cerveza y fui hasta la pista para ver a Sara. Uno de los chicos de bigote, el más chaparrito, estaba tratando de apretarse contra ella. Le daba vueltas y la tenía bien agarrada de la cintura, y se hacía bien pendejo, porque le bajaba la mano y le agarraba las nalgas, como si todos supieran que así se bailan estas canciones. Sara estaba muy borracha y sólo se reía. Fui con ella, con cara de indiferencia, y le dije: "Ya me harté. Pero tu quédate, no te preocupes". Y me salí caminado como si no me importara.

Sara y Yoliztli me alcanzaron después de un rato. Me agarraron del brazo y me dijeron que tranqui, sólo estaban echando desmadre y que yo no me podía comparar con unos chavitos que de seguro ni pelos tenían. Si ya no estaba contento entonces había que ir a otro lado. Ya eran las dos de la mañana. Compraron un six y una botella de tequila en el Oxxo y fuimos a la playa. Yo seguía muy encabronado, así que las dejé solas y me senté en la arena, de espaldas a ellas, medio lejos, aunque todavía podía oírlas, riéndose como pinches brujas, señalándome, seguro todavía pensando en los chavitos de bigote de pelusa, y en que a lo mejor se deberían de haber quedado con ellos, seguro la tenían más grande que yo.

Cerré los ojos un rato y me puse a pensar en otra cosa para ver si me calmaba y me sentía mejor, hasta que unos labios, que no eran los de Sara, me sorprendieron con un beso sin lengua. Sólo labios apretados a los míos. Sólo una respiración calientita soplando adentro de mí, inflándome, haciendo que mis células se despertaran y se endurecieran y mi pene apretara fuerte contra el pantalón. El beso se acabó. Abrí los ojos y vi la cara que esperaba, la de Yoliztli. Sara también estaba ahí, del otro lado, cagada de la risa, dándole tragos a una cerveza. Yoliztli me dio otro beso y cuando despegó los labios un hilo de baba se alargó formando un puente. Yo no me podía ni mover, estaba clavado en la arena, con la verga a punto de reventarme, aterrorizado y extasiado y sorprendido y avergonzado. Volteé a ver a Sara esperando que me dijera algo, lo que fuera, pero sólo le pasó la lata a Yoliztli, le dio un beso en la boca y luego se me acercó. Metió su lengua hasta el fondo de mi garganta para que no hablara mientras Yoliztli me bajaba la bragueta, mientras sus manos escarbaban y me sacaban el pene y lo acariciaban. Nada, ni una sola pregunta, ni un quejido mientras los labios carnositos de Yoliztli se acercaban a la pared de carne, a mi pared de carne, y la llenaban de besos desde la base hasta la punta, hasta chupar la cabeza del pene, mientras la lengua de Sara seguía absorbiendo mi lengua y sus manos me empujaban contra la arena para que no me moviera.

Me vine, en la boca de Yoliztli, o en mi mano, da igual. Me limpié con la arena, me levanté y caminé hacia ellas, que seguían tomando y riéndose como tontas, sin la más mínima idea de lo acababa de hacerles en mi cabeza.

Yoliztli dijo que ella ya estaba muerta y se iba a su casa. Sara no se quería dormir y me convenció de ir a otro lado. Recorrimos la costera y como no vimos nada abierto, agarramos un taxi que nos llevó al Tabares. Nos sentamos en una mesa lejos del escenario. Un enano con un traje de marinero nos recibió con un *shot* de vodka. Sara pidió una cuba y Shitara saltó al escenario. Tenía el pelo chino, corto, apretado contra la cabeza. Era muy morena y se veía bien jodida. Tenía unas ojerotas y ni nalgas ni tetas. Se quitó la ropa como si retara a los clientes. La vagina era negra y se hacía todavía más oscura y profunda por las sombras. Nos quedamos un rato y nos fuimos. No por Shitara ni por el precio de la cerveza sino porque Sara se estaba sintiendo mal. Podía tomar un chingo, pero con la última cuba dijo que quería vomitar. A mí me gustó el lugar, me parecía real, me gustaba que la bailarina fuera dura y tuviera una vida difícil y saliera cada noche a enseñar sus pezones negros y sus dientes torcidos para ganarse la vida. Me gustó la oscuridad, que los clientes estuvieran tristes, queriendo exprimirle las últimas gotas al fin de semana antes de regresar a sus vidas de mierda.

Avanzábamos bajo la gran noche de Acapulco sin hablar, jugando a zigzaguear sobre la banqueta. Pasamos al lado de un tipo con una chamarra y una gorra con visera. Hablaba muy bajito, apenas para que lo oyéramos. "Hey, ¿quieren perico, morros?" Nos hicimos güeyes y seguimos caminando.

"Perico, barato...", siguió diciéndonos, atrás de nosotros. Hasta que Sara se detuvo y le preguntó algo, pero ya ni podía hablar bien y ni yo ni el tipo le entendimos. "¿Qué?", volteó hacía mí, "¿Sí van a querer? Te la dejo baras."

"No", le contesté antes de que Sara vomitara sobre la banqueta. "Puta madre", dijo el tipo y se hizo para atrás de un salto para que no le cayera encima.

Sara escupía los pedazos de la cena, doblada sobre el piso. "Entonces, qué onda. ¿Sí vas a querer?"

Ayudé a Sara a sentarse en la banqueta. Se había vomitado sus convers verdes. Me acomodé junto a ella.

"Mira, chavo. Ten. Ahí está, ándale... no hay bronca... prueba. Si te gusta, otro día me compras", el tipo se agacho, me tiró el papelito en las piernas y se fue.

No había probado la coca. Y no tenía muchas ganas, pero sabía que algún día iba a hacerlo. No podía ir por la vida sin haberla probado. Dylan se había metido kilos durante la Rolling Thunder Review: los músicos y artistas invitados habían inhalado toneladas durante cada *show* y habían salido al escenario a dar las actuaciones más frenéticas de la historia del rock. Me acordé también de El Último Vals, el concierto de despedida de The Band. Dicen que atrás del escenario había un cuarto especial para la coca, las paredes estaban pintadas con narices y de fondo se oía la grabación de alguien esnifando. Seguro que a Sara le iba a gustar, cuando despertara. Me guardé el papel en el pantalón y me levanté a parar un taxi, pero la calle estaba vacía y sólo se paró un coche plateado. Se bajaron dos tipos. "Buenas noches. Somos agentes federales. Es una revisión de rutina", dijo uno de ellos, el menos gordo.

No les contesté.

"¿Qué le pasa a la señorita?", preguntó el mismo policía.

"Nada."

"Por favor, párese. Suba las manos. Separe las piernas", no le hice caso, pero el tipo me levantó, se puso atrás de mí y me revisó a fuerzas.

El otro policía se quedó con Sara, sin decir nada.

"¿Joven, qué es esto?", me sacó el papelito del pantalón y se lo dio a su compañero.

"Nos va a tener que acompañar. Ya sabe, ¿no? Gama, a ella también, súbela."

Sara se había quedado dormida en la banqueta y cuando el tipo que no hablaba, Gama, la levantó, se despertó apenas para llegar al coche y se volvió a dormir cuando nos subieron.

Arrancaron. El coche subió y se enredó entre las calles empinadas de un cerro. La cabeza de Sara resbalaba en las curvas y terminó por caerme en las piernas. No sabía qué iba a pasar, pero quería que pasara rápido. Empezaba a sentir en el fondo de los ojos las ganas de llorar. Una parte mía quería eso, ponerme a chillar, como si eso fuera a acelerar las cosas, a hacer que el tiempo avanzara y cuando me diera cuenta ya hubiera terminado la escena.

Después de diez minutos sin decir nada, el que manejaba asomó la cabeza desde su asiento, aprovechando que había un alto.

"Tengo que llevarlos. Por posesión de narcóticos. Ahí los van a procesar. Ahí les van a sacar expediente. Se van a tener que quedar uno o dos días y a partir de ahora van a tener antecedentes penales."

El semáforo cambió a verde y el tipo apretó el acelerador. Durante quince minutos más seguimos avanzando entre las calle de un barrio cada vez más feo. A lo mejor estábamos dando vueltas porque siempre veía las mismas esquinas. De todos modos el coche iba muy rápido y los nervios y la velocidad revolvían las cosas afuera de la ventana, las casas, los árboles, los postes. El miedo, igual de rápido que el coche, chocaba dentro de mí, como un pájaro ciego, estrellando su cabeza contra mi estómago, soltando las primeras ideas que se le venían a la cabeza: "No mames, estamos dando vueltas", "no mames, nos van a poner antecedentes", "no mames, nos van a matar", "por favor ya quiero que se acabe, ya quiero que se acabe". Me puse a ver el piso. Había un tapete gris y el periódico *Esto* abierto a la mitad. Traté de poner atención en la nota sobre el próximo clásico entre Pumas y América y, aunque no me gusta el futbol, durante unas líneas me olvidé del movimiento del coche, de los judiciales, de los antecedentes penales y de la madrugada de Acapulco.

El tipo que no hablaba, Gama, en el asiento de copiloto, prendió el radio y ahí la voz de Luis Miguel le decía a alguien que cariño como el suyo era un castigo que se lleva en el alma hasta la muerte. Detuvieron el coche en un Oxxo. El Gama se bajó y después de unos minutos regresó con una bolsa de la que sacó dos viñas. Le dio una al que manejaba, éste la destapó, le dio un trago y otra vez se volteó con nosotros.

"Si los fichan, ya se chingaron a la verga para siempre. No van a poder ir a la escuela ni volver a estudiar ni volver a trabajar nunca en sus vidas. Se chingaron. ¿Eh, me oístes?"

"Sí."

"¿Y eso quieres? ¿Quieres que los lleve a la oficina?"

"No."

"Y ella. ¿Es tu vieja?"

"Sí."

"… pinche borracha…", dijo, riéndose, "me cae. Mira, chavo, me caes bien. Son de México, ¿no?"

Yo seguía viendo el piso.

"¿Qué no me oyes, chavo? Chingá, te dije que si son de México."

"Sí."

"¿Ya oíste, Gama? Son chilanguitos. ¡Ay, güey! ¿Tú qué dices? Se ve que están re bueyes los chavitos. ¿Cómo ves, les damos la cortesía?"

Yo seguía viendo el piso.

"Mira, cabrón, te voy a hablar al chile, porque se ve que eres inteligente. Puedo hacer mi trabajo y llevarlos y que los fichen y se los chinguen. O les damos la atención. Te bajas. Les marcas a tus papás. Me los pasas. ¿Cómo ves?", me dijo y se bajó del coche.

Quité la cabeza de Sara de mis piernas, apretándola muy fuerte para ver si se despertaba, y seguí al judicial hasta una cabina de teléfonos a un lado del Oxxo. Volteé hacia el coche para ver si Sara se había despertado.

"No te preocupes, chavo, el Gama es bien putote, no le va hacer nada. Aunque no está nada mal tu vieja, ¿eh?, se ve que tiene su buena carnita. ¿Te la andas picando, verdad? ¡Qué cabrón!"

Ya estaba haciendo frío, o al menos yo tenía. Me froté los brazos para que se me quitara.

"Mira, brodi, marcas el número. Le dices a tu mamá que estás bien. Y me la pasas, ¿sale?"

Puso una tarjeta en el teléfono y me dio la bocina. Marqué y después de seis tonos contestó mi mamá. No le dije nada y se la pasé al policía.

Cuando terminaron de hablar regresamos al carro. Sara seguía dormida y el Gama hacía lo mismo, recargado en el vidrio, roncando. Había que esperar hasta las diez de la mañana que era cuando abrían el Elektra. Mi mamá tenía que mandar un giro hasta una sucursal en algún lugar de Acapulco y luego darle una clave al judicial para que pudiera cobrar los treinta mil pesos.

Antes de llegar al cuarto donde íbamos a esperar, Sara se despertó queriendo vomitar.

El policía se paró y le dijo a Gama que la sacara antes de que le guacareara adentro. Gama la sacó de un jalón y Sara se quedó de rodillas en la banqueta vomitando. Yo me pasé hasta la puerta de su lado, en el borde del asiento, y le puse una mano en la espalda. Cuando acabó se quedó todavía unos segundos con las manos apoyadas en el cemento, viendo el piso, tratando de ubicarse.

"Pinche borracha. Dile que se suba. ¡Pero ya, órale!", me dijo el único que hablaba.

Gama se subió. Yo ayudé a levantar a Sara y le dije: "Ya lo arreglé. No digas nada".

Llegamos a la "oficina". Sara todavía estaba muy mal y entre Gama y yo tuvimos que ayudarla a subir las escaleras para entrar al cuarto de los judiciales. Nos dijeron que nos sentáramos en el piso. Gama se acostó boca arriba sobre una mesa de metal y el judicial que hablaba, el jefe, se desabotonó el pantalón y se acostó frente a nosotros en un tipo reposet. Sacó su pistola de atrás de la espalda, la dejó a un lado de Gama y se durmió. Sara echó todo su cuerpo sobre mí, así que los dos quedamos acurrucados contra una esquina, abrazados. Se volvió a dormir.

Las paredes eran de color pistache y estaban llenas de humedad. Aunque ya sólo quería que el tiempo avanzara y nos dejaran ir, poco a poco se me fueron pasando los nervios. Me pasé la hora siguiente arrancando pedacitos de pintura de la pared, aplastando las burbujas de humedad. El miedo estaba desapareciendo abajo de las capas de cansancio y, sin él, ya podía apreciar bien la escena: los policías y el olor a pies y loción chafa que salía de ellos. La luz roja de algún foco que se metía al cuarto a través de las ventanas. Lo peor ya había pasado. Ya sólo había que esperar. Me relajé un poco más y entonces me di cuenta de que estaba en medio de una mina de oro, que ése era exactamente el tipo de experiencia que siempre había querido tener, lo que un artista de verdad necesitaba: lejos de las habitaciones cómodas y los papás con las bolsas del pantalón llenas de soluciones. Eso era lo que tenía que vivir si algún día quería ser una persona interesante, el tipo de experiencia que Dylan habría amado y el que habían vivido sus ídolos. Los locos que en verdad valían la pena: Dean y Kerouac y Rimbaud y Woody, todos deambulando por los edificios más lúgubres del mundo, por las enloquecidas aceras de América, por los callejones vomitados de Tánger, probando todo al mismo tiempo, yendo en todas las direcciones. Era perfecto: era más real que cualquier cosa que hubiera leído, y estaba ahí, para mí, lanzándome sus latidos oscuros de peligro y mierda: una novia buenísima, a la que amaba, estaba a mi lado, y aunque cada vez temblaba menos, seguía estando borracha. Dos judiciales frente a nosotros, durmiendo como cerdos, con la bragueta abajo y el cañón de su pistola reflejando la luz del viejo foco que flotaba en el techo. Gama era gordo como un montón de tierra, tenía barros en la cara y el pelo chino y grasoso. Su compañero, el jefe, tenía algo que antes había sido una herida, de un cuchillo, a lo mejor, y que ya era una cicatriz, una línea blanca que le corría desde la parte del brazo que quedaba fuera de su camisa y le llegaba a la muñeca. Traté de aprenderme todo de memoria. Me estaba emocionando en serio. Nunca había estado en nada tan verdadero. El olor a vómito que salía del vestido de Sara, la forma en la que habíamos llegado hasta aquí, la voz de mi mamá a cientos de kilómetros de distancia, el siniestro tipo de la gorra que nos puso un cuatro con la coca, el enano vestido de marinero, el sexo negro, duro, de Shitara y las piernas gorditas de Yoliztli atrás de su vestido verde... era magnífico, era mucho más de lo que podría haber imaginado. Dentro de poco tiempo, cuando estuviera preparado, iba a escribirlo y a hacer una historia que fuera tan dura como una patada en la cara. Los que la leyeran podrían ver algo más que mis pensamientos y tener algo verdadero, acción y peligro, y no sólo los choros mentales de un chavito sin experiencia. Seguí dándole vueltas a esas ideas y los colores del cuarto se me hicieron más brillantes y dramáticos: volví a oír más claramente el ruido de las llantas del coche raspando el piso y los policías brutales cayendo sobre nosotros sólo porque teníamos un poco de cocaína: en la peli los judiciales eran más salvajes, nos aventaban contra el piso, pateándonos: "¡Van a valer verga culeros, los vamos a matar!", al tiempo que masajeaban las tetas de Sara y se acariciaban las vergas con sus manos gordas y sucias.

Sara interrumpió la película de mi cabeza. Me apretó el brazo. Se veía mucho mejor. Me dijo, muy bajito:

"¿Qué pedo, qué pasó?"

"Nada. Sólo querían dinero."

"¿Pero qué hiciste?"

El judicial del reposet tenía muy buen oído y salió de sus sueños de cocaína y nos gritó:

"Puta madre. Shhhhh. Calladitos."

Entonces Sara me vio a los ojos y se levantó apoyándose en mi hombro. El judicial del reposet se enderezó y Sara caminó hacia él.

"¿Qué?", le gritó a Sara cuando la vio venir.

Sara no le contestó.

"¿Qué, borrachita? ¿Qué quieres?"

Gama seguía dormido sobre la mesa de metal. El miedo me pegó otra vez, aventándome al presente.

"¡Qué, putita, qué!"

"Ya nos queremos ir", le dijo Sara, muy seria.

"Regrésate a tu lugar."

"... pero, es que ya nos queremos ir."

"¡Regrésate a tu puto lugar, pendeja!"

Sara no le hizo caso. Se acercó más. Se puso en cuclillas enfrente de él, con la cabeza cerquita de su bragueta.

"Es que… ¿qué puedo hacer para que ya nos dejen ir?", le preguntó al judicial, intentando hacer una voz medio sexy, aunque le salía temblorosa. Puso la mano sobre una de las piernas del tipo.

"¿Me quieres mamar la verga, verdad?"

"Es que ya nos queremos ir."

"Ahh. Y si me la mamas ya, ¿no?"

Sara le acarició el muslo.

"¡No mames, no seas pendeja! Me la puede chupar cualquier puta mejor que tú. ¡Ehh, Gama. Despierta. Mira a esta putita, todavía no ha desayunado y ya quiere su racionzota de verga!

El Gama se enderezó y se frotó la cara para quitarse el sueño.

"¿Qué, Gama, quieres una mamadita para despertar sabroso? Aquí esta chilanga te la chupa gratis."

Gama dijo que sí, moviendo la cabeza, todavía adormilado.

Sara se paró y mientras regresaba conmigo, bajito, para que no la oyeran, alcanzó a decirles: "Pinches putos". El jefe no la oyó, pero el Gama saltó desde la mesa y le dio una cachetada. Sara se cayó y cuando se iba a parar, el Gama se puso enfrente de ella y la empujó para que siguiera abajo. Se desabrochó el cinturón enfrente de su cara.

"Pinche Gamita, me cae que eres bien cabrón", le dijo el jefe, y luego a mí: "y tú tranquilo, putito, ahora déjala que haga su trabajo bien hecho".

El Gama se bajó el pantalón y se sacó el pene, o lo que creo que era el pene, porque casi ni se le veía nada y más bien parecía un dedo o algo. Sara se quiso levantar, pero el Gama le dio otro madrazo, con la misma mano, pero esta vez con el puño cerrado. Le rompió el labio. La sangre era muy roja y mientras escurría y yo pensaba que ya todo había valido verga y cerraba los ojos para no ver cómo unos hijos de puta violaban al amor de mi vida, algo se me destapó en la cabeza: pasó muy rápido, un instante de vacío puro y sin darme cuenta, viéndome desde afuera, mi cuerpo se levantó como un resorte que ha estado guardado por siempre adentro de una caja y alguien, por primera vez en años, la abre y por fin el resorte puede estirar su cuerpo de metal y hacer lo que ha esperado hacer toda la vida: saltar. Y salté. Corrí hasta donde estaba la pistola.

No tenía idea de que se sintiera así. Tener un arma en las manos.

A pesar del calor de Acapulco la pistola estaba helada y dura y se sentía muy bien en mi mano. El Gama y el jefe reaccionaron, pero eran gordos y lentos y cuando se dieron cuenta yo ya les estaba apuntando. La pistola me temblaba, porque estaba muy emocionado, como cuando tienes una pesadilla y te das cuenta de que estás adentro de un sueño, y que puedes controlarlo, dirigir lo que va a pasar, tomar decisiones.

Le dije a Sara que se pusiera atrás de mí, y luego a los policías: "A ver, despacito, cabrones. Échense para atrás. Suban las manos". Las palabras se salían de mi boca muy fácil. Sabía lo que tenía que decir y hacer como si hubiera nacido para eso, como si estuviera adentro de un guión perfecto. La pistola ya no me temblaba y el metal se me estaba calentando en las manos. La seguí apretando muy fuerte hasta que la carne de mis palmas se me quedó blanca por la presión.

"Tranquilo, chilanguito. Tranquilo. Mira, no vayas a hacer una pendejada", me dijo el Jefe. "No se te vaya a disparar. Esas madres se disparan solas." Y el Gama estaba sudando y en el borde de los ojos se le formaban unas lagrimitas, porque al final era sólo eso, un pinche gordo pendejo con un pitito ridículo, parado en un cuarto, en una oficina, en una vida en la que nunca quiso estar. Y el pendejo ni siquiera podía hablar, se le trababa la lengua, se le pusieron los ojos en blanco y de su boca solo salían quejiditos, "ahhh, ahhh", como si se lo estuvieran cogiendo al puto. Me daba asco. Ese cerdo era la encarnación de todo lo que había ido mal en mi vida, de toda la mierda que me había tenido que tragar.

Las manos me estaban volviendo a temblar sobre la pistola porque aunque le acaba de decir que se callara y dejara de chillar, los quejiditos del Gama seguían y seguían y hasta pensé que al güey le gustaba, le excitaba eso, sentir que estaban a punto de dispararle, a lo mejor ésa era la única forma en la que se le paraba. "Ah, ¡aaah!, ¡aaah!", y al final, cuando dio ese último gemido, ya no pude aguantarme y le disparé, directamente en el hocico. Le disparé y le disparé y le disparé hasta que se me acabaron las balas, hasta que se me vació la pistola y se me vació la cabeza y salí de mi mente y abrí los ojos y regresé a la realidad y vi que seguía tirado en la esquina del cuarto, y que el Gama se acababa de venir en la boca de Sara haciendo sus gemidos ridículos.

Sara escupió el semen en el piso y se arrastró hasta donde yo estaba y se puso a temblar, rechinando los dientes.

Just Like a Woman

4:54 *Track* 8 del *Blonde*
on Blonde, 1966

Nunca había visto a Sara así. Ya casi llegaba su mamá y estaba emputadísima, aventando camisas y faldas desde su clóset hasta la cama, donde yo estaba viendo cómo se quitaba una blusa y se ponía otra y venía conmigo y me preguntaba: "¿Y ésta? ¿Cómo se me ve ésta? ¿Estás seguro que sí?". No sabía qué decirle, porque cada cosa que se ponía, cada nueva combinación, se le veía bien. En serio, no la estaba engañando para que se apurara. Me gustaba verla probarse cosas, arreglarse el pelo y pintarse, porque con cada combinación era una encarnación diferente de la misma Diosa. De todos modos no importaba lo que dijera, igual me decía que yo no estaba poniendo atención, era obvio que esa playera no iba con ese pantalón, estaba hasta la puta madre de mis mamadas, que ni siquiera servía para decirle qué ponerse. Me quise parar y asomarme a la ventana, pero Sara me dijo que ni se me ocurriera moverme hasta que acabáramos o me iba a partir la madre. Se metió al baño y salió con su chamarra roja de vinil. Una minifalda de mezclilla y una playerita blanca medio transparente que se ponía mucho. Me preguntó: "¿Cómo me queda? Dime la verdad". Y yo le dije la verdad, que se veía preciosa, estaba buenísima

71

y me la quería coger. Y para que me creyera me paré, la abracé por atrás y se lo deletree: "Te-ves-co-mo-u-na-dio-sa". Pero me dijo: "No mames, no seas pendejo. No es cierto. Parezco puta". Se zafó del abrazo y me aventó a la cama, con un coraje exagerado. Se quitó la chamarra, se regresó al clóset, revolvió los cajones. Cuando se metió al baño para cambiarse el tono de los labios o de los ojos, yo aproveché y me salí del cuarto para ir a orinar.

Cuando regresamos de Acapulco no supe nada de ella en varios días. Hasta que me habló para la cena: quería que su mamá me conociera. Sara nunca me había hablado de ella. Yo pensé que igual que a su papá no la había vuelto a ver desde chiquita, pero no, según ella la veía una vez al año, siempre por esas fechas. Yo le dije que sí, que iba, porque esos días después de Acapulco me había estado sintiendo de la chingada. Ni por lo que me dijo mi papá por los treinta mil pesos ni por lo que le había pasado a Sara, porque sabía que ella estaba por arriba de todo eso, que un poco de esperma rancio no iba a destruir a una Diosa, más bien porque estaba piense piense, preocupado porque sentía que a lo mejor Sara iba a tener lástima por mí, por ni siquiera haber movido un dedo y haber dejado que el pitito del Gama se vaciara en su garganta.

O a lo mejor sí era por eso que Sara estaba como estaba, como si le hubiera bajado, o como dicen que se ponen las mujeres cuando les va a bajar, porque Sara nunca se había puesto así. Sólo me avisaba, antes de coger, que le había bajado. Yo le decía que no importaba. Y cogíamos. Luego me iba al baño y me veía el pene rojo, pegajoso, y me lo lavaba, porque aunque no se lo dijera no me gustaba coger así.

Salí del baño y regresé al cuarto de Sara, pero la puerta estaba cerrada. Le toqué y ella me gritó que la esperara en la sala. Saqué el Kindle de mi mochila y me puse a leer el *Once Upon a Time: The Lives of Bob Dylan*, que apenas había salido. Ya casi lo acababa. Iba en el último capítulo, en el que hablan del *Blood on the*

Tracks: de como Bob dijo que le parecía increíble que a la gente le hubiera gustado ese disco, que disfrutaran tanto con su dolor.

Sara por fin salió. Apagué el Kindle y me quedé con la boca abierta. Nunca la había visto así. Se veía muy buena, sí, y bonita, pero parecía una abogada exitosa: tenía unos tacones altos, negros y relucientes. Sus medias color carne subían hasta meterse abajo de la falda de sastre. Llevaba una camisa y un saco, también muy formales, elegantes, y un collar de perlas o de imitación de perlas en el cuello, y los labios perfectamente pintados de rosa.

Le dije que se veía muy bien. Ella se encogió de hombros y me dijo que quería probar algo nuevo. Luego, un poco más dulce, como si la amargura se le hubiera deshecho tantito y algo de la Virgen Mística hubiera salido de entre las montañas de rencor, me dijo:

"¿Y tú?, ¿no te vas cambiar?"

"Sí, si quieres." Fuimos a mi casa y ahí me puse lo que según Sara era mi mejor ropa.

Nos acostamos en mi cama a ver el techo, esperando a que pasaran los minutos. Sin querer, después de un rato nos quedamos dormidos y de la realidad pasé al patio de la casa de mis abuelos en Xalapa. David estaba junto a mí, radiante. Me sonrió y me contó que estaba enamorado, que después de tanto tiempo muerto conoció a una mujer y por fin lo iban a dejar salir. Se iban a casar y hasta a tener hijos. "Tengo que enseñarte algo. Me lo dio mi novia", me dijo y me dio un papelito recortado en forma de corazón que sacó de la bolsa de su camisa.

Lo leí y me aventé sobre David. Era más grande y más fuerte, pero lo tiré y lo deshice a golpes. Mi hermano, abajo de la cara morada, la sangre y los dientes rotos, seguía sonriendo y me decía que no me preocupara, que aunque estuviera con ella iba a seguir siendo mi papá.

Me desperté y, aunque ya sabía que era un sueño, todavía me sentía traicionado. Agarré el cel y vi la hora. Ya se nos había hecho tarde, pero no quería moverme, ni seguir, con nada. Ni con la cena ni con nuestra historia ni con David. Me sentí muy cansado. Muy muy cansado. Sara se despertó solita y me preguntó la hora. Le dije y se paró encabronadísima, así que tuve que aguantarla todo el camino de regreso, tragándome sus reclamos y las babas que salpica cuando habla y habla y habla.

Llegamos a las nueve y media y su tía y su mamá ya estaban en la mesa tomando vino. Su mamá me volteó a ver de arriba abajo, medio mamona primero, o eso sentí, aunque se aflojó luego luego: me sonrió y me dio un beso en el cachete, como si hubiera pasado la prueba.

"¿Y tú, niño? ¿Te comió la lengua el ratón? No seas tímido que no muerdo, aunque sea dime cómo te llamas", me dijo la mamá de Sara, Ángela.

"Omar", le contesté.

Ella me volvió a sonreír y eso me relajó. Y se me hizo raro porque no parecía el tipo de persona que relajara a nadie. Ni a ella misma: también llevaba un traje como de jefa de corporativo. A lo mejor ella sí era una abogada exitosa y estresada, de ésas que entierran firmemente sus tacones en las oficinas más mamonas de Santa Fe o donde sea que estén las oficinas más mamonas en Miami. Tenía como cuarenta y tres años pero estaba buenísima: el pelo castaño clarito, lacio, le llega arriba de los hombros. Tenía el mismo color de piel que Sara, pero los rasgos más finos. Estaba flaquita, muy flaquita, como esas modelos mamonas y anoréxicas que se creen de la realeza, como Edie Sedgwick, más o menos.

"¿Y qué haces, Omar? Cuéntame, ándale", me dijo para que se rompiera el hielo.

"Voy en la prepa", le contesté, y luego, porque era ridículo sólo hacer eso: "y escribo poemas y estoy escribiendo una novela", le dije, aunque sólo la estuviera escribiendo adentro de la cabeza.

"¿En serio? Así que ahora hasta poeta me saliste", me contestó Ángela. Me gustó mucho ver cómo las sílabas se formaban en sus labios delgaditos: po-e-ta. Se oía bien chido, como si fuera algo mágico, importante, una palabra a la que sólo tienen derecho unos cuantos elegidos. PO-E-TA.

Comimos pavo, ensalada de Navidad y romeritos. Y hablamos de cualquier cosa, todos menos Sara: del despacho de Ángela en Miami, de los restaurantes gourmets en Miami, de los salones de belleza en Miami, de los bares de Miami y de todo lo que pasaba en Miami con Ángela y sus amigas, hasta que Ángela sintió que era tiempo de ser generosa y le preguntó a Sara:

"Y tú, niña. ¿Cómo estás? ¿Cuándo vas a regresar a la escuela?"

"No sé, Ángela. Ni he pensado en eso", le contestó Sara, sin dejar de ver el plato. Se supone que Sara debería ir a la universidad, porque tiene dos años más que yo. Pero bueno, se supone que uno debe hacer muchas cosas. Bob Dylan no hizo lo que se suponía, dejó la universidad y se fue a Nueva York a buscar a Woody Guthrie, a empezar su vida de verdad. Y además Sara ya tenía una vida de verdad, conmigo.

"¿Y cómo te vas a mantener, Sara? O sea, es que digo, yo no te voy poder mandar siempre, ¿no? Podría, pero no estaría bien, ¿no? Ya tienes veinte años."

"Y qué, Ángela. ¿No nos vas contar de cuando tenías veinte años y estudiabas en Madrid?, siempre nos cuentas, ¿no?", le dijo Sara a su mamá, retándola, como si no hubiera oído su pregunta.

"Pues ya sé por qué lo dices. Pero, mira, nena. Tú ya te estás haciendo grandecita. Y un día ya no te va gustar esto. Estar sola, aquí, y vas a querer tener una vida."

"Sara ya tiene una vida", le contestó Laura, "y yo también, aunque siga aquí y no en Madrid ni en Miami".

"Sí. Una vida. Ajá, ¿y ahora en qué trabajas, nenita?", le dijo Ángela a su hermana, "¿y hace cuánto que no sales con nadie? Eso también es vida. Eso también es importante, ¿eh?"

Nos quedamos callados. No me gustaron los romeritos, porque no me gusta el mole ni nada de eso. Pero el pavo estaba rico. No tanto como el que hacían en mi casa, pero sí lo habían inyectado bien, supongo, porque estaba bueno. Me serví otra vez. El ambiente estaba cada vez más raro y entonces pensé que debía decir algo, no sé, lo que se dice en las reuniones con los papás de tu novia, y les dije:

"Oigan, yo nunca he oído historias de Sara de cuando era chiquita, ¿me cuentan?"

Ángela me sonrió otra de sus sonrisas suaves, como de reina de yoga. Hasta que Sara le dijo:

"Órale, Ángela. Cuéntale de eso, de cuando yo era chiquita."

"Sí, Ángie, cuéntale a Omar", le dijo Laura, también retándola.

"No, no importa. Sólo era por hacer plática", les dije, pero más a Ángela, para que supiera que no la quise meter en eso a propósito.

"Ash. Es que esto parece dejavú", le dijo Ángela a Sara: "Otra y otra y otra vez". Abajo de la cara tranquila, bronceada, sin arrugas, empezaban a apretársele los músculos. "Sara. ¿Ya cuándo lo vas a dejar ir? ¿Para eso vine hasta aquí? ¿Otra vez?"

"Ay, no mames, Ángela. Ya deja de hacerte pendeja. Viniste porque siempre vienes, a lo que sea que vienes cada año de tu trabajo", le contestó Sara.

"Sí, ajá. Pero también vine a cenar, ¿no?, con ustedes y...", Ángela se paró a mitad de la frase y respiró profundo tratando de guardarse lo que sea que estaba queriendo saltar desde el fondo de su cara perfecta. "A ver… ay, a ver, bueno", respiró, "ya te pedí disculpas, ¿no? ¿Qué quieres."

Sara la vio a los ojos y le dijo: "Otra vez", y me agarró la mano abajo de la mesa.

"Y además sí tengo historias de cuando eras chiquita, ¿eh?, aunque no lo creas, nena. Y de antes. De cuando estaba embarazada", le contestó aguantándole la mirada, aceptando el reto porque al final sabía que iba a ganar, como siempre.

Sara me apretó la mano.

"Ésas no te las he contado, ¿verdad? Sólo te sabes las que te aprendiste de memoria, ¿no?", le dijo Ángela y respiró profundo, otra vez, porque ya le estaba temblando la voz y las pestañas larguísimas, que casi le tocaban las cejas cuando parpadeaba, se estaban mojando, un poquito. "Nunca te conté eso", respiró profundo, "de cuando estabas en mi panza. De la noche que decidí que no te iba tener. Que no quería que me pasara esto. Esto de aquí. Que nacieras y me amargaras todo". Ángela ya no respiró profundo, ya no jaló aire ni trató de aguantarse. Dejó que las lágrimas le llenaran los ojos y se juntaran hasta escurrírsele.

Sara ya casi me deshacía la mano de tanto que me la apretaba, pero ya tampoco se aguantó y sacó un sonido como de animal, un crujido de dolor que trató de ahogar en su garganta para que Ángela no se diera cuenta.

"Ya párale, Ángela", le dijo Laura.

"No. Ella quiere saber", le contestó Ángela a su hermana, y luego le dijo a Sara: "¿No siempre quisiste oír esto, hija?" Oí a Sara tragar saliva. Me soltó la mano, le dio un trago al vaso de sidra y con la cabeza le dijo que sí.

"Pues estabas en mi panza. Esa noche", dijo Ángela y sacó una cajetilla de cigarros gringos de su saco. Y luego, dejándonos en suspenso, se paró, fue a la cocina y prendió el cigarro con el piloto de la estufa.

Regresó a la mesa y le dijo a Sara: "Me pateaste la panza. Ahí. Antes de dormirme. No es que no me hubieras pateado la panza antes. Me la pateabas todo el tiempo. Pero esa noche me la pateaste otra vez, cuando ya me estaba durmiendo. Y no me acuerdo qué te dije, pero te dije algo. Te pedí perdón. Porque sentí que tú ya sabías lo que iba a pasar. Y luego fue muy raro. Porque pensé, de pronto, te lo juro, que iba a pasarnos como en una película romántica. Me imaginé que iba a seguir hablando contigo y tú me ibas a contestar con tus piecitos y ya todo iba a estar bien, iba a sentirme contenta, te lo juro. De pronto ya te iba a querer y en la mañana me iba a parar diferente. Pensé eso, en serio. Me iba a quedar con tu papá, te íbamos a cuidar y a verte crecer". Ángela se detuvo, porque la ceniza ya estaba muy alta sobre su cigarro y se le estaba cayendo en la mesa. La recogió con una mano y la empujó al piso desde el borde. "Pero no me contestaste. Ni me seguiste pateando ni nada. Y cuando me desperté al otro día no es que estuviera más contenta, me sentía igual. Con más culpa, sólo."

Ángela le dio otra fumada a su cigarro. "Pero igual, aunque fueran puras mentiras, le dije a tu papá que quería intentarlo. No sé. Porque tal vez sí mejoraba. Tal vez sólo teníamos que esperar... Pero bueno, ya sabes en qué acabó. En que al final no pude. Y me fui."

Nadie dijo nada porque todos, supongo, teníamos el mismo hueco en el estómago, haciéndose grande, comiéndose los bordes de las tripas. Puse una mano arriba de la pierna de Sara pero me la quitó luego luego.

"Pero sí traté, nena. Te prometo que sí traté." Ángela se aclaró la garganta, se levantó y se volvió a sentar. "De lo que más me acuerdo que hicimos juntas. Me acuerdo de ese día cuando regresé, unos seis meses después, porque pensé que a lo mejor esa vez sí funcionaba." Sacó otro cigarro de la cajetilla y lo prendió, pero ni siquiera le fumó, sólo se lo dejó en la mano. "Estabas en casa de tu abuela, dormida en tu cunita. Te saqué y te cargué sin que te despertaras. Y ésa fue la vez que más sentí que te quería. Te lo prometo. Que yo sí te quería en serio... y hasta más que a mí. Y te me hiciste súper bonita, de veras, te lo juro, nenita. Te prometo que pensé que si fuera otra, sí me hubiera quedado."

Y en cuanto Ángela dijo la palabra *quedado*, Sara se paró. Le temblaban los cachetes, los ojos, los brazos, y si pudiera haberla visto por adentro seguro también le habría visto los riñones, el hígado y las arterias sacudidos por un terremoto. Ya tenía la cara muy roja, pero igual siguió viendo a su mamá, sosteniéndole la mirada, un poco más, aguantándose para no romperse enfrente de ella... y al final, antes de irse a su cuarto, sólo dejó salir, como escapándosele por abajo de los dientes, un: "Pinche puta".

Ángela se levantó también, pero en vez de ir con Sara se fue a la ventana para que le pegara el aire. Yo me quedé en blanco, lejos, pensando en mis propias chingaderas: en que mi mamá y mi papá sí se habían quedado, pero al final daba igual y habría sido lo mismo si me hubieran dejado en la cuna y se hubieran ido a la chingada desde el principio. Y en que David, el único que me había importado en la vida, también se había ido. Pensé también en la lista de chingaderas que yo igual me había estado aguantando desde siempre... hasta que sentí una mano en el hombro y salí de mi cabeza. Laura me decía que fuera a ver a Sara. Que me necesitaba. Y me colgué de esas palabras. Eso era lo que siempre había querido, que Sara me necesitara.

La puerta de su cuarto estaba cerrada, pero no con seguro, porque se abrió cuando giré la chapa. Sara tenía la cabeza hundida en su almohada y estaba llore y llore, como si fuera una adolescente y alguien le hubiera roto el corazón. Me acosté junto a ella y le acaricie el pelo. Sara se enderezó y se sentó en la orilla de la cama, tratando de calmarse, pero no pudo. Se siguió desmoronando. Estaba hinchada y las lágrimas, la saliva y los mocos salían y salían y le llenaban la cara y me mojaban a mí también. La abracé y le dije: "Yo sí te voy a cuidar". Sara me recargó su cabeza y me dejó caer su peso, soltándose, escurriéndoseme encima. Nunca la había visto así. Ni lo de Acapulco la había hecho llorar. Lo bueno era que su peso se sentía bien sobre mí. Podía cargarla, eso sentí: que podía cargar lo que fuera, especialmente a ella. Porque Sara, aunque era más fuerte que el trueno, aunque podía aguantar toneladas de mierda, litros y litros de semen de judiciales enfermos, carretadas de dolor y montañas de píldoras de tristeza, sin pestañear, al final, también se rompía como un niño chiquito, perdido, que no sabe lo que le está pasando.

Shelter from the Storm

5:01 *Track* 9 del *Blood*
on the Tracks, 1975

Cuatro meses después de esa cena con su mamá estoy en la azotea de la casa de mis abuelitos en Xalapa, con mi prima. "Oye", me dice Julieta, "¿Y si me das un beso? ¿Te atreves?" Sólo verla, aguantarle la mirada, me pone nervioso. Estamos terminándonos la tercera caguama y yo ya estoy bien mareado. Hace un chingo de frío y la ciudad, como siempre, está llena de neblina. Nubes y nubes de humo líquido flotan sobre los techos y se nos meten en la ropa. Los ojos de Julieta parecen faros en medio del humo, jalándome como a los marineros perdidos, trayéndome desde la tormenta.

Le digo que sí, pero bajito y no sé si me oye. Ella igual cierra los ojos, acerca sus labios y me da un beso. Sabe a algo dulce y perfumado escondido abajo de las capas de cigarros y alcohol. Cierro los ojos también y cruzo la línea que siempre había querido cruzar: le regreso el beso mientras mi corazón patea y canta desgarrándose la garganta.

Pero abajo de los gritos de mi bomba de alegría hay algo más: un pedazo de culpa. Mientras estoy aquí y Julieta me muerde los labios y yo paso mi lengua sobre los suyos, saladitos, llenos de neblina y Negra Modelo, pienso en Sara y vuelvo a verla romperse enfrente de su mamá y llorar hundida en mis brazos.

Todavía hace unos días yo estaba encerrado en mi cuarto, tratando de exprimir las últimas gotas de dolor de mi historia con Sara, oyendo *Make You Feel my Love* una y otra vez, concentrándome en la letra, en la voz del Profeta describiendo lo que haría para hacerle sentir su amor a su amada. Pero yo ya no sentía nada. Se me escapaba el significado de las palabras. Siempre había querido llegar a esa parte de la historia en que amaría a alguien hasta que me reventaran las piernas de alegría... meses después nos separaríamos, tenía que pasar, y entre más duro, mejor. Porque no hay ninguna buena canción ni película sin dolor: yo quedaría hecho pedazos viendo mi historia tragarme. Me sumergiría en la experiencia hasta que los huesos me dolieran y entonces, justo al borde, pondría esa canción de Dylan. Eso me salvaría. Iba a ser el momento donde creemos que todo está perdido y esas palabras nos sacarían de los infiernos para encaminar la historia hacia el final feliz. Pero ya había llegado a ese punto y oía la canción y no sentía nada. Absolutamente nada. Sara seguía lejos y la tristeza se empezaba a ir, poco a poco, sin importar lo que hiciera. Ya se me estaban vaciando las canciones de dolor y ella seguía sin aparecer.

"Espérate tantito, güey", Julieta se ríe y me quita los labios de encima, "no juegues, Omar", me dice, porque sigue pegada a mí y se da cuenta de que abajo de la ropa ya se me paró. Se me pone la cara roja de pena, porque a lo mejor va a pensar que aunque sólo fue un beso yo ya me la quiero coger ahí mismo, contra el barandal de la azotea, respirando atrás de su cuello con la mirada perdida en la neblina enfrente de nosotros.

"Perdón", le digo y ella me señala la caguama para que se la pase. Le da un trago y se recarga en el barandal. Me sonríe. Me encantan sus sonrisas. Siempre me han gustado un chingo sus dientes chiquitos y cómo los enseña, sin pensarlo, como si a pesar de estar enseñando un collar de perlas supiera que no se le va a gastar nunca, que puede compartirlo las veces que quiera.

"Estuvo bien el beso, ¿no?"

"Sí", le contesto y le digo que me pase la cerveza.

"Ay, primito. ¿Ya ves lo que me haces hacer? Bueno. La verdad siempre te había querido dar un beso. Oye y ¿en dónde aprendiste?"

"¿Me das un cigarro?", le digo y ella me da uno de sus Benson. Lo prendo y le doy una fumada pero casi no me sabe a nada. "¿Y ahora?", le pregunto.

"¿Y ahora qué?", me dice y yo sólo me encojo de hombros.

"Entonces, ¿siempre has besado así?"

Quiero decirle que sí, o que más bien no tengo idea. Es la segunda chica que beso en 18 años, después de Sara. Y Sara nunca me dijo que besara bien, entonces no sé. No estoy seguro, así que mejor le vuelvo a preguntar: "¿Y ahora?"

"Ahora. Ahora ahora ahora. A ver, ¿ahora, ahorita?", dice, riéndose, mientras baila por la azotea al ritmo de una canción imaginaria. Regresa y se para enfrente de mí: "Ahorita no sé. No se me ocurre nada. O bueno sí, ya. Ahorita, si quieres, me puedes dar otro beso".

Antes de que acabe de hablar le digo que sí. Nos acercamos más despacio que antes y nos quedamos un ratito con los labios pegados, sin hacer nada, sólo su boca encima de la mía, sintiendo el centro tibio de la vida latiendo, como una burbuja de calor y esperanza, en medio del aire frío y el futuro y la culpa.

Simple Twist of Fate

4:17 *Track* 2 del *Blood*
on the Tracks, 1975

Empieza con una llamada y acaba con una llamada. Este capítulo y las cosas interesantes que me han pasado en la vida.

Estoy acostado en mi cuarto y suena mi teléfono. Contesto
y oigo la voz de Julieta al otro lado de la línea. Me dice que si
no voy a su casa, sus papás hicieron tamales, mi mamá ya está
ahí. Le digo que es lo que más quiero en el mundo, correr a
verla, porque no la he visto desde el beso de Xalapa y su sabor
saladito me sigue retumbando en la boca, aunque mezclado
con el de Sara, todavía. Aunque ya se está yendo. La imagen
de Sara se está vaciando: la veo desmoronándose en su cuarto
y estoy seguro de que voy a cuidarla para siempre, y al otro día
ya ni me contesta el teléfono. Ni mensajes, ni *mails*, ni Facebook. Desaparece del mundo. Fui a buscarla a su casa un montón de veces pero nunca me abrió. No supe nada de ella hasta
que me habló al cel, tres semanas después de la cena con su
mamá, y me dijo que quería hablar conmigo. Fui a su casa. La
luz de la tarde caía sobre su cara y la hacía verse más hermosa
que nunca mientras me decía que se enamoró de Nacho, que
lo sentía pero ya se había acabado.

El teléfono suena otra vez, porque a Julieta se le olvidó
decirme que también invite a mi papá a los tamales. Mi papá

está encerrado en su cuarto. Sigue llorando, aunque ya tiene ocho días que se murió el Conde. El Conde era mi perro. O más bien el suyo, porque yo nunca le hice caso y mi papá lo quería mucho. Todavía sigue igual de triste, repitiendo: "Mi Conde, se me fue mi Conde". Es un mentiroso. En el funeral de mi hermano ni siquiera lloró. Ni yo tampoco. Mi mamá lloró por todos. Y todavía sigue llorando, encerrada en el cuarto de David, viendo sus fotos y hasta los dibujos que hizo en la guardería.

No le digo nada a mi papá de los tamales y me salgo de la casa. No quiero tragarme su tristeza, pero me la trago, un poco, porque sigo pensando en él mientras camino a casa de mi tía. Mejor, para no pensar en mi papá y en la muerte, me concentro en Julieta y la sustancia negra y prohibida que se me riega por el cuerpo cuando me acuerdo del beso. No funciona. Entre más me resisto más pienso en lo que no quiero: en los quejidos de mi papá y en David. Es como si la vida y la muerte fueran una misma cosa inseparable: Julieta. David. Sara. Julieta. David. Sara.

Julieta fue la que me avisó de David. Vino a buscarme a la casa a las seis de la mañana. Me despertó. Intentó controlarse para explicarme mejor, pero no dejaba de llorar. Cuando se calmó, me dijo que David había chocado en la madrugada. Le habían hablado a mis papás desde algún lugar cerca de Acapulco. Había tenido un accidente y estaba muy grave. Pero la verdad es que no estaba grave, ya estaba muerto. Se murió luego luego, con el choque. Mi papá ya lo sabía. A él fue al que le hablaron de la policía, no de ningún hospital. Pero no le quiso decir nada a mi mamá, se esperó hasta que casi llegaron a donde tenían a mi hermano, para irla preparando, según él.

Llego a Álvaro Obregón y camino hasta Colima, donde vive Julieta. En el celular vengo oyendo *He Was a Friend of Mine*. Dylan tiene 34 canciones en las que menciona la palabra muerte, pero aparte de ésta, no hay ninguna otra donde Bob hable tan claramente de los que se quedan aquí. Sólo en *Crónicas*, cuando cuenta del funeral de su papá y dice que a pesar de que su relación con él se resumía al sonido de sus voces en pláticas deslavadas, su papá era el mejor hombre del mundo y valía cien veces más que él.

Cuando se muera mi papá no voy a decir nada parecido. Mi papá, como el de Dylan, vive en una ciudad diferente a la mía. No lo entiendo y no tengo la más mínima idea de quién es y qué quiere, o si todavía quiere algo, o si alguna vez lo quiso. También a mí me gustaría decir que es el mejor, pero es una sombra, una mentira. Y no se parece en nada al mejor del mundo, a Bob. Mi papá es gordo y unos pelos chinos se le amontonan a los lados de la cabeza. Mi hermano, él sí se parecía a Bob Dylan, un poquito, por lo menos: era blanco y aunque era mucho más alto y se rapaba, tenía una nariz ganchuda, como la de Bobby, además, le gustaba el box, como a Dylan. Se emocionó cuando en el concierto del 2008 (un año antes de morirse) Dylan, de incógnito, visitó un gimnasio de box en el D F y se quedó a hacer esparring un ratito con un entrenador mexicano.

David valía cien veces más que yo y mi papá. Siempre quise ser como él. Quería parecérmele en todo. Me gustaba la forma en que se acercaba a las chicas, cómo apretaba el cigarro en la boca y agarraba la mano de su novia, envolviéndola totalmente en su palma. Quería sonreír como él y que una voz como la suya, oscura, parecida a un sueño profundo, saliera de mi boca.

Toco el *interphone* de Julieta. Vive con su mamá y su papá. Nunca tuvo hermanos. Ella es la que me contesta y me dice "hola". Se le nota la sonrisa hasta en la voz. Vive en el quinto piso y pienso que si yo viviera aquí ya tendría unas piernotas. Pero no creo, porque las piernas de Julieta, aunque perfectas, son flaquitas, y sube y baja las escaleras diez veces al día. Toco la puerta. Me abre su mamá, mi tía Carmen: "Amorcito, mi niño. Pásate, pásate". La casa está calientita y huele a tamales de dulce. A mi tía Carmen le gusta mucho cocinar. Hace tamales por cualquier cosa, aunque no se celebre nada. Aunque esta vez sí hay una fiesta y están los tíos de Julieta, de parte de su papá. No son tantos, pero uno de ellos, el tío Miguel, me da la mano y me dice: "¿En dónde está mi regalo, mijo, qué, se te olvidó?", le sonrío y le digo que no, cómo cree. Pero en mi vida le he dado un regalo ni nunca le voy a dar uno, así que sólo le doy un abrazo y me voy a la mesa. No veo a Julieta y me siento junto a mi mamá. Mi tío Ramón, desde el otro lado de la mesa, me dice: "¿Y tú? ¿Qué, eres indito o qué? ¿Ya no saludas? Si yo soy tu padrino, mijo. Ándele, salúdeme". Me paro, camino hasta donde está y le doy la mano.

Como Julieta no aparece me voy al baño para de paso asomarme a su cuarto. Antes de girar la chapa, Julieta abre la puerta por adentro, como si saliera de uno de esos sueños perfectos donde tienes todo lo que siempre has querido, pero cuando te despiertas, te sientes bien triste, porque en la vida real nunca vas a tener lo que acabas de soñar. Pero Julieta es de carne y hueso y está parada enfrente de mí, con un vestido blanco, descalza. A Julieta siempre le ha gustado estar sin zapatos ni calcetines, desde que éramos chiquitos. Me acuerdo de sus pies encuerados de cinco, de siete y de once años, subiendo y bajando las escaleras de mi casa.

El corazón se me voltea, sin avisarme, y el golpe es tan inmediato que al caer me voltea también el estómago y no sé cuántos órganos más. "Hola", me dice Julieta y se sonroja. Se ve preciosa con su vestidito y sus aretes plateados. "Hola", me vuelve a decir porque todavía no le contesto. "Hola", le respondo por fin y ella me agarra de la mano y me dice, "vente, vamos a comernos un tamalito". Hace años que no me como un tamal de dulce. Antes sólo comía de ésos y cuando crecí los cambié por los verdes, o por los de mole, no sé por qué. Clavo la cuchara de plástico entre la masa rosa, esponjadita, y siento cómo el cubierto se dobla un poquito y de la grieta que hace sale un suspiro de vapor que casi puedo oír. Le soplo a la cucharada para que no me queme. Me la meto a la boca y pienso que en serio no tengo idea de por qué cambié los tamales de dulce por los de chile, si siempre fueron mis favoritos.

Mi tía le grita a Julieta desde la cocina que le ayude con el atole. Julieta va con ella y yo me vuelvo a quedar atrapado en la mesa familiar. El tío del cumpleaños está a mi derecha y se sirve un caballito de tequila. Me sirve también a mí y yo volteo a ver a mi mamá porque ya sé que no le gusta que tome. Cree que todavía estoy muy chiquito. Me ve y hace cara de: "Ay, Omar. No, tú todavía estás muy chiquito". Me tomo el caballito de un trago, en su cara, aunque me queme, porque me caga el tequila. Pero me gusta ver cómo mi mamá nada más mueve la cabeza, como si yo ya estuviera perdido. Nada más por un pinche tequila.

"Cálmese, Margarita. Mire nomás, si es sólo un caballito. Si uno ya desde los trece andaba echándose sus alipuses con la palomilla, no se haga, Margarita, no se haga", le dice el tío Miguel, pero mi mamá sólo mueve la cabeza otra vez, como diciendo: "Ay, no, es que todavía está bien tiernito". Porque eso es lo único que puede decir mi mamá de mí, aunque ya tengo 19 años, los mismos de David cuando se murió. Y David nunca fue chiquito.

Me tomo otro tequila y Julieta nos trae el café y luego su mamá le grita para que vaya a lavar los trastes y cuando acaba de lavarlos le dice que recoja la mesa: "Nomás tantito, mija, para que estemos más a gusto". Julieta no está a gusto, pero se aguanta y sonríe y no sé cómo le hace pero sí sonríe de a deveras. El tío Mai, otro de sus tíos, flacucho y con la cara llena de granos, antes de que Julieta se ponga a recoger, le agarra la muñeca y le dice: "Oye, mija, y qué, ¿cómo va eso de ser actriz?", aunque no le interesa saber, nada más se lo pregunta para aprovechar que la tiene cerquita y verle las chichis, "es que ya estás bien grandooota. Ya verás que ya pronto estás ahí en la tele, mija". Julieta le sonríe, aunque esta vez de mentiritas, y le dice: "Sí, tío. Ya pronto". Se zafa y se va a la cocina por un trapo, para empezar a limpiar.

Yo le ayudo a pasar la jerguita encima del mantel. Julieta le dice a su mamá que ya está y, antes de que se le ocurra pedirle otra cosa, me agarra de la mano y me lleva a su cuarto. Cierra la puerta atrás de mí, le pone el seguro y se recarga en la pared. Suspira y me hace cara como de estoy hasta la madre de aguantarlos. Luego respira profundo y me sonríe. Me ve a los ojos y me dice: "Hooola", así, estirando la ooooo, como si todavía estuviera esperando a que le contestara. "¿Estás ahí?", me pregunta. Le sonrío y le digo que sí, aquí estoy.

"¿Y ahora qué hacemos o qué?", me dice.

"No sé… ¿vemos una peli?", le contesto, nervioso, porque quiero darle otro beso.

"¿Una peli? Bueno, está bien", me dice y pienso que sí es una buena idea porque en su librerito todavía tiene el DVD de *I'm Not There* que le regalé. Agarro la peli y le digo: "Tiene que ser ésta". Y Julieta me dice: "¿Otra vez?" "Sí. Otra vez", y meto el disco en el aparato reproductor. Julieta apaga la luz. Aprieto *play* y nos sentamos en la alfombra, juntos, enfrente de la tele. El espectáculo arranca una vez más. Me lo sé de memoria: en la pantalla, en blanco y negro vemos lo que Bob Dylan veía atrás del escenario a punto de saltar a uno de sus conciertos de la gira del 66 con The Band: el rugido del público lo llama y él sube las escaleras y sale al escenario. De pronto, lo vemos atravesar Woodstock en su vieja moto mientras aparece el título: "I'M NOT THERE", y a continuación, igual que mi hermano esperando a que lo reconocieran mis papás, vemos el cadáver de Bob Dylan, más frío que un congelador, acostado sobre la mesa de autopsias. Un cirujano le abre el pecho con el bisturí para conocer la causa de la muerte.

Julieta me da la mano. La volteo a ver y le repito la voz en *off* que sale de la película: "There he lies. God rest his soul and his rudeness. A devouring public can now share the remains of his sickness and his phone numbers. There he lay... poet, prophet, outlaw, fake...". Julieta recarga su cabeza en mi hombro. La abrazo y termino el diálogo: "Even the ghost was more than one person". Julieta me agarra la cara, para que no regrese a ver la película y la vea a ella. Y la veo: los nervios me suben hasta la garganta, hasta casi salírseme de la boca. En la tele arrancan las primeras notas de *Stuck Inside of Mobile with The Memphis Blues Again*, y Julieta y yo nos acercamos, hasta estar pegaditos, mi boca enfrente de la suya. Me doy cuenta de que esta vez sólo la mía huele a alcohol y la suya a algo dulce y perfumado.

Así, de cerquita, con los labios pegados pero sin moverlos, sin besarnos, Julieta me dice, casi apenas para que pueda oírla: "E-res-mi-pri-mo. Y aquí está toda la familia". Ya sé: que soy su primo y que no me gustaría ser su primo o que me da igual ser su primo, y que a unos metros hay una sala repleta de tíos gordos y borrachos que sueñan con hacer lo que estoy haciendo yo. Le digo eso, que ya sé. Pero no me quito, no me separo y espero a que ella sea la que decida. Aunque ya decidió, porque tampoco se quita, se pega más y poco a poco sus labios se abren y se acomodan para que su lengua resbale abajo de ellos y separe los míos. El DVD sigue corriendo. No lo oigo. No sé qué está pasando con Dylan y sus encarnaciones y su locura. Estoy demasiado pegado al presente, demasiado despierto para pensar o verme desde afuera o cualquiera de las cosas que siempre hago. Sólo estoy en el beso. Sintiendo sus dientes morderme. Mi lengua siguiendo la suya, acariciándola, absorbiendo el calor y respirando las ráfagas de su aliento que se hacen cada vez más rápidas, como si acabara de subir corriendo los cinco pisos de su casa y su corazón subiera y bajara más y más rápido, jalando aire. Jalando aire. Yo también abro más la boca para dejar que el oxígeno se me meta por donde pueda, por los huecos entre los cachetes y las lenguas, porque el aire que entra por la nariz es muy poco y hace más calor, mucho calor. Recuesto a Julieta sobre la alfombra y dejo que mi mano derecha le acaricie la pierna, todavía con miedo, como si su piel fuera un animal desconocido y no quisiera espantarlo, todavía esperando que en cualquier segundo algún tipo con la misma sangre que nosotros llegue y toque la puerta y nos descubra. Así que apenas la toco, poquito, con la punta de los dedos, tratando de no hacer ruido, y cuando la piel de mis yemas se adapta a la suya, dejo que la palma termine de caer y con la misma paciencia suba, se detenga en el hueso redondo de la rodilla y siga, metiéndose abajo de la falda, hasta el muslo. Y se quede ahí, investigando los poros. Hundiéndose en la carne, absorbiendo su calor hasta llegar al huesito de la cadera. Y ahí espero a que Julieta me diga algo. Hundo la cabeza en su cuello, inhalando el olor que sale de su pelo. Por un rato no dice nada, sigue respirando entrecortadamente y yo pienso que se va a arrepentir y va a salir con que no podemos hacer esto, que nos van a descubrir o a meter a la cárcel. Pero sólo me dice: "Espérate, Omar. Mira, ven", me jala la mano y nos subimos a la cama. "Ven, bobo", me dice y nos metemos abajo de la colcha. Nos tapamos hasta la cabeza y nos enderezamos para que parezca que estamos adentro de una cueva. "Bobo", me dice otra vez, se ríe y me hace cosquillas. "Espérate", le digo y con las manos abajo de su vestido le pico las costillas. "Muy chistosito, ¿no?", se ríe y me quita la playera y yo meto la cara abajo de su falda y le doy besos en la panza. Le quito el vestido y ella me dice que me quite los pantalones y los zapatos, si no le voy a ensuciar su cama. Me salgo de abajo de la cueva, me quito rapidísimo los tenis y los calcetines y los pantalones y los bóxer, porque no sé cuánto tiempo más tengamos antes de que nos cachen o Julieta se arrepienta y me meto otra vez, abajo de la colcha que sigue sobre ella, tapándola toda.

Me deslizo encima de ella y eso es lo mejor, lo que hace aullar de felicidad a cada una de mis células: cuando mi cuerpo la cubre como una cobija oscura, tapándole los hombros, las axilas, los pezones: frotando la tela de mi cuerpo contra sus fibras, entrando, separando, cruzando la línea suavecita que siempre quise cruzar.

Cuando salgo de la casa y regreso a la noche de la colonia Roma, a la gran noche de la Ciudad de México, soy el güey más feliz del mundo. Me siento. Como si me hubiera escapado de la línea de presos que caminan sobre la carretera arrastrando sus grilletes y corriera adentro del bosque sintiendo cómo los destellos de la libertad se entierran en mis muslos. En el celular pongo el cover de *Simple Twist of Fate* que hace Bryan Ferry y que me vuelve loco, porque las guitarras se abrazan y escupen sus acordes contentas, como si el destino, a pesar de la crueldad, al final decidiera que no todo debe de acabar en tragedia. Me siento lejos de la muerte y el drama y pienso que es hora de empezar otra historia: dos amantes misteriosos separados por sus familias, viéndose a escondidas en hoteles baratos: un ambiente de neblina y frío y colores oscuros y profundos: luces de neón rotas brillando afuera de la ventana, cayendo sobre los amantes tendidos, consumidos bajo las sábanas, esperando lo peor. Porque a pesar de su amor no pueden estar juntos: nacieron en la misma cadena de genes y sus familias están llenas de ancianos religiosos. Será una historia más clásica, como Romeo y Julieta. Ella nació en primavera y yo nací muy tarde. Una tragedia también, al final, pero más pura y verdadera.

Camino y camino sobre la ciudad tejiendo las redes de mi nueva historia, hasta que el celular me saca de la bruma de felicidad, hasta que se activa el tono que suena cuando llega un mensaje: Bob Dylan recitando el diálogo final de *Masked and Anonymous*: "The way we look at the world is the way we really are. See it from a fair garden and everything looks cheerful. Climb to a higher plateau and you'll see plunder and murder. Truth and beauty are in the eye of the beholder". Dejo que Bob termine de hablar y cuando es lo último que se me pasa por la cabeza, veo que es un mensaje de Sara. Me siento en los escaloncitos de la entrada de una casa. Estoy sudando frío. Desbloqueo el teléfono y leo el mensaje: "STÁS DSPIERTO? STOY MY MAL, PUEDO IR A VERTE???".

Las manos me tiemblan como si tuviera reumatismo. Levanto el celular y hago la segunda llamada de este capítulo. A Sara. Para decirle que sí, que la veo en un rato en mi casa.

Stop Crying

5:21 *Track* 4 del *Street Legal*, 1978

El pómulo izquierdo de Sara está muy hinchado. No puede hablar, intenta jalar aire pero las lágrimas cortan sus bocanadas a la mitad. Se ahoga y grita con la voz hecha pedazos, partida en montoncitos de rabia. Estamos en su coche, estacionados enfrente de mi casa. Llegó hace un ratito, una hora después de que hablamos por teléfono.

Yo hice tiempo en lo que caminaba hasta acá, preparando lo que le iba a decir. Sería duro al principio, le hablaría de los días oscuros y el dolor. Pero no pude decirle nada. Apenas llegó y me metí en su coche empezó a pegarle al volante y a llorar.

El hijo de puta de Nacho le rompió la cara. Pero primero le dio un puñetazo en el estómago y mientras Sara se recuperaba el cabrón le pegó en el ojo. Ella se desmayó y cuando despertó Nacho ya no estaba. Me escribió el mensaje, habló conmigo, se subió al coche y manejó hasta acá. Pensé que el momento del golpe debió de haber pasado mientras yo estaba con Julieta, a lo mejor besándonos, antes de subirnos a la cama y meternos en la cueva de cobijas. Una punzada de algo oscuro y dulce me aprieta las costillas, abajo del corazón: como un coágulo de culpa y alegría, de sentir que soy una mierda y no poder aguantarme la sonrisa. Por haber ganado. Porque todavía siento el cuerpo de

Julieta y porque Sara está aquí, finalmente, aceptando que se equivocó, que nunca me debió dejar.

Pero los lloridos de Sara son escalofriantes y hacen que el coágulo se afloje, se haga líquido y se riegue. Sus gritos se me meten en la columna como una corriente eléctrica. Quiero que se calle porque me asusta y esto no tiene nada de poesía. Parece un animal enfermo y desesperado y esto no se parece a la última vez que la vi llorar, en su cuarto, apenas iluminada con la luz de la lámpara, como una virgen perfecta y temblorosa. Ahí sólo la contemplaba, empapado por la belleza de la escena. Lo de ahorita es como meterme adentro de un huracán y tratar de llegar a un punto seguro donde pueda decirle algo que la haga sentir mejor pero sin hacerme pedazos.

Podría bajarme del coche y meterme a mi casa, pero tampoco quiero. Perdería la única oportunidad para que vea que soy mucho mejor que Nacho, un tipo sensible que está ahí cuando la vida se pone dura, un artista y no un cerdo que le pega a las mujeres. Pero nunca he visto llorar a nadie como a ella. Ni siquiera a mi papá chillando por el Conde.

"¡Hijo de puuuuta!", grita Sara y vuelve a pegarle al volante. Se prende una luz atrás de una ventana. Veo asomarse a mi mamá desde el cuarto de David. Un tipo de pelo rojo pasa de largo, caminando por la banqueta, viéndonos de reojo.

A lo mejor un cigarro la ayuda. Sacó uno y se lo doy.

Deja de llorar tantito, para agarrarlo, pero sus manos parecen cascabeles y le tiemblan tanto que no puede llevárselo a la boca. Grita y luego agarra su muñeca con la otra mano, la izquierda, y consigue que el cigarro llegue a sus labios. Da una fumada. Por unos minutos sigue así, luchando, repitiendo el movimiento, guiando su mano a su boca. Se acaba el cigarro y vuelve a llorar, aunque ya se le está acabando la energía. La rabia se disuelve. Se acuerda de que también trae cigarros, prende uno, se recarga en el respaldo del asiento y cierra los ojos. Se ve mejor, con las lágrimas secándose, dejando canales blancos de escarcha salada sobre sus cachetes: exhala, como el final de una canción muy lenta y entonces empieza a hablar, sin sentido, revolviendo las historias, mezclando las palabras y los nombres: Acapulco y su mamá y el Profesor y yo no entiendo nada y trato de aterrizarla para que no se desvíe y me cuente lo que de verdad importa, lo más cabrón, lo que la tiene con el ojo así, lo que le hizo ese hijo de puta.

"Estaba todo tirado. El sillón y los cajones de la cocina", me dice por fin, después de decirle que se concentre. Se recoge el pelo que tenía revuelto sobre la cara y se lo acomoda atrás del cuello. "Ni siquiera cerró la puerta de la casa."

"¿Y cómo se metió?", le pregunto. No me contesta, le da otra fumada y ve en el espejo retrovisor el ojo que tiene casi cerrado.

"Estaban las luces prendidas", me dice, se aleja del espejo y da otra fumada. "Las de la sala y el baño y los cuartos. Pensé que se habían llevado la compu."

"¿Pero cómo se metió?", le digo porque ya sé que nadie la robó y Nacho va a aparecer en cualquier momento. "¿Rompió la puerta?"

"Las luces de mi cuarto estaban apagadas. Él estaba dormido en la cama."

"¿Quién estaba dormido, Nacho? ¿Cómo se metió?, ¿tenía llaves?, ¡no mames! ¿Si tenía llaves ver…?"

"¿Qué?", me contesta, como si apenas me hubiera oído.

"Qué si rompió la puerta o qué."

Sara le da otra fumada, la última, porque ya casi llega al filtro. "No", me contesta, "tenía llaves". Le doy una fumada grande a mi cigarro, para llegar al filtro también, a ese sabor de plástico que te revuelve el estómago, y poder fumar uno nuevo desde el principio.

"Entonces… ¿Por qué te pegó?"

"No sé, Omar. ¿Porque es un pinche culero?"

"¿Pero estaba borracho?"

Sara se encoge de hombros y dice que sí con la cabeza.

"¿Y entonces?"

"Lo dejé que siguiera dormido", me dice suspirando. Se levanta un poquito del asiento para acomodarse la falda. "Me metí a bañar y cuando salí ya se había despertado..."

"¿Y por qué le diste llaves?", le digo y Sara ni me contesta, como si fuera tan obvio que ni siquiera tuviera que decirlo. Pero quiero que lo diga, así que le vuelvo a preguntar.

"Pues... ¿por qué va a ser?", me dice suspirando, absolutamente cansada: "Pues porque soy una pendeja, ¿no?"

Los nervios me crecen como ramas abajo de la piel. Alcanzo la palanca que baja el vidrio y juego con la bolita de la manija.

"No. No eres pendeja", le digo disculpándome pero alargando el *pendeja*. Pero de todos modos Sara ya está llorando otra vez, aunque con menos fuerza, como si fuera una estatua dejando que las gotas de lluvia se le resbalen por su cara de piedra. Eso. Una estatua tallada por un Dios humano, porque veo que a pesar de su cara hinchada y su ojo deforme, Sara se ve trágicamente hermosa y perfecta. Y porque todos los momentos que pasamos juntos, los que sí pasaron y los que sólo me imaginé, se me vienen encima: mi historia está aquí, cansada, con el párpado del ojo derecho cerrado, más brillante y real que cualquier poema, suspirando tristeza. Todo pasó así para tener esto, para hacerlo más real y no sólo un cuento de hadas. A lo mejor éste es el punto donde los protagonistas se vuelven a encontrar, el pasado desaparece y sólo queda el presente perfecto, dejando a todos con la boca abierta.

"¿Y entonces?", le digo.

"¿Y entonces qué?"

"¿Cómo te pegó?... por qué te..."

"Por culero", me interrumpe. "Porque es un culero y porque encontró lo de la *webcam* en mi compu."

"¿Lo de la *webcam*? ¡No mames!", le digo, para que se dé cuenta que cualquiera que no sea pendejo sabe que es un trabajo más.

"… estaba sentado en la computadora viendo mis videos."

Sara está fundida. Ya ni quiero que me acabe de contar ni escarbar ni saber los detalles de cómo le pego.

Esto debería haber pasado hace un mes. Hace quince días. Porque sigo queriendo a Sara. Le prometí cuidarla para siempre y sí quiero hacerlo. Pero ahora hay un personaje extra y no sé cómo hacer que encajen las piezas: ya no es la historia original ni la clásica y ya no tengo ni puta idea de qué tipo de historia es ésta.

Estiro la mano, la dejo sobre su pierna y le digo:

"Te extrañé", es la verdad, la extrañé un chingo.

Sara se endereza, lleva su mano hasta la mía, la aprieta muy rápido y la suelta y empieza a hablar otra vez de la cena con su mamá. Yo mejor saco mi celular y busco el *Street Legal*, la canción 4.

"Vas a estar bien. Mira, oye esto", la interrumpo para que no se vuelva a clavar y le doy los audífonos. Aprieto *play*. Ella se los pone y yo alcanzo a oír, muy bajito, saliendo de sus orejas, los primeros acordes de la canción: las trompetas y luego el órgano estirándose, abriendo un puente para que Bobby se meta al primer verso, con su voz de 38 años, poderosa. Sara se revuelve en el asiento y cuando la voz de Carolyn Child y las otras coristas alzan sus voces negras y repiten con sus profundos tonos de soul: "Stop crying, stop crying", se arranca los audífonos, me ve sin ninguna expresión y saca el celular de su bolsa para ver la hora.

"Ya me tengo que ir", me dice.

Se supone que me da un beso, pero más bien sólo me pega el cachete y siento el frío de su cara y el frío que se había estado metiendo por los vidrios del coche. Me bajo. Ella gira la llave y oigo el motor encenderse y avanzar hasta el final de la calle.

Sara

5:32 *Track* 9 del *Desire*, 1976

Soñé que era el último en una fila de vagabundos formados para entrar uno a uno al cuarto de Sara. Ella se los cogía y cada vagabundo salía transformado: bien peinado y oliendo a champú. Yo era el último en pasar, pero antes de entrar me volteaba a ver el cuerpo: mi ropa ya estaba limpia y mis tenis eran nuevos, así que no sabía en qué me iba a transformar a mí.

Despierto con dolor de cabeza, todavía sintiéndome como en el sueño: perdido. Me levanto y voy al baño para mojarme la cara y quitarme los restos de la pesadilla. Me visto, agarro la mochila y me salgo. La mañana está nublada, gris como cemento. Prendo un cigarro y camino hacia el metrobús. No cené ni desayuné así que lo único que tengo en el estómago es el humo que cae con cada fumada. No he sabido nada de Sara desde que me vino a buscar hace una semana, y aunque he seguido viendo a Julieta, sigo pensando en su ojo reventado, como si fuera un faro llamándome desde lejos. Gritándome que está sola y rota y si quiero olvidarme de ella éste es el momento perfecto: si me voy, caminando de puntitas para no hacer ruido, nadie se va a dar cuenta.

En el metrobús paso la tarjeta y dejo que la gente atrás de mí me empuje adentro del primer camión que pasa. Termino en el círculo de en medio, apretadísimo, entre la espalda de dos personas. Me gusta venir así. No tengo que agarrarme de ningún tubo: me suelto y dejo que los otros cuerpos me detengan. Cierro los ojos. Estoy oyendo el *soundtrack* de *Renaldo y Clara*, reconstruyendo una de las escenas de la peli: a Bob abrazando a su Sara, metiéndole la lengua en la garganta mientras pisa las cuerdas de su guitarra.

Un roce destruye la visión y me hace abrir los ojos y regresar al metrobús.

Siento como una brisa eléctrica en las nalgas. Primero es sólo eso, un roce, pero crece y se convierte en la carne de otro cuerpo recargándoseme. Me hago para adelante para no tocarla pero el metrobús se columpia y siento sus nalgas echándose encima. Arqueo la espalda y volteo para ver quién es, pero está muy cerca y sólo veo su espalda y su cara de perfil. Es una mujer, morena, chaparrita. Cuando el metrobús frena, ella recarga otra vez sus nalgas contra las mías y esta vez las deja ahí. Me hago para adelante, pegándome lo más que puedo contra la barra de metal: hay varios anuncios contra el acoso sexual pegados arriba de los vidrios y no quiero que piense que lo estoy haciendo a propósito. La imagino gritándome que soy un cerdo, como todos los hombres, y entonces pienso que Nacho es la clase de persona que haría estas cosas. Me vuelvo a arquear para no tocarla, pero el metrobús se detiene y el montón de gente que se mete nos empuja y ella se repega más. Y no se mueve. Deja que el vaivén del metrobús nos frote las nalgas, así que me dejo ir y mejor me imagino su cuerpo a partir de lo poco que vi: debe ser gordita, muy gordita, por el tamaño de las nalgas. Creo que lleva un traje sastre, así que seguro va a trabajar. Tiene el pelo negro y lo trae amarrado. No alcancé a verlos pero sus labios deberían estar pintados de rojo brillante y contrastar mucho con el color de su piel.

Sus nalgas se columpian con las sacudidas del camión, se despegan por segundos y después se reclinan con fuerza. Me las imagino muy grandes, saliéndose de sus calzones, queriendo romperlos y escapar hasta mí. Ya se me paró. Mi cabeza corre a cientos de kilómetros repasando las posibilidades, absorbiendo la sensación negra de futuro. No sé, a lo mejor es una chava que no piensa las cosas y es fuerte y está absolutamente maravillada de estar viva y no deja escapar ni un segundo. Tal vez es como Terry, la mexicana que Kerouac conoce en *On the Road*. Su cuerpo debe ser igual pero más grueso y tosco. Seguro la vida late tan fuerte en sus venas que no puede dejar de hacer este tipo de cosas: abrir bien los ojos y exprimir el jugo del presente.

Tal vez cuando me baje del metrobús y la vea de frente, sus ojos caigan sobre los míos y no tenga que decirle nada para que se baje y me siga. Me va a agarrar la mano y sin decirle una palabra, oculto por la sombra del gorro de mi sudadera, la llevaré hasta un hotel con personajes siniestros en la recepción y cuartos con goteras. Ella, se llamará Teresa, desabotonará su traje y luego el brasier y veré cómo saltan sus tetas, enormes, con unos pezones negros como pedazos de carbón. Luego se quitará la falda y las nalgas se desbordarán cubiertas de celulitis, como un monstruo sediento. Se soltará el pelo y éste se resbalará cubriéndole las tetas. Entonces abriría la boca dejando salir el perfume rojo de su aliento.

Tengo el pito tan duro que me empieza doler. La cabeza me va a explotar y a escurrírseme por los oídos. Es demasiado. Que me esté pasando esto, que Teresa y su cuerpo moreno esté aquí, pegado a mí, adentro de un camión en una mañana cualquiera. Si la vida me arrastrara de esta forma más seguido me acercaría más a lo que quiero ser, a la mirada de Neal Cassady bebiendo de la noche, a la mirada de Dylan sumergido en los cuerpos de sus novias negras de la carretera, sin pensar, con las manos fijas en los relámpagos del presente.

El metrobús frena. Teresa se despega y el chofer voltea y dice que el trayecto llega hasta aquí. Las personas se desenredan y se bajan. Ella me ve muy rápido y creo que mi mirada no es tan fuerte ni misteriosa como creí, porque no pasa nada, me ignora y sale detrás de la corriente de personas hacía el andén.

La mayoría de gente camina a la salida pero ella y unos más se quedan esperando el metrobús que va al Caminero. Yo también me quedo ahí, haciendo como que espero. Me pongo a su lado viendo los taxis y coches sobre la avenida, tratando de parecer indiferente. Interesante. Volteo de reojo, esperando a que ella haga algo, un guiño o lo que sea para que terminemos en un cuartucho reventándonos los huesos a cogidas. Pero ella sigue viendo a la calle. Quiero aprenderme su cara y fijar en mi cabeza su estatura, el color de sus zapatos, sus manos y sus piernas. Lo único que se me ocurre es sacar el cel, abrir la cámara, quitar el sonido, acercar el teléfono a mi oreja, hacer como que estoy hablando y tomarle fotos sin que se dé cuenta. El estómago se me derrite, la ansiedad me aprieta los dedos y me corta la garganta. Aprieto y aprieto y aprieto tomándole fotos. Camino hacia atrás y hacía adelante del andén y le digo a mi interlocutor imaginario: "Sí, bueno. Ya se me hizo tarde. No, cómo crees. Ya llego", y me asomo a la calle para que la cámara la tome desde ángulos distintos.

El siguiente metrobús llega y abre las puertas. Teresa se mete. Las puertas se cierran, el camión avanza y entonces, por fin, ella me sonríe, sólo como para decirme que sí pasó.

Sigo nervioso y ni puedo pensar bien. Me siento en una de las banquitas de metal y veo las fotos que le tomé. Son más de veinte, casi todas borrosas, pero sirven, se me meten a la cabeza, empujan el calor. Desde aquí veo un edificio de oficinas y las ventanas de cristal de un Vips. Salgo de la estación, cruzo la calle y me meto en el Vips fingiendo que busco a alguien para que no me digan nada mientras atravieso los gabinetes hasta el baño. Me meto en un escusado y pongo el seguro. Saco el teléfono y busco a Teresa. Quiero ir despacito, detenerme en cada foto para encontrar más detalles y alargar el momento, pero el calor me presiona para que pase las fotos rápido hasta llegar a la mejor: Teresa ve hacia el frente, su bolsa le cuelga del hombro. Tiene unas nalgotas. Y unas tetas muy grandes, pero su cara es fea, con unos cachetes flojos y gordos y una nariz de bola. Eso me excita más. Me gusta que sea horrible: una sombra escondida atrás del mundo, trabajando en empleos de mierda, ganando una miseria y arrastrando sus nalgas monstruosas por las oficinas, en los camiones, repegándolas en los hombres. Me bajo la bragueta, me saco el pene y regreso al hotel barato, a ella encuerada enfrente, tirada en la cama con su pelo suelto cayéndole sobre las tetas, confundiéndose con sus pezones de carbón. Me escupo en la mano y le doy la vuelta para verle el culo. Le lamo cada centímetro de celulitis y estrías, le separó las nalgas y se la meto por el ano. Mi mano sube y baja rapidísimo sobre mi pene: Teresa grita, da sus largos aullidos de animal y dice que se va a venir, que no aguanta más, y yo me vengo con ella, sobre mi pantalón.

Salgo y me lavo las manos tratando de no verme en el espejo. Pero no puedo: el Omar que veo no tiene los ojos profundos de un abismo y ni siquiera la sombra de algo misterioso. Sólo veo a un güey que se mueve muy lento para alcanzar la realidad y que termina siempre sentado reconstruyendo el pedazo de vida que lo acaba de rozar, aprendiéndose de memoria sus detalles, engrandeciéndolo hasta convertirlo en un mito.

En la calle ya brilla el sol, iluminando la parte alta de los edificios. Siento como si la tristeza no me dejara mover, como si me hiciera más y más pesado. Camino sobre Insurgentes arrastrando los pies sobre la banqueta. Me meto a Plaza Inn a dar vueltas. Me recargo en una pared, saco el cel y me voy a expectingrain.com, pero casi no hay nada nuevo: sólo los mismos *links*, los mismos artículos y discusiones reciclados hasta el infinito. Mejor me voy a la comunidad de Dylan en Taringa.

Hay un nuevo post. Neuwirth82 subió otra vez el *Blood On The Tapes*, y como todavía no lo he pasado al tel aprovecho para bajarlo. El sonido es pésimo. No sé cómo Neuwirth82 se las arregló para conseguir la peor copia del disco: en medio de *If You See Her, Say Hello* aparece un ruido horrible, seguro por la compresión del MP3. Es una mierda. Dylan72 y Zimmyrimbaud le dejaron 10 puntos cada uno, sólo porque es su primer *post*, para ayudarlo a ser *Newfulluser*. Pero yo no. Estoy hasta la puta madre de dar mis puntos y apoyar a los novatos. Estoy hasta la puta madre de ser bueno y ayudar.

Apago el teléfono. Quiero saltarme esto: esta puta plaza y esta puta gente y esta puta vida. Saltar hasta dentro de unos años, al punto donde ya haya pasado esta tristeza, cuando esté en la calles de Nueva York arropado contra el frío, escribiendo en mi estudio, durmiendo con Julieta en nuestra casa de Macdougal Street: le daré un beso y le diré que acabo de terminar mi nueva novela, va a vender millones, aunque no me interesa ni la fama ni el ego ni la locura, sólo ella..., pero no. No funciona. Las imágenes no pegan. Julieta no pega. No embona en ningún futuro. ¿Qué vamos a hacer? ¿Vamos a ir a la iglesia con su vestido blanco y mi tía, su mamá, me la va a entregar? ¿Vamos a mandar a todos a la chingada para tener nuestros bebés de dos cabezas? Además es demasiado perfecta, demasiado simple y linda y buena y no puedo hacerla encajar. Lo único que la oscurece un poquito es que sea mi prima. Es como si no fuera de verdad. Como si no tuviera mugre ni realidad. En vez del dolor y la intensidad, con ella sólo veo una comedia romántica, una que nadie va a querer leer. Una mentira. Un simple *best seller* para que las adolescentes suspiren. ¡Y es una mierda no poder ensuciarla, transformarla! No lograr que Julieta embone en la gran historia sorda y noble que quiero construir.

Cierro los ojos y vuelvo a intentarlo. A jugar con el futuro. Sólo que esta vez cambio las piezas y veo una mañana silenciosa de regreso en el metro, después de acabar mi jornada de madrugada como velador en una fábrica en Brooklyn. Siento el frío del invierno mientras cruzo el barrio atascado de puertorriqueños en el que vivimos. Veo el cuerpo de Sara en nuestra cama en el cuartito de dos por dos. Está muy enferma. Nada grave pero está ardiendo en fiebre y me dice que la cuide, que por favor hoy no la deje sola: tiene miedo y me necesita. Y entonces a través de las capas de su enfermedad me sonríe y su sonrisa en más penetrante y real y hermosa que nada que haya visto en mi vida.

Cuando abro los ojos y regreso a la agitación de la plaza y a la gente que se detiene en las tiendas, saca dinero de los cajeros y compra y hace las mismas tonterías que la gente común hace todos los días de sus vidas, me doy cuenta que estoy más tranquilo, y que sonrío pensando en Sara y en esa sonrisa del futuro en Nueva York. En esa sonrisa que atraviesa la enfermedad y el dolor y me salva como al último náufrago en una tormenta. Que nos salva a los dos. Y aunque todavía me falta Nueva York, por lo menos ya tengo una de las piezas del rompecabezas, la más importante: Sara. Ella ya existe y está sola y enferma y me necesita.

Estoy parado en la puerta con el número 72 de la calle Londres, a punto de tocar el timbre, cuando una de las vecinas de Sara sale del edificio. Me reconoce: "Hey, ¿vienes con Sara, verdad? ¿Ajá? Pásale". Mientras subo las escaleras pienso que todo esto es como regresar al museo de mi propia historia. Veo las paredes, los mosaicos, las puertas de los departamentos exhibidas sólo para mí, con más significado que antes.

Me siento en la escalera junto a la puerta de Sara. La sangre salta y se licua adentro de mis venas. Escucho el ruido de mi corazón convertido en una tormenta. Tengo la boca seca y siento un saco de plomo colgándome de la boca del estómago.

Toco el timbre. No abre. Me quito los audífonos y vuelvo a tocar, pero no oigo nada. A lo mejor el timbre está descompuesto. Toco otra vez y espero unos dos minutos más hasta que Sara me abre.

Su ojo está completamente cerrado y negro. Parece un higo. Está sucia. Inflada por tanto dormir. Lleva su playera de The Clash y unos pants verdes.

"Hola", le digo, "¿estás bien?"

"Sí", me contesta, y se hace a un lado para dejarme pasar.

"Estaba preocupado por ti", le digo y me meto.

Aquí adentro hace calor y huele a encerrado, como cuando apagas el refrigerador y se descongela. Sara cierra la puerta.

"Siéntate, chavo", me dice y con la mano me señala el sillón.

Me siento. Sara recoge el control de la mesita y se deja caer junto a mí. Prende la tele. Puede ser que el refri sí esté abierto, porque el olor se hace más fuerte y me da asco. Aunque estoy muy cerquita de Sara no la toco, mi pierna está a unos veinte centímetros de la suya. Huele mal, creo que un poco del olor de refri viene de ella. No sé si es por eso pero de pronto me empiezo a sentir mal: las ideas que me trajeron hasta aquí están perdiendo fuerza. La pesadez de hace rato se me mete otra vez y me rellena los pulmones.

"Voy al baño", le digo y me levanto.

No tengo muchas ganas pero igual me bajo la bragueta y trato de orinar. No me limpié hace rato. Los restos de esperma se secaron y ya huelen raro. Alcanzo a sacar un chorro flaquito y me subo los pantalones.

Cuando regreso a la sala ya estoy haciendo cortocircuito. Hago demasiado esfuerzo para que las ideas heroicas y profundas regresen. Pero no siento nada y eso me parte el corazón. Me caga no poder hacer las cosas distinto: pienso y pienso y pienso y la voz del Omar misterioso me dice que no sea estúpido: ¿cuándo voy a dejar de ser un absoluto pendejo? ¿Por qué no puedo agarrarla de la cintura, decirle que la amo y cogérmela como si quisiera derrumbar la puta ciudad?

Me siento otra vez en el sillón, pero más cerca, para que nuestras piernas se rocen. Oigo las voces de Dylan y Kerouac reclamándome por ser tan falso, por pensar tanto y no estar vivo. Quiero que se callen y salir de ahí y olvidarme de Sara y de esta puta historia y regresar con Julieta, antes de cagarla para siempre.

"Sara", le digo por fin.

No me contesta.

"Sara."

"Humm", me dice, sin voltear a verme.

"Te extrañé."

"Aja", me contesta entre dientes sin soltar los ojos de la tele.

"En serio."

"¿Qué?"

"Eso."

"¿Qué eso?", me dice.

"Que te quiero."

"Sí. Ya sé."

"Pero ven, voltea", le digo, porque las lágrimas ya se me están concentrando en el borde de los ojos y creo que está bien, porque eso va a ayudar a que Sara entienda que lo que le voy a decir es cierto.

"Te amo", le digo, con la voz temblorosa, perfecta, salida de un poema trágico: "Y te iba a cuidar, ¿te acuerdas?"

Sus párpados bajan pesados, como cortinas de metal.

"¿Te haces tantito para allá?", me dice y yo me recorro y Sara se estira sobre el sillón, boca arriba. Recarga su cabeza en mis piernas y cierra los ojos. Le quito el pelo de la frente y le acaricio la cara. Siento que toco un tesoro, que mis dedos recogen secretos antiguos de su piel.

Se está quedando dormida. El aire sale de entre sus dientes y levanta un poco sus labios. Parece una Diosa acabada, la figura que unos campesinos rescataron de un templo destruido y luego la limpiaron y le dedicaron un altar. La cara de la figura está rota, pero sigue siendo sagrada. Los campesinos se arrodillan y dicen que es la Diosa de la Tristeza.

Me inclino sobre ella y me acerco a su boca, hasta sentir su respiración. Le doy un beso. Sus labios están secos y duros. Le doy otro beso.

"Te amo."

"Shhhh. No hables tanto. Ven", me dice y me mete la mano abajo de su playera, sobre sus tetas. Siento como si mi palma hubiera estado mucho tiempo congelada y se sorprendiera del calor, porque la piel de Sara está hirviendo y me quema. Lo mejor es que aparte de que inmediatamente se me para, ya siento que regreso al mundo normal. Que las puertas del lugar en que nací se abren para recibir al héroe que regresa cansado, casi muerto, después de un largo viaje.

Sara se hace a un lado cuando quiero besarla y me pide que me acueste sobre ella. Se baja los pants.

"Tú también. Quítatelos", me dice.

Me los bajo y ella se mete mi pene. Dejo caer mi peso sobre su cuerpo. Trato de quitarle la playera pero me dice que no. Trato de besarla pero quita la cabeza. "No, espérate. Así, mejor así." Hay millones de cosas que quiero decirle pero lo mejor es que estoy adentro de ella y eso me quita las palabras: la Diosa de la Tristeza con su belleza sagrada me dejó entrar, sólo a mí. Me escogió entre los miles de peregrinos que vinieron a buscarla. Y veo lo que nadie puede ver: es preciosa. Una heroína rota, destruida por la enfermedad y el vicio, pálida y débil, hecha pedazos por haber vivido tanto, por haber temblado abajo de tantos hombres, por haberse aventado de tantos precipicios. Una Diosa cansada, aceptando ayuda por primera vez.

Los gemidos de Sara suben por su garganta y se sincronizan con sus movimientos. Yo quiero decirle algo más profundo, pero sólo le repito: "Te amo te amo te amo te amo".

"Ya, vente. Vente, vente, vente", me dice y me vengo. Me dejo caer sobre ella y me quedo ahí hasta que mi pene se hace más y más chiquito.

Sara se pone los pants y va a su cuarto. Regresa con una cobija y se acuesta otra vez sobre mis piernas, tapándose. Yo ya no tengo que esforzarme, las palabras salen sin que me dé cuenta:

"Sara."

"Humm."

"¿Quieres volver a ser mi novia?"

"¿Ehh?"

"Qué si ya somos novios otra vez."

"¿Por qué?", me dice como si le estuviera hablando en otro idioma.

"Pues porque te amo."

"Ahh, sí. Yo también te quiero."

"¿Sí? ¿Tú también me amas?"

"Sí. Ya te dije. También te quiero mucho."

"¿Y entonces?", le pregunto.

"¿Entonces qué?"

"¿Ya andamos otra vez?... ¿Qué? ¿Por qué te ríes?"

"Pues porque sí. Está bien, chavo. Si quieres somos novios."

Le doy un beso, me río y respiro profundo, viendo cómo los hilos de la historia regresan, uno por uno, a donde siempre debieron estar.

"Te extrañé, nena. ¡No mames, te extrañé un chingo! En serio, está bien cabrón que…"

El celular de Sara suena en alguna parte. En cuanto lo oye se levanta como resorte. El timbre de su cel es el de siempre, un pedazo de canción de Café Tacuba que dice: "a través de las persianas, de tu cuarto, de tu alma". El pedacito suena y suena y Sara revuelve la mesita de centro, pero no ve el teléfono, así que avienta lo que hay encima hasta que lo encuentra en medio de una revista. El celular sigue sonando entre sus manos, saltando como un pez afuera del agua. Pero no es un pez, es culpa de Sara, está nerviosa y le tiemblan los dedos y aprieta rápido varios botones al mismo tiempo para que no le cuelguen... "Bueno", contesta toda agitada: "Sí sí sí. No. Sí. Yo también quiero hablar. No, ya sé. Espérame, espérame tantito...", termina de decir, corre hasta su cuarto y cierra la puerta atrás de ella.

Love is Just a Four-Letter Word

4:28 *Track* 8 del *Any Day Now*,
de Joan Baez, 1968

La sombra de Julieta cae sobre mí. Aunque realmente no es
su sombra, porque estamos en un Starbucks, muy iluminado,
en medio de un centro comercial y son las doce del día. La
cosa es que ya sé que es ella. No sé por qué, sólo estoy seguro
y por eso no quiero voltear. Pero tengo que hacerlo porque
Sara deja de contarme lo que sea que me está contando y le
dice "Hola, ¿te conozco?" a la persona atrás de mí.

Me volteo y sí, es Julieta. Lleva un vestido pegado, rojo
clarito, con una banda como de ésas de Miss Universo, pero en
vez de decir Miss México o Miss Distrito Federal, dice Hot
& Easy. Julieta me contó, pero pensé que no se había quedado
en el trabajo. Es de edecán en centros comerciales, en esos
modulitos que están en los pasillos de la plaza. Aunque suene
a otra cosa, Hot & Easy son unos cojines de plástico rellenos
de gel que cuando los activas se ponen calientes, muy rápido,
para ponértelos si te duele un músculo.

Julieta no le contesta a Sara, sólo a mí. "Hola, Omar".
Como no le digo nada, porque verla aparecer donde no debería me deja como idiota, Sara me dice:

"Qué, ¿no me la vas a presentar?"

"Sí... es mi prima Julieta."

"Ah. Hola, Julieta, qué chido. Nunca había conocido a nadie de la familia de éste."

"¿No?", le dice Julieta.

"Nop. A nadie. Ya sabes cómo es."

"Sí. Ya sé cómo es."

De pronto ya no puedo ni tragar saliva. Estoy mareado y ya sólo quiero apagar el *switch*. Apretar el botón de *off* para irme a negros. Para siempre. Supongo que Julieta también quisiera irse, porque se aguanta para parecer *cool* y sonreír. Pero la conozco y hasta puedo oír cómo le rechinan los dientes.

"Estás bien bonita", le dice Sara. "Y está bien chido el vestido y la bandita. ¿Es de tu trabajo? Siéntate, no manches. ¿En que trabajas o qué? ¿Estás aquí en la plaza?"

"Estoy en mi hora de descanso."

"Ahh, bueno. Pero de qué trabajas. Digo, suena bien eso de Hot & Easy. Como del tipo de trabajos que me gustan", le dice Sara y le guiña el ojo en buena onda.

Nunca le conté a Sara de ella. Ni de David ni de mis papás ni de nadie. ¿Para qué? Mis papás no son ni la mitad de interesantes que su mamá. Y además no es que sean algo importante en mi vida ni un trauma que me haya dejado marcado, como Ángela para ella.

Julieta se sienta junto a mí.

"¿Omar?", me dice Julieta y agacha la cabeza para quedar a mi altura, para cachar mis ojos y la vea y le diga algo.

"¿Omar? Y ahora tú, ¿qué te pasa?", me dice Sara.

"Me siento mal."

"Ahhh", dicen las dos, casi al mismo tiempo.

"¿Oye, Julieta, y qué onda entonces? ¿De qué es esa banda o qué?", le insiste Sara a Julieta.

"Tú cuéntale, Omar. Ya te había platicado, ¿no?"

"De unos cojines de gel. Para cuando te pegas", le digo yo sin dejar de ver el piso.

"Va, va", dice Sara.

Y luego, Julieta, aunque ya sabe lo que está pasando, porque si no no estaría así, le pregunta a Sara:

"Entonces, tú eres Sara, ¿no? Son novios, ¿verdad?"

"Sí. ¿Que ñoño, no? Pero ya ves a tu primo. Le gustan esas cosas. La palabra *novios*. Digo, a mí la neta me valen verga los títulos. Pero sí, se supone que sí, ¿no?, Omar."

A Julieta se le mojan los ojos, apenitas, y cada vez le cuesta más aguantar la cara, hacer como que no pasa nada. Y a mí también. No sé qué decirle. En este momento a mí tampoco me gusta la palabra novios y en este segundo ni siquiera me gusta Sara y sólo quiero terminar de hundirme en el asiento. Terminar de desaparecer del mundo y desaparecer a Sara para decirle a Julieta que no, no somos novios. Verlas juntas me hace darme cuenta mejor que nunca lo que he estado haciendo. Que no tiene sentido. Es ridículo y soy ridículo. Porque Julieta se ve preciosa, limpia y bonita. Y la quiero. La he querido toda mi vida. Y Sara lleva los mismos pants de toda la semana y se ve gorda y demacrada y creo que cualquiera de los que caminan en la plaza y se asoman adentro del café va a pensar que estoy loco. Tendría que explicarles, meterlos en mi cabeza y hacerles leer mi historia desde el principio, para que no las comparen y piensen que soy un estúpido y preferí un cerdo a una princesa. Porque no es así. Las mentiras dicen que todo es blanco y negro.

"En serio me siento mal. Ahorita vengo", les digo, me paro y camino tambaleándome, como si estuviera borracho. El camino al baño se me hace larguísimo, porque sé que las dos me están viendo, ella y el resto de las parejas y mamás y hermanos y primas que toman sus frapuchinos en el Starbucks: me ven tropezar hasta desaparecer atrás de la puerta.

Pongo el seguro, me mojo la cara y me siento en la taza tratando de apagar el ruido y calmarme, porque ya me está doliendo el brazo izquierdo. Sí, ya sé que no me va a dar un infarto ni nada y mi salud es perfecta. Pero me duele y me pongo nervioso.

Estas últimas semanas me había sentido más fuerte y más grande. Como si no tuviera sólo una bolsa del pantalón llena de monedas, sino las dos. Dos sacos de mezclilla atascados de monedas de oro. Dos secretos haciéndome más interesante de lo que jamás creí ser. Dos historias que me quemaban y me hacían sentir incómodo y fuerte al mismo tiempo. Sara, la heroína maltratada con el párpado deshecho. Julieta, la princesa brincando las banquetas de la ciudad, flotando de tan ligera. Pensé que así se debería sentir Bob Dylan, o los héroes, o las personas importantes: con un nido de secretos que los hace ver la vida no sólo en blanco y negro: la luz y las sombra juntas, sin divisiones.

No sé cuánto tiempo me quedo en el baño. Me salgo cuando pienso que Julieta ya se debe de haber ido y porque hay un tipo que toca y toca y toca para que lo deje entrar. Y sí, Julieta ya se fue.

"Qué onda, güey. Qué te pasó", me dice Sara.

"Algo me cayó mal. Creo que tengo fiebre", le digo, "mira, tócame."

"No. No se siente."

En el metro de regreso quiero que de verdad me suba la temperatura. Me la paso revisándome la frente pero me acuerdo de que mi mamá me dice que uno no puede sentirse la temperatura a sí mismo. Que el cuerpo te engaña. Alguien más tiene que decirte que estás enfermo.

Cómo no quiero regresar a la casa me quedo en el vagón cuando llega a Universidad, para que me lleve de regreso y pueda seguir un rato aquí, en pausa, tratando de arreglar las cosas. Tratando de transformarlas para no sentirme hecho una mierda y que no me den ganas de aventarme a las vías.

2

The Wicked Messenger

2:03 Track 10 del *John Wesley Harding,* 1967

Billy y yo estamos en el tianguis del Chopo buscando algún acetato de Bob Dylan. No me siento muy bien. Digo, tampoco es que esté muy mal o deprimido, sólo estoy apagado, con el volumen abajo, como si me hubieran puesto uno de esos filtros de Instagram en blanco y negro.

Me pongo de puntitas y me asomo sobre el río de gente que avanza entre los puestos o se agacha a ver la pila de discos de los demás, porque creo que Sara puede andar por aquí. No he sabido nada de ella desde hace unos días. El miércoles todavía me quedé en su casa y me dijo que iba a ver a unos amigos el fin de semana, así que a lo mejor viene con Rosa y se aparecen por aquí.

"Hola", dice alguien atrás de nosotros. Es la voz de una chica, de Sara, a lo mejor. Pero no. Es la Morris.

"Qué onda. ¿Cómo estás?", me dice.

"Qué onda."

"Ahhh... nada... aquí nomás."

"Órale. Chido", le digo, y cuando le voy a preguntar si no ha visto a Sara por aquí, Billy nos dice:

"¿Qué onda, Omar, no me vas a presentar a tu carnalita?"

"Es la Morris. Éste es Billy The Kid."

"Vientos. Qué chido Morris. ¿Y de dónde conoces a Omar?", dice Billy

"De un reven... de por aquí."

"Y qué onda, carnalita, ¿qué vas a hacer o qué?", le pregunta Billy.

"¿De qué?"

"Pues ahorita, en un rato. Después de aquí. ¿Vas a ir por las chelas?"

"Ahhh... pus no sé... iba a ir al Español."

"Qué casualidad, nosotros también íbamos a ir, ¿verdad, Omar? ¿Pero tú sí vienes, no carnalita? ¿Segura?", le dice Billy, demasiado insistente.

"Va. Ehhh... Bueno. Entonces allá los topo... Chido", le contesta la Morris, nos dice adiós y se va con un grupito de punks.

"Pues la neta está bien bonita", dice Billy y hasta se para de puntitas y se tapa los ojos para que el sol no lo deslumbre y pueda verla en la esquina hablando con sus amigos. "Y se ve que cotorrea bien chido." Ya ni le digo nada, porque no puedo creer que lo diga en serio.

El Español está cruzando la avenida. Es un bar, pero más bien es la sala de una casa vieja. Hay unas cuantas mesas y sillas de plástico y mucha gente, la mayoría parada, atascando el lugar. Nos quedamos en medio de la sala porque las mesas están ocupadas. Vamos a la barra y Billy voltea a ver el piso porque como siempre no trae dinero. Compro dos caguamas. Le tomo a la mía, me asomo entre la gente para buscar a Sara y me voy al baño. Un tipo con un copete de rockanrolero de los cincuenta y una chamarra de cuero se está fajando a una chavita en la entrada. Ella apenas tendrá unos trece años. Está muy flaquita y tiene las uñas y los labios pintados de negro. Entro, orino en la cosa esa de metal y cuando salgo veo de frente al tipo del copete. Tiene más de cuarenta años. No sé, a lo mejor está enamorado de ella y las pestañas de la chica, que parecen cisnes negros, tal vez ocultan unas pupilas dilatadas, grandísimas, que creen fervientemente que el rockanrolero es el amor de su vida y la va a sacar de ahí en sus brazos para que sus pies de princesa no toquen el piso de este basurero.

Me siento más animado, por la cerveza, supongo, que me está empezando a calentar. Me gustaría que Sara estuviera aquí y pudiera entenderlo, que viera cómo el amor y las cosas que escurren los amantes cambian la forma del mundo. Me gustaría que viera a la chavita que de seguro apenas va en la secundaria y está vuelta loca y no le importa que el rockanrolero que escogió para su historia sea un borracho pedófilo. Me quedo parado en medio de la gente, estudiándolos, mientras me termino la cerveza. Cuando regreso a la barra por otra caguama Billy ya está hablando con la Morris.

"Ehhh. Qué chido. Que sí vinieron", me dice ella cuando me ve llegar.

Tengo una sensación caliente en la cabeza y no quiero que se vaya ni que desaparezca la velocidad con la que está corriendo la vida, así que le doy otro trago a la cerveza y pienso que cuando me la termine ya voy a estar mareado.

Billy le sonríe a la Morris. No era broma que se le hacía bonita. Está nervioso: se pasa la cola de caballo hacía adelante y la acaricia con la punta de los dedos. Además, sonríe como tonto. Doy otro trago. No sé si la Morris también está nerviosa, aunque tal vez sí, porque tiene la boca abierta y respira más rápido. Pero no sé, a lo mejor me lo estoy imaginando, porque doy otro trago y quiero estar como ellos, al principio de una historia. Pienso en Julieta y que hace poco estaba así con ella. Pero acordarme de eso me avienta contra el piso, me baja, así que mejor la saco de mi cabeza y me concentro en lo que escogí: en Sara.

"¿Y qué haces con tu vida?", le pregunta Billy a la Morris, ya de plano tirándole la onda.

"Ahhh. Pues tengo un chavito. De cinco. Y le ayudo a mi mamá a coser ropa", le contesta la Morris y agacha su cabeza de tortuga gigante, como si le diera pena.

"Bien, muy bien, carnalita. ¿Y cómo se llama tu chavito?"

"Syd."

"Yo tengo dos. Dos hijos. Pero pus ya están rucos. Uno se llama Alex y el otro vive en Houston. Julio. Se fue desde chavito."

Doy otro trago. El líquido dorado baja como si fuera un río arrastrando casas y árboles y cualquier reserva que se ponga en su camino. Doy otro trago mientras la Morris y Billy hablan de sus vidas. La Morris contesta pacientemente las preguntas de Billy, como si fueran muy importantes. Billy quiere impresionarla, hasta se para más derecho y saca los hombros. Doy un trago más largo, me termino la caguama y me voy al baño. Ya no hay rastros de la Princesa de trece años y el Rockanrolero. Hay tres personas formadas para entrar. Me desabrocho el cinturón porque la presión aumenta y el líquido presiona para salir. Los que están enfrente no se apuran y me columpio y juego con los pies para aguantar, pero ya casi no aguanto y me aprieto el pene con las manos metidas en las bolsas del pantalón. El tipo enfrente de mí es un dark con una capa de terciopelo rojo. Supongo que estará haciendo lo mismo que yo para no orinarse. Casi puedo verle la mano agarrándose la base del pene, que por alguna razón me imagino es grande y gordo. Me aprieto todavía más y creo que ya no voy a aguantar, pero en eso salen dos tipos y el de la capa y yo entramos y casi al mismo tiempo nos bajamos el cierre. No me atrevo a verlo, pero estoy seguro de que el pito de este güey sí está muy ancho, y entonces, pienso, no sé por qué, que a Sara le encantaría eso. El tamaño de la verga de este güey. A lo mejor Nacho también lo tiene así y por eso Sara se enamoró de él, porque en el fondo todas quieren eso y no les importa otra cosa: un pito gordo e inmenso como un edificio palpitando adentro de ellas y por eso... termino de orinar. Abro la llave del lavabo. No sale ni una gota.

En la barra pido otra cerveza. Voy a donde estaba hace rato pero no los veo. Doy una vuelta y doy otro trago y por fin encuentro a Billy y a la Morris sentados en una mesa pegada a la pared. Durante algo como una hora los veo hablar entre ellos mientras yo doy tragos y tragos de caguama. Cuando se acaba voy por otra y salgo a fumar y a ver en la avenida a los coches rugir como cascabeles de platino, sin saber que a unos pasos la velocidad y el rumor de la noche se agitan y preparan la terrible locura de la oscuridad, de las bocas que brillan como soles, rojas, ansiosas por besar y hablar de todas las cosas al mismo tiempo y de dejar que el alcohol hinche sus labios como frutas a punto de reventar. El calor sigue corriendo y yo cada vez estoy más mareado y mientras las canciones siguen sonando en el bar con sus 3:45 o sus 2:34 o sus 7:52 segundos de emoción, Billy y la Morris se acercan más y más envueltos en su plática, como si ésta se hubiera echado sobre ellos y los cubriera como una cobija, aislándolos en sus propios corazones ilusionados, que, finalmente, los hacen darse un beso que no me gusta ver, porque la Morris está muy gorda y no sabe dónde poner su panza. No sé cómo Billy puede hacerlo porque a pesar del alcohol, la Morris sigue siendo la Morris. Le doy otro trago a la cerveza. Otro más. Ya estoy muy mareado y el mundo se me mueve rápido: las paredes y las caras tiemblan y la niebla se me sube a los ojos. Entonces, cuando me levanto y voy al baño otra vez, ya estoy muy borracho y me cuesta llegar, pero llego, y cuando entro, el estómago me cruje y eso hace que me doble y me quede viendo la taza del primer escusado al que me meto. De la bolsa del pantalón saco un cigarro para darle unas fumadas, aunque esté prohibido, pero al sacar la cajetilla se sale algo más. Debe ser una moneda, por el sonido que hace al caer al agua del baño. Me asomo y no la veo en el fondo de la taza. Pero es imposible, la moneda debe estar ahí adentro. Me acerco y creo que veo algo en el fondo. Sin pensarlo meto la mano y la busco al final de la garganta negra: remuevo el agua y la encuentro, atorada en la curva a la que no le da la luz. Se siente resbalosa, llena de algo. La saco y está negra. No tiene caca ni nada, sólo está muy oscura por estar demasiado tiempo abajo del agua, supongo. Es de diez pesos y no se pudo haber oxidado así de rápido, debe de ser otra moneda, así que vuelvo a meter la mano y busco bien, hasta el fondo, y encuentro más, un montón incrustadas junto a la mía: salen fácilmente cuando las remuevo. Es una mina de oro. Las saco una por una. Es increíble: un arrecife de monedas perdidas. A lo mejor en cada baño público hay un tesoro igual y sólo es cosa de meter la mano y rescatar el dinero de su tumba líquida.

En eso estoy cuando el estómago me cruje otra vez y me hace agarrar un pedazo del periódico que hay sobre la caja, ponerlo sobre la taza y sentarme. Entonces pienso que de eso se trata, sólo de meter la mano, de lanzarse y encontrar tesoros: en el fondo de los baños del mundo, atrás de las paredes y las caras de las personas y las panzas de las Morris, debe haber un tesoro. Seguro por eso Billy la besó, porque él ya lo entendió desde hace mucho: está completamente despierto y sabe que atrás de la Morris, de sus dientes chuecos y sus picos en la cabeza, late un secreto invisible. Sonrío. Porque ya lo entendí, al fin, porque en este momento soy una sola cosa con el baño y el Español y Sara y Julieta. La mirada se me borronea y aunque no pueda fijarla en ningún punto, me esfuerzo por leer uno de los letreros escritos a mano en la puerta del baño. Uno dice: "MASTÚRBATE, ES RICO". Estoy de acuerdo y hasta creo que me vendría bien hacerlo aquí mismo y llevar el momento a sus últimas consecuencias, para no desperdiciar ni un solo segundo de vida ni de la borrachera ni de la noche que se mete por el baño y llega hasta mi taza y se sube a mis piernas y hace que mi pene se infle y las venas se expandan como pulmones que respiran cada molécula de cada cosa que está pasando. Busco una imagen, la que sea, y la primera que me viene a la cabeza es la Morris. Es perfecto. Que sea ella, aquí, en mi mente, derribando mis prejuicios y estupideces. Me cuesta acomodarla, pero al final encuentro una escena que me gusta: en la sala de la casa de Rosa. Yo estoy sentado y tengo un ángulo perfecto para contemplar cómo abre bien la boca, cómo suben y bajan la hilera de picos arriba de sus labios que se hunden entre mis piernas tragándosela toda. Metiéndose mi verga hasta el final de su garganta negra. Desde aquí se ven muy bien los colores morados y verdes de su cresta de pelos, como una cortadora de metal subiendo y bajando. La Morris se atraganta, como que se ahoga, pero toma aire y se lo vuelve a meter todo. Me vengo y no pasan ni dos segundos cuando alguien pega en el baño y grita: "Apúrate, cabrón. Me estoy cagando", así que corto un pedazo de periódico y me limpio y salgo tropezándome.

Pero en cuanto salgo todo cambia otra vez: mis ideas se tuercen, como si al venirme en la boca de la Morris se me hubiera vaciado la locura de la unidad y el amor y sólo me quedara la tristeza, en su estado más puro. Me detengo a tomar aire, a ver si el ritmo regresa y me vuelvo a conectar con la dulce locura de hace rato. No pasa nada. Me tengo que apoyar contra una pared y ahí, en medio de la gente, hasta creo que veo a Julieta, por un segundo. Sí. Cierro los ojos, los aprieto fuerte para que se me dejen de mover y la veo, vestida igualita que el día de los tamales. Avanza entre la multitud, viene caminando hacia mí descalza: hasta parece que flota. Se ve iluminada, mística, pero cuando se acerca más me doy cuenta de que está llorando y su vestido está sucio, lleno de la porquería pegada en el suelo de este bar. Me suelto a llorar enfrente de ella. Casi me tiro de rodillas y le pido perdón. Pero no lo hago. Sólo me lo imagino. Chillo y chillo sin parar, dejando que las lágrimas me traguen. Siento que me estoy ahogando mientras trato de pedirle perdón: abajo de mis lloridos le digo que soy un pendejo, un pinche niñito patético. Pero ella no me oye, no me entiende, y cuando abro los ojos y su imagen se va, yo sigo llorando en el piso, con la cabeza hundida entre mis piernas.

No sé cuánto tiempo pasa. En algún momento me paro y me salgo a la calle, a fumar. A secarme las lágrimas para que no se note que estuve llorando y no tengo ni puta idea de cómo salir de esto. De todo esto.

Regreso a la mesa: las manos y los labios y los cuerpos de Billy y la Morris se siguen moviendo en círculos tan revueltos que no distingo que parte es de cada quien.

Billy y la Morris se detienen para descansar, supongo, y arreglarse la ropa. Los dos se voltean a ver y sonríen tímidos, como si acabara de pasar un milagro y de verdad hubieran descubierto el sentido de la vida. Billy se acomoda los lentes:

"Oye, carnalito. Ahorita que te nos desapareciste", me dice, "o más bien hace rato ¿no?. ¿Morris? Bueno, mejor tú cuéntale", le dice a ella.

"Ahhh", es lo único que contesta la Morris, pero la forma en que saca el sonido me bajonea todavía más.

"Es de Sara, carnalito. Al igual es bueno que sepas, ¿no? ¿Morris?" La Morris no quiere decirme nada, pero Billy le agarra la mano y con la mirada la anima.

"Pues…"

"Dile, Morris. Mi carnalito va a entender."

"Ayer… ayer vi a la Rosa. En su calle…. ahhhh. Iba con la Sara… y con un pelón."

Las cosas se dejan de mover.

Se congelan.

Las personas, el piso negro lleno de escupitajos, la Morris y la noche se encierran en sí mismos.

No hacen ni un sonido. Yo tampoco. Espero.

"Dile, Morris. Va a agarrar la onda."

"Me estaba comiendo un pambazo… con la Güera. Afuera de su vecindad. La vecindad de la Rosa… ellos se metieron a su casa de la Rosa… Pero salieron y pidieron unos tlacoyitos… yo todavía no me terminaba mi pambazo. Y pues las saludé a la Sara y a la Rosa… me presentaron al pelón… Ahhhh… la Sara lo abrazó y me dijo que era su chile."

"Carnalito. No quería decirte nada la Morris, ¿verdad, Morris? Pero pus yo le dije que sí…"

La Morris agacha la cabeza. Yo siento cómo en medio de silencio que aparece algo negro que hace que el mundo se sacuda otra vez, que agarre velocidad, pero diferente. Me subo a esa rabia negra porque es mejor que quedarme ahí sentado, como pendejo. Me levanto y sin decirles nada me salgo a la calle, pero las piernas me tiemblan y tengo que agarrarme del poste de luz bajando las escaleras y sentarme en la banqueta. Billy me toca los hombros, atrás de mí, pero me paro luego luego, le digo que me deje en paz, me cruzo la calle y empiezo a correr, rápido, o eso creo. Pero no llego muy lejos. Apenas hasta la otra esquina y ahí tengo que tirarme otra vez a la banqueta. El estómago me da retortijones y un aliento pesado me sube por la garganta hasta que se acumula y ya no puedo aguantarlo y lo vomito en el piso.

Me quedo recuperándome, según yo, ahí tirado, pero me da sueño y mejor me levanto y camino otro cacho hasta lo que creo que es Insurgentes. Llego a un Oxxo y me compro un café, para ver si me siento mejor, pero le doy un trago y lo vomito. Así me sigo las dos calles que faltan hasta el metro, y cuando entro y me subo al primer vagón, me siento en el piso y cierro los ojos, a ver si me quedo dormido y se me pasa.

Love Minus Zero / No Limit

2:52 *Track* 4 del *Bringing it*
All Back Home, 1965

Acabo de despertarme pero todavía tengo los ojos cerrados.
Del otro lado de mis párpados está lo de siempre: los *posters*
de Dylan, el olor a cigarro, mi computadora y las paredes que
he visto todos los días de mi vida. Sé que tengo que estar triste: los pensamientos se preparan para arrancar y expandir su
tristeza: pero no empiezan. La música no los deja. Se oye una
canción, en algún lado: es la misma que sonaba en mis sueños.
La melodía va y viene y apenas me doy cuenta que la conozco,
y que a lo mejor por eso los pensamientos se pararon. Sonrío.
Como si esa música anunciara algo más grande que puede
hacer que el dolor espere. Abro los ojos. Se me quedan pegados y los siento llenos de arena. ¿Y si me vuelvo a dormir? Pero
la canción sigue. Viene desde el pasillo... ¿no es?... me tallo los
ojos... ¡sí, sí es! ¿Por qué me tardé tanto en reconocerla?, la
debo de haber oído un millón de veces. Pero la letra es diferente y la voz que la canta es muy aguda: "En este mundo que
Cristo nos da, hacemos la ofrenda del pan...". Es mi mamá
desde el cuarto de David: "Saber que vendrás, saber que estarás, partiendo a los pobres tu pan...". La melodía es muy dulce.
Me imagino lo que pensó Roy Silver cuando Dylan llegó

a su oficina y le dijo: "Oye, acabo de escribir esto". A lo mejor sintió que la canción lo columpiaba y lo cubría de esperanza: "How many roads most the man walk down, before you can call him a man…". Por eso es tan buena, pienso, y me siento sobre la cama: porque en el fondo es una canción dulce, un lamento perdido, una oración desesperada.

Es increíble que mi mamá la esté cantando: el mundo sigue mandándome señales. La voz pasa por abajo de mi puerta, me acaricia… "Saber que vendrás, saber que estarás, partiendo a los pobres tu pan"… es increíble que Dylan, de la manera más extraña, tenga una conexión con mi mamá. Que la iglesia use la melodía de una de sus canciones más famosas para alabar a Dios. Nunca la había oído cantarla. Me vuelvo a acostar y pienso que es muy lógico: muchas canciones de Bob son himnos. Imagino una iglesia donde se leyeran el *Crónicas* en la misa. Los sacerdotes serían personajes importantes en la vida del Maestro: Ramblin' Jack Elliott, D. A. Pennebaker, Tony Garnier y hasta Joan Baez. A la hora del sermón cantarían *Pressing On, When You Gonna Wake Up?* y *Saved*. A lo mejor hasta hablo con Joaquín y le pido que me enseñe la Biblia. La verdad, siempre había evitado esa parte de la Dylanología: cuando decían que tal verso remitía a Daniel 05:23 o a Levítico 66:69, yo hacía como si entendiera las referencias. Pero esta vez viene de improviso en un día que podría haber sido muy triste, después de lo de la Morris, y pienso que a lo mejor esto me acerca a Dylan de una forma más mística.

Me visto. Aunque todavía estoy crudo, con dolor de cabeza, me siento mejor por lo que acabo de descubrir: tengo algo ligero soplando adentro de mí. Voy al cuarto de David y veo que sus discos, sus libros y playeras están sobre la cama. Hay un montón de cajas y arriba de algunas veo su uniforme de la secundaria, la gorra de los Mets que se compró en Nueva York, la televisión portátil que le regalaron cuando era chiquito. Se me empieza a meter un hilo de tristeza, pero es muy delgado. Me acerco y veo la cara de mi mamá reflejada en el espejo. Está llorando. No deja de cantar y eso hace que el hilo crezca un poco más y se haga parte de la alegría que estaba sintiendo, como si fueran una misma cosa. Al fin me voltea a ver, se seca las lágrimas y me sonríe.

"Ma. Oye", le digo.

"¿Que pasó, Omar?"

"Ma. ¿Sabes que esa canción es de Dylan?"

"¿Cuál?"

"Esa, la que estás cantando."

"¿Ésta? No, Omar, no creo. La cantamos en la iglesia."

"Sí, eso pensé, pero es de Bob Dylan. Te lo juro."

Suspira y se encoge de hombros como si no le importara.

"Omar, hablé con tu papá. No me dijo nada, ya sabes cómo es. Pero en la iglesia me apoyan. Me dijeron que David está en mi corazón. Y en el tuyo. En el de todos."

Me caga cuando le dan consejos en la iglesia. Siempre le llenan la cabeza de pendejadas.

"Hijo, voy a regalar las cosas de David."

Prefiero hacer como si no hubiera oído nada y le digo:

"Ma. Es una canción de Bob Dylan. *Blowin' in the Wind*. Es una de mis favoritas. La he oído como diez mil veces. ¿Sabes qué dice la letra original?"

"Omar, ¿sí me oíste?"

Sí, la oí. Pero todavía estoy contento y no quiero que la sensación agridulce se haga más grande, porque ya me cansé de pensar en David. "Bueno, ya me voy. Luego te paso la canción."

Cuando llego a casa de Sara ya se me vació lo que me quedaba de alegría o sabiduría mística. Me da pena verme así, dando vueltas, caminando hasta la esquina y deteniéndome a ver si Sara se asoma por la ventana. Pero no sé, no se me ocurre otra cosa que hacer. El hilo de tristeza se hizo más y más grande, y aunque quería ir con los Obviously, no pude. Regresé otra vez a este punto, atraído por la mierda y la esperanza. Debe ser algo parecido a lo que sienten los que se turnan el revólver en la ruleta rusa, esperando que la emoción de la posibilidad de morir los saque de la miseria de sus vidas.

Me siento en el café de enfrente para ver si los veo pasar. Hace dos meses estaba aquí con el Profesor. Ya no estoy tan seguro de lo que le dije ese día: que yo era especial y su historia nunca se compararía con la mía y bla bla bla. Ya no sé. O sí sé, y eso es lo que me espanta, que lo más seguro es que seamos iguales: unas pinches ratas de laboratorio. Pido algo de tomar y cierro los ojos imaginando qué es lo peor que puede pasar: el coche de Nacho estacionándose al lado del café. Sara me ve y trata de distraerlo, pero yo me paro luego luego y camino hacia el carro. No sé qué me pasa. Es como si esos sueños donde soy fuerte y mato a patadas a alguien se volvieran realidad y me empujaran. Dejo que me avienten y cuando me doy cuenta ya estoy enfrente de Nacho. Sí. Ésta es la parte donde me salgo de mi papel y algo se rompe o hace *click* y ninguno de los lectores se lo cree. Porque yo no soy así y no hay razones para que el personaje, de pronto, encuentre una fuerza oculta, escarbe en la rabia y la junte para descargarla de un golpe en el estómago de ese hijo de puta. Pero pasa. Lo hago. Mi puño se hunde en su panza, avienta sus tripas contra su columna y él se cae. Me siento bien, así que sigo: lo pateo en la cara con la punta de mis botas y antes de que se pueda parar y Sara intente detenerme, lo vuelvo a patear en la espalda. Nacho se hace bolita y me dice: "Por favor, ya, perdóname". No me importa, aunque Sara me suplica que ya no le siga, que lo voy a matar, agarro la cabeza de Nacho y se la estampo contra el piso. La nuca le rebota contra el filo de la banqueta y se queda inconsciente abajo de un charco de sangre. Yo le grito: "¡Es mía, puto!". Sara llora de alegría, creo, porque me abraza. Con las manos manchadas de sangre detengo su cara enfrente de mí para que no se zafe de mis ojos y le digo: "Ya no te va a volver a pegar". Sara me agradece y me besa delante de la bolita de espectadores que ya nos está rodeando, yo le regreso el beso con los ojos cerrados y cuando los abro, ya estoy otra vez aquí, sentado en el café, esperando a que sus versiones de la vida real pasen enfrente de mí o se asomen por la ventana.

Ya pasaron dos horas. Estoy cansando y esperar tanto me tiene como zombi. Cuando estoy así las cosas me importan menos, porque estoy adormecido, no del cuerpo, sino de la cabeza y el corazón. Así, sin sentir, me voy del café y me pongo a darle vueltas a la cuadra y cuando vuelvo a pasar por el edificio de Sara, en automático, sin pensar, toco el timbre de su departamento.

"¿Sí? ¿Quién es? ¿Omar?", oigo la voz de Sara en el *interphone*.

"Sí."

"¡Chavo, qué bueno! Ven, ¡sube!"

El departamento está impecable. No lo había visto así en semanas. Sara está feliz, tiene el pelo suelto y unos pantalones de mezclilla. Después de darme un beso me dice algo que no alcanzo a oír: la música está a todo volumen. Me señala el sillón. Me siento y supongo que me dijo que la esperara tantito, porque se pone a trapear el piso mientras canta. Pienso en el beso que me acaba de dar. No sé, a lo mejor la Morris nunca vio a nadie y ella y Nacho no estuvieron agarrados de la mano comiendo tlacoyos. A lo mejor tengo que confiar más en mí y en Sara. En lo que tenemos juntos.

El olor de pino que se levanta del piso, como si en verdad viniera de un bosque, y la sensación de sus labios sobre los míos son una bocanada de aire fresco, como el primer golpe de oxígeno después de aguantar la respiración.

Subo los pies cuando Sara pasa el trapeador al lado del sillón. Me sonríe. Su ojo está mucho mejor, ya casi normal. Está maquillada: sus labios brillan y sus párpados llevan su color favorito, verde pasto. Se ve tan contenta que su alegría se me pega y me hace sentir más ligero. Cuando acaba de trapear apaga la música y me dice que la acompañe por un café. Caminamos al Jarocho de División. Tenemos suerte y encontramos una mesita libre.

Sara se ve tan radiante que imagino que es como un imán de luz que atrajera todo el brillo de los focos y de los ojos y de la vida alrededor de ella. Se me ocurre pararme, sin decirle nada, ir con la chica de la barra, pedirle que me preste tantito una pluma y escribirle en una servilleta:

"Tú aliento es dulce,

tus ojos son como dos joyas en el cielo,

trenes,

párpados de vida dando golpes

bocanadas de amor

en todas las calles".

Se lo entrego y lo lee.

"¡Gracias, nene! ¿Es tuyo?"

"Bueno, sí. De Dylan. Las dos primeras líneas son de Dylan, las mejores. Lo demás se me acaba de ocurrir."

"No mames, gracias. Creo que nunca me habían escrito un poema. Éste es como un poema ¿no?"

Me encojo de hombros, le devuelvo la sonrisa, me paro y le doy otro beso. Me gustó lo que le escribí, y aunque mis palabras palidecen con las de Dylan, se me hace que tienen su propio resplandor, uno raro, pero que me gusta.

"Oye", me dice, "ya estoy mejor, chavo. Gracias. Por lo de las últimas semanas. Por estar conmigo".

"Sí", le digo y luego le pregunto, porque todavía me hace ruido y es lo único que evita que el momento sea perfecto: "no manches, ayer fui al Chopo. ¿Qué crees?"

"¿Qué?"

"Me encontré a la Morris."

"¿A la Morris?"

"Sí. Pinche vieja. Me inventó una historia."

Sara no contesta. Yo me pongo a hacer bolita un pedazo de servilleta, pero alcanzo a ver que está seria. A mí me llega una ola de presentimiento, un sabor amargo, como el de las cosas que no se pueden evitar. Soy un pendejo. Mejor me hubiera callado para no joder las cosas: hace mucho que no estamos tan bien y hace mucho que Sara no sonreía así. De todos modos vuelvo a hablar como si las palabras se me escaparan por accidente.

"Me dijo que te vio, pero yo no le hice caso… No sé. Yo creo que ya estaba bien peda porque estaba fajando con Billy ahí en el Español. No mames. ¿Te imaginas?"

Y cuando las últimas palabras salen de mi boca suelto la bolita de papel de mis manos y la veo.

Se le va un poco el color, pero sigue tranquila. Me sonríe.

"Sí", me dice, "también te quería hablar de eso."

Ya la cagué. Es como si las cosas que me arañan el estómago se hubieran materializado con mis palabras, y si no las hubiera dicho ni lo de los tlacoyos ni Nacho hubieran existido, nunca. Regreso la mirada a la bolita de papel sobre la mesa.

"Estuve pensando en esto, nene. Por eso me siento mejor", le da un trago a su café y se quita el mechón de pelo que le cruza la frente. "Sí me vio. Con Rosa y con él."

Lo único que veo son sus manos y que no sabe dónde ponerlas, las pasa muy rápido una sobre otra y luego se seca el sudor arrastrándolas sobre la mesa, dejando una estela de vaho.

"Perdón, nene. Neta te quiero bien cabrón. Y ya sé que sin ti no me habría recuperado. Pero tenía que verlo. No sé, nene. No sé cómo explicarte, está muy cabrón. Es como algo que me jala y me hace verlo. Y además la neta quería verlo."

Quiero dejarla hablando sola. Irme a mi cuarto y esconderme abajo de las cobijas.

"Oye, ¿se puede fumar aquí?", me pregunta. Le digo que no sé. Prende un cigarro. Me agarra las manos para que me concentre en ella. Me levanta la cara y me pone el cigarro en los labios.

"Éstos te gustan. Delicados sin filtro, ¿no?"

No le contesto pero empiezo a fumar.

"Perdón. Ya sé que está de la verga. Que la neta estoy bien pendeja. Pero si alguien me puede entender eres tú. Pero pues lo quiero. Y se me hace peor no verlo y estar pensando en él."

Me cuesta verla a los ojos. Sentir el peso de sus palabras cayéndome encima.

"Y luego cuando te veo, cuando me vienes a buscar y estoy de la chingada, me haces sentir bien. Porque ya sé que tú eres mucho mejor que él. Y además tú me quieres, ¿no?"

Sí, sí la quiero. Pero todavía no puedo contestarle.

"Te lo juro. No te estoy diciendo mentiras. No sé, me ayudas. Me limpias. Me gusto más cuando estoy contigo. Y tú me gustas. En serio. Me siento cómoda."

"Dame otro cigarro", le digo, como dándole una orden. Ella lo prende y me lo da con la mancha roja de sus labios.

"Pero es en serio, Omar. Sabes que es en serio, ¿no?"

Medio le respondo moviendo la cabeza.

"Y la neta contigo no tengo miedo", me dice. "Omar, ya sé que no es justo que te diga esto, pero no quiero que te vayas. Me gusta ser tu novia", me quita el cigarro y le fuma. "Pero la neta no puedo dejar de verlo. No puedo, nene, te juro que ahorita no. Pero si tú estás conmigo poco a poco lo voy a dejar. Voy a ser mejor y ya no lo voy a necesitar... y además... y además también te quiero. No. También te amo."

Me agarra las manos.

"Pero no puedo sola..."

Sara cierra los ojos. Me da un beso y deja sus labios pegados a los míos, sin moverlos, y a través del espacio que queda entre ellos siento mi respiración ir de mi boca a la suya, turnándonos para exhalar y respirar, y entonces, a pesar de que la tristeza me cubre el pecho, estoy seguro que nunca me había sentido más cerca de ella.

Por eso, cuando despegamos los labios, aprovecho para decirle que sí, aunque no estoy seguro. Se lo digo rápido para ganarme a mí mismo y no me dé tiempo de arrepentirme, porque no quiero arrepentirme ni pensar. Sólo quiero saltar a la acción antes de quedarme sin nada.

"¿Sí qué?", me pregunta Sara, y al resto de las palabras les cuesta mucho más trabajo salir, pero finalmente lo hacen, porque ella me ve con sus enormes ojos de princesa zen y sé que no puedo decirle otra cosa, para qué me hago pendejo: "Que sí voy a estar contigo", termino de decirle.

Estoy en el metro, de regreso a mi casa. Sara me dijo que me daba un aventón pero yo quería estar un rato solo.

La oscuridad palpita afuera del metro, la veo a través de las ventanas del vagón en el que voy parado, agarrado de un tubo: se mezcla con las luces borrosas de los coches y de las salas de las casas de las familias viendo la tele. Estoy oyendo el *Time out of Mind*, tratando de pensar qué voy a hacer: las gotas de tristeza que se desprenden de la garganta de Dylan en cada canción son al mismo tiempo dulces, como el último beso con Sara. Las melodías de ese disco son blandas y dan ganas de acostarse en ellas y quedarse dormido para siempre. Me siento flojito, pero ni triste ni presionado. Ya puedo pensar mejor y ver a la poca gente que vuelve a su casa a esta hora, hundidos en los asientos de metal, jugando Candy Crush o leyendo libros pirata de Paulo Coelho.

El metro frena de pronto y me tira al piso, varios pasos hacia adelante. Con el empujón, el cel, que tengo en la mano, se agita y se cambia de canción automáticamente. Como un oráculo empieza a sonar la versión acústica de *Love Minus Zero / No Limit*, la del Super Club. Me paro y volteo a ver si alguien se está riendo de mí, pero parece que no se dieron cuenta.

Mejor me siento. Cierro los ojos y me clavo en la canción. La letra me llega deshilachada, en fragmentos. Me bajo del metro todavía oyéndola y camino hacia la casa. Voy pegando las imágenes de la rola, armándolas para que me cuenten una historia, y cuando llego a mi cuarto y me acuesto, ya la tengo. Es preciosa: un bálsamo. Nunca había entendido la letra tan claramente. Bobby otra vez está hablando de mí, dándome respuestas. Y lo que me dice es que no todos los amores son iguales, no son una copia de las novelas románticas. Ella, la chica de *Love Minus Zero*, está por encima de esas vulgaridades. Su amor habla como el silencio, sin ideas ni violencia. No tienen que ser fiel a nadie y aun así es verdadera, como el hielo o el fuego. Sara es verdadera. Prefirió decirme lo que pasaba y aunque es duro y corta como un cuchillo, es la verdad. Yo ni siquiera tuve los huevos de hacer lo mismo con Julieta. Sara sí. Ella no es un ideal estúpido y no necesita ninguna teoría sobre lo que debe de ser el amor. Mientras la gente carga toneladas de rosas y se hacen promesas a cada hora sobre cómo van a pasar el resto de su vida juntos y van a ser felices para siempre, Sara se ríe, como las flores: lo que me está dando es de verdad, no el amor de las revistas. No, nada de eso le interesa, ningún día de San Valentín puede comprarla.

Seven Days

4:00 *Track* 4 de *The Bootleg Series*,
vol. 3, 1991

Estoy en una banca en una calle del Centro con el libro de
Robert Graves que me prestó Joaquín. Se lo pedí porque me
acordé que Dylan habla de él en *Crónicas*, pero mientras paso
las páginas esforzándome por ver lo mismo que vio Bobby,
me quedo seco: el libro patalea y me empuja para que no entre
y lo deje en paz.

Es domingo y hay un montón de gente pasando enfrente
de mí, agarrada de la mano de sus novios, o de sus hijos, o de la
correa de sus perros. Me concentro, pasando las páginas hasta
detenerme en un pedazo que Joaquín subrayó. Intento leerlo,
pero no entiendo nada, absolutamente nada.

Cierro el libro y pienso que cada vez falta menos para que
Sara regrese. Esta semana, aunque pensé que sería la peor de
mi vida, se fue muy rápido: pasaron demasiadas cosas en el
mundo de Dylan como para que me quedara mucho tiempo
para pensar:

1. El Never Ending Tour pisó las tierras suecas. El *Setlist*
no cambió mucho, pero las reseñas fueron muy buenas. Como
siempre, unas horas después, ya teníamos las grabaciones pirata de cada concierto. El de Helsingborg dio la mejor grabación,

seguro la sacaron de la consola de sonido: además de que Dylan estaba en forma, el sonido era brutalmente claro. Profesional.

2. Encontré una página con una tonelada de discos de *covers* de Bob en otros idiomas, listos para bajarse y casi todos de Fireshared: los junté y terminé un *megapost* en Taringa con más de cuarenta discos de *covers* de Bob Dylan en idiomas extraños, en descarga directa. Mis favoritos: el Dylan en polaco, Dylan en noruego y Dylan en catalán, de J. M. Baule. Me dieron un chingo de puntos.

3. Servín, Ana, Billy y yo empezamos a organizar el 74 aniversario de Bob, aunque apenas acaba de pasar el 73. La idea es ésta: retomar el proyecto Tarántula, pero enriquecido: aprendernos también los 11 epitafios y algunas partes de *Crónicas*, abrir un canal de Ustream y transmitir a lo largo del día, ininterrumpidamente, desde el cuartel de los Obviously Five Believers, recitando de memoria hasta completar las 24 horas de transmisión.

Todo esto hizo que casi no pensara en Sara. Que se hubiera ido de vacaciones con Nacho a Los Cabos se volvió apenas un rumor, unas cuantas líneas de angustia escondidas abajo del cuerpo.

Pero ya puedo dejar que el rumor salga y me distraiga del libro de Robert Graves, porque dentro de unas horas Sara va estar aquí. Si en la Dylanósfera siempre pasaran tantas cosas no me costaría trabajo aguantar cuando está con Nacho.

Saco el celular para ver la hora. Son las cuatro. Quedé de ir con Joaquín para devolverle el libro. Prendo un cigarro y bajo por Madero y casi cuando llego a su casa la tristeza crece como un animal que me escarbara para quitarme alguna gota de algo, de vida, a lo mejor. No debería ser así, porque ya casi voy a verla, pero el cuerpo no me hace caso, no sigue el orden lógico de los sentimientos, que equivaldrían a: ya casi termina la semana, igual a: ella está a punto de llegar, igual a: estar contento.

Joaquín abre, me da un abrazo y me presenta a su novia, María José, la que decía que era el amor de su vida. Y ya veo por qué: es perfecta para ser el amor de la vida de cualquiera. Tiene una cara delicada y unos ojos verdes o grises y un lunar pegadito a la boca. Me siento en un sillón enfrente de ellos y como estoy algo incómodo y no sé qué decir, me quito la mochila, saco el libro de Robert Graves y se lo doy. Joaquín me dice:

"Está chido, ¿no? ¿Cómo viste a la Diosa Blanca?"

"Sí. Ya entendí por qué ese Robert era amigo de Dylan."

A pesar de que trato de concentrarme y hablar, la tristeza se condensa y siento que me sube en forma de vapor hasta la boca, enredada en cada palabra que digo. Supongo que deben de darse cuenta, porque Joaquín va a la cocina a preparar café y yo, en vez de hablar con su chica, saco el celular y me pongo a ver la pantallita como si estuviera contestando un mensaje importante. Joaquín se tarda mucho y pienso que es demasiado tiempo para seguir escribiendo un mensaje, así que saco la cajetilla y prendo un cigarro. María José me sonríe, creo que trata de hacerme la plática. Tiene un acento de otra parte del país y me cuesta contestarle, porque está muy muy bonita y además es amable y tiene la voz ronca como un río y no quiero que me guste.

"¿Y cómo estás?", me pregunta, "Joaquín me ha hablado de ustedes, del club de Dylan. Está interesante".

"Sí."

"Suena muy bien. ¿Y tú? ¿Qué haces además de Dylan?"

Aunque no lo dice en mala onda, no me gusta el tono que le da al "además de Dylan", como si Dylan encajara en el reino de las "demás cosas", junto a las profesiones, las familias, las escuelas o los restaurantes de comida corrida. De todas formas está tan bonita que no me la imagino diciéndolo para despreciar a Bob.

"Hoy llega mi novia", le contesto, aunque no tenga mucho que ver, porque es lo primero que me viene a la cabeza y porque la verdad, además de Sara y Dylan, no hago nada. Me hago pendejo en la escuela y me chaqueteo en internet, pero no creo que eso cuente.

"Ahh, qué chilo. ¿Vive en otro lado o se fue de vacaciones?"

"No. Vive aquí", la voz me sale cortada. Las manos me sudan y ya quiero estar solo con Joaquín para hablar de Dylan.

"¡Omar!", grita Joaquín desde la cocina, "¿sí te quedas a cenar, verdad?"

"Sí, quédate", me dice María José, "voy a hacer una pasta y no es porque la haga yo pero la verdad me queda riquísima".

"¡Es la mejor pasta del mundo!", me grita Joaquín, mientras se acerca con tres tazas de café, "entonces, te quedas, ¿no?"

"Sí", les digo, les sonrío y veo que hace rato que se me acabó el cigarro, aunque todavía lo tengo en la mano. Lo dejo en el cenicero, agarro el café y le doy un trago. Joaquín regresa a la cocina y yo voy al baño. Ahí no hago nada. Sólo me siento arriba de la taza, cierro los ojos, y me pongo a pensar, así, de pronto, sin que lo hubiera planeado ni nada, en cómo sería mi vida con María José. Sería mucho mejor, me imagino, no sólo porque ella deslumbra y parece que salió de un cuento de hadas, sino porque se ve que en serio quiere mucho a Joaquín. Y no es porque Sara no me quiera de verdad, pero sigo imaginándomelo, qué pasaría si yo estuviera en el lugar de Joaquín, como si ésa fuera la respuesta. Cambiar de lugares, ser alguien más. Ser él y no tener ningún pinche problema ni pensamientos: sólo ver el paraíso despertar en los ojos de su novia cuando los abre y, desnuda, abajo de las sábanas, apretada contra mi cuerpo, me dice que las mañanas junto a mí la hacen sentir muy bien. Y luego, después de unos segundos, cuando la cama ya está desecha y ella sigue buscando mi sudor, suspira y me dice que... me detengo, porque aunque imaginarlo me cae bien, aunque sea tantito, también me hace sentir culpable, porque Joaquín es mi mejor amigo, a lo mejor el único, y no es justo que le haga esto, ni siquiera en mi cabeza. No sé.

Me mojo la cara, salgo del baño y cuando regreso a la sala Joaquín y María José están acurrucaditos, besándose.

"¿Por qué no has ido? Ya estamos organizando lo del aniversario 74", le digo a Joaquín, medio enojado.

"No he podido. Ahh, esta vieja no me deja", dice y le da otro beso, "¿ya ves?"

"¡Oye, vieja tu madre!", le dice María José, le da un manotazo en la mano y le regresa el beso.

"Pero, ¿qué onda, cómo van?", me pregunta Joaquín.

"Bien. También vamos a aprendernos los 11 epitafios."

"¡Vientos!"

"¿Oye? ¿Y has seguido el Never Ending? *The Setlist* sigue igual pero…", y Joaquín me interrumpe con un: "Sí, está bueno", nada más para darme el avión.

"Te voy a pasar el *flac* de Helsingborg", le digo, "la manera en la que cantó *Forgetful Heart*. Se pasó, en serio, fue como magia. Como si le hablara a su propio corazón diciéndole: antes éramos felices y ahora sólo vemos pasar los días y…"

"Órale", dicen Joaquín y María José casi al mismo tiempo, pero ni siquiera me dejan acabar.

La pasta que sirven en la cena es verde con pedacitos de nuez. María José dice que es de perejil, que su abuela le enseñó a hacerla. Aunque está muy rica me la acabo a la fuerza para no decepcionarla, porque ni siquiera tengo hambre.

Joaquín pone un disco de lo mejor de la Chess Records y habla de Mississippi John Hurt, aunque más bien sólo se lo cuenta a su novia, explicándole de la música que recorre el delta del Mississippi, de Robert Johnson y el trato que hizo con el diablo: "Imagínate. Robert tocaba más o menos y de un día para otro, cuando lo volvieron a ver, sus dedos se movían como relámpagos sobre su guitarra. Nunca habían visto a nadie tocar así. ¿Te imaginas al diablo? ¿Cómo te lo imaginas? Un tipo blanquísimo, muy elegante, apareciendo en un cruce de caminos a las doce de la noche enfrente de Robert. Le da un papel, un viejo pergamino con el contrato, con la posibilidad de convertirlo en quien siempre quiso ser. Y sólo por su alma. Sale barato. ¿No darías tu alma por ser quien siempre quisiste ser, por reclamar tu lugar en el mundo?"

María José le pone mucha atención, o eso parece, porque lo ve fijamente y le aprieta la mano abajo de la mesa. A lo mejor ni lo está oyendo y a ella le da igual el delta del Mississippi y esa música llena de polvo, de ciegos y pobres, pero en la boca de Joaquín se convierten en algo más, en palabras rojas, en un puente para sentir con más fuerza que está perdidamente enamorada de él.

Yo estoy apartado, con algo de asco, pensando en que las palabras no significan nada, y que aunque a mí me gustaría que Sara hablara de los Mississippi Sheiks y se supiera de memoria la *Anthology of American Folk Music* de Harry Smith, cuando habla me pasa lo mismo que a María José: aunque sé que sus gustos son pésimos no me importa que me cuente del último sencillo de Carla Morrison o de por qué *Diablo Guardián* es el mejor libro del mundo, para mí de su boca salen figuras de humo, poemas que puedo moldear según me convenga.

Joaquín recoge los platos y trae más café. Fumamos y oímos a Little Walter mientras la tarde sigue bajando sobre la ciudad. Estoy embotado por la comida y por el dolor de estómago y el café. Joaquín habla de otro de sus poetas favoritos. Yo trato de acordarme si alguna vez Dylan ha hablado de él, como ha hablado de Lorca y otros poetas de ese tipo. "¿Bob ha dicho algo de ese Neruda?", le pregunto. "No sé. Se me hace que no. Pero de todos modos es un chingón." Los ojos de María José se hacen más profundos, más bonitos, cuando le pide a Joaquín que le lea algo de él. Joaquín se levanta, trae un libro de pasta dura y busca en el índice.

"Omar", me dice a mí, sin soltar la vista del libro, "éste tienes que conocerlo. Es un clásico".

Y empieza a leer con su voz de enamorado.

Sucede que me canso de ser hombre
Sucede que entro en las sastrerías y en los cines
Marchito, impenetrable, como un cisne de fieltro...

Su voz se llena de cosas que no sabía que yo sentía. Sus palabras me entierran un cuchillo en el cuerpo: el cuchillo corta capas de grasa y capas de músculos y huesos. Dura sólo un segundo y no puedo traducirlo en nada que haya sentido antes. Me siento cansado y estúpido y absurdo, y el poema sigue abriendo, escarbando: "las peluquerías me hacen llorar a gritos, sólo quiero un descanso de piedras y de lana", sigue leyendo Joaquín, "Sólo quiero un descanso de piedras y de lana"... *sólo quiero un descanso de piedras y de lana*, me quedo repitiendo para mí, sólo quiero un descanso de piedras y de lana.

María José le pide que lo lea otra vez y antes de que lo acabe suena mi celular, el tono de mensaje, y lo aprieto rápido para que se calle y no interrumpa a Joaquín: "paso, cruzo oficinas y tiendas de ortopedia, y patios donde hay colgadas ropas de un alambre: calzoncillos, toallas y camisas que lloran, lentas lágrimas sucias". El cuchillo sale de mi carne, cruza, en sentido contrario, las capas de huesos, músculos, grasa y piel, que se cierran en cuanto la punta termina de salir. Agarro el cel, porque estoy seguro que debe de ser Sara, y súbitamente la vieja marejada de ilusiones y ansiedad me sube a la garganta y, para que sepan que yo también estoy enamorado, que también soy especial y no estoy solo y tengo mi propia historia, les digo:

"Debe de ser Sara."

Aprieto la pantalla con el dedo y el mensaje se despliega. Sí, es de Sara, dice:

"Nene perdóname s q no voy a llegar m voy a kedar una semana + perdon nene".

I Believe in You

5:09 *Track* 3 del *Slow Train*
Coming, 1979

Soy Bob Dylan y estoy en el escenario en un concierto del Gospel Tour en 1980. El público ruge, sus miles de cabezas se pierden en la oscuridad de los asientos. El reflector cae sobre mí cuando empiezo a rasgar los acordes de la canción. Me deslumbra. Hace mucho calor. Estoy a punto de abrir la boca, a unos segundos de dejar salir mi mejor canción hasta el momento. O por lo menos en la que más creo estos días. La que más quiero cantar, la que me alumbra y me recuerda lo que estoy haciendo, noche tras noche: la razón por la que estoy parado aquí, empezando otra vez, como hace 15 años. Al final es el mismo público. Éste es el mismo monstruo de 100,000 cabezas que en el 65 me gritó *Judas* sólo porque salí con una banda y unos amplificadores. Los mismos abucheos, sólo que esta vez en lugar de *Judas* me gritan que deje de dar sermones, ellos sólo quieren Rock and Roll. Puto Rock and Roll. Ya ni siquiera sé qué significa esa palabra. Sólo que ya no me interesa. Hay cosas más importantes que llenan más huecos. Y los llenan de verdad. Para siempre. Si mi único objetivo hubiera sido ser una estrellita de rock me habría aventado de un edificio desde hace mucho. Pero a este monstruo le da igual. No entienden. Sólo quiere que siga siendo el mismo, como si una foto saltara al escenario a repetir su rutina de circo. Como un animal amaestrado. Pero hay cosas más importantes.

Él es más importante.

Él es el único que puede salvarme.

Salvarnos a todos.

Y eso es lo que vengo a decirles. Hago esto por mí y por él. Y si alguno de ellos lo entiende y deja que la Luz lo salve también, entonces habrá valido la pena.

Mis manos se siguen moviendo, acariciando la guitarra. Ya es tiempo. Abro la garganta y dejo salir mi canción de Amor, para Él:

> Ellos me pregunta cómo me siento
>
> ~~Y si mi amor es real~~
>
> Y cómo voy a salir de esto
>
> Ellos me ven y fruncen el ceño
>
> Les gustaría arrastrarme afuera de este pueblo
>
> No me quieren aquí
>
> Porque creo en ti

Dejo de ser Dylan. O sigo siendo él. En el fondo siempre sigo siendo Él. Agarro mi guitarra y canto al mismo tiempo que Bob, hace 34 años en ese concierto. Canto con huevos, con todo lo que tengo. La emoción se condesa y rellena bien las palabras de amor y rencor. Las aviento desde el fondo de mis huesos contra las paredes de mi cuarto, contra el monstruo hambriento de 100,000 cabezas en la oscuridad de sus asientos.

Aunque ya sé que *I Believe in You* se la escribió a Él, a Jesús, yo se la canto a Sara. Nada explica como esa canción por qué creo en ella. Me siento como Bob arriba del escenario, contemplando a una jauría queriéndome alejar de Sara. Para ellos es más fácil ver todo en blanco y negro y decir que estoy ciego y soy un pendejo y ella es una puta que sólo juega conmigo.

No lo entienden. Es más fácil reducirlo a algo que conozcan, que no los asuste y los deje volver a su idea del amor. Pero nadie más que yo entiende las visiones que esconden sus ojos. Yo descifro el ruido infinito atrás de sus pestañas. Lo conozco. Y se lo digo, que yo sí lo entiendo y estoy ahí a pesar de Nacho. Sería más fácil correr, regresar al folk, dejar de ser cristiano y hacer canciones comerciales, que seguir con Sara, soportando este peso y los abucheos del público turnando sus cabezas para descargar en una sola persona su frustración y ganas de ser alguien más. Las Morris y Joaquines y Billys que dicen que no me quiere, que la olvide.

Los estúpidos me preguntan cómo me siento, y si mi amor es real y si lograré salir de esto. Fruncen el ceño y me dicen que mejor me vaya, no me quieren cerca. Porque te amo.

Pero yo creo en ti a pesar del dolor. A pesar de las pesadillas, de los trenes que se descarrilan, de las mentiras y las cosas que se rompen porque sí. Creo en ti cuando tus labios resecos, de días sin probar agua, me besan y siento cómo los pellejitos duros que se desprenden de ellos se raspan contra mi boca. Creo en ti cuando las palabras cambian de significado, cuando intercambian entre ellas las vocales y quedan irreconocibles. Cuando tu aliento huele a mierda y abajo de la lengua tienes el semen todavía caliente de ese hijo de puta. Cuando tengo días sin verte y sé que estás con él. Creo en ti con la cabeza entre las piernas y un mareo cortándome la respiración. Cuando veo tus fotografías en internet y pienso en los miles de hombres que se masturban soñando que te cogen. Creo en ti cuando estoy bien y en las mañanas me dices que me quieres. Cuando dudas y se te cierran los ojos después de decirme que no estás segura, que todo es una mentira. Creo en ti como siempre quise creer en alguien. Como todos deberían creer en alguien. Como Bob cree en sí mismo. Creo en ti porque nadie más puede creer en ti. Creo en ti cuando lo mejor sería no creer. Creo en ti como creo en Bob Dylan.

Blood in my Eyes

5:03 *Track* 4 del *World*
Gone Wrong, 1993

Rosa tiene sueño y poco a poco se recarga en mí y se queda dormida. Su olor me llega de golpe desde su pelo, como una nube de vapor. Siento su respiración subir y bajar. Trato de hacerme güey, de olvidarme de su cabeza recargada en mis muslos y concentrarme en el momento: la luz de los focos amarillos sobre las paredes descarapeladas de la delegación, el ruido de las máquinas de escribir, los policías que entran y salen, las secretarias desveladas completando los formularios, las sillas anaranjadas sobre las que se extiende el resto del cuerpo de Rosa, esperando a que Sara termine de hablar con los judiciales. Pero no puedo dejar de disfrutar su olor ni de pensar que esta escena deprimente es perfecta para sentir su cuerpo tibio junto a mí, envuelto por el sueño y la tragedia de su amiga.

No es que no me importe Sara y no esté preocupado por ella. La amo, pero no puedo conectarme con eso, aunque me resista al olor que sube desde el cuello de Rosa.

Quiero ir por un café, salir a la explanada de la delegación y fumar viendo cómo la última parte de la noche desaparece en la mañana. Pero tendría que despertar a Rosa y me gusta sentir su cuerpo moreno pegado al mío, su cabello largo y rubio y negro en las raíces aplastándose contra mis piernas. ¿Qué estará soñando? ¿Si todo fuera diferente y yo estuviera enamorado de ella en lugar de Sara? Me dejo arrastrar tantito por esta idea, a lo mejor no está mal pensar en esto, tal vez es normal y a todos les pasa así y eso no disminuye el amor que sienten por sus novias. Me asomo para espiar abajo de su blusa, pero no se ve bien, sólo la parte de arriba, donde se le juntan las tetas. Pero me las imagino completas: chiquitas, respirando abajo del brasier, o empujando contra mis manos mientras me besa y oímos música a todo volumen en su cuarto. El pene me duele como si la sangre fuera a romper las venas y regarse sobre mi pantalón. A lo mejor podría pararme sin despertarla, ir al baño y hacerme una chaqueta, porque esto es lo más cerca que voy a estar de ella, porque es así, Sara es mi destino y este tipo de cosas sólo pasan en mi mente, porque además no quiero que pasen afuera y arruinarlo todo, de todas formas sé que yo no podría gustarle a alguien como Rosa, porque la verdad tampoco a mí me gusta. No podría llevarla a pasear a los centros comerciales ni ir a bailar a sus antros favoritos. Además le gustan los perfumes y Enrique Bumbury.

El pene me arde y empuja contra mi pantalón, latiendo, sin que lo toque, porque en la escena que imagino en su cuarto, la tiro al piso, le arranco los calzones, se la meto de golpe y me la cojo rápido y duro, queriendo lastimarla por ser una fresa pendeja, y aunque sus rodillas se raspan contra el suelo, y yo le aprieto la cintura marcándole moretones con los dedos, ella grita y se viene al mismo tiempo que Enrique Bunbury canta: "Blanca esperma resbalando por la espina dorsal".

Cuando ya no aguanto más, porque el olor de Rosa sigue saltando de su cuerpo como las radiaciones de un motor, y me voy a parar para buscar un baño y terminar esta escena, Sara sale del cuarto en el que se metió a hacer su declaración. Tiene el labio reventado y la cara llena de sangre seca.

Me da miedo que Sara pueda leer mi mente y ver los peces rojos de mis pensamientos descontrolados, mordiéndose la cola entre ellos, cogiéndose unos a otros. Pero Sara no se da cuenta de nada, está en su mundo, deshecha, con los ojos hundidos. Rosa se despierta y yo me levanto con cuidado para que no se me vea la erección. Me acerco a Sara, le agarro la mano y le doy un beso en el cachete, haciendo lo posible para que los restos de lujuria se transformen en ternura.

Sara me abraza, casi sin fuerza, y le hace una seña a Rosa para que nos vayamos. Salimos de la delegación cuando el sol empieza a extender su color sobre la explanada por donde caminamos y por el techo del Chevy que dejamos estacionado ahí. Rosa maneja y Sara se mete conmigo en el asiento de atrás. El coche se mueve. Sara me abraza, recuesta su cabeza entre mis piernas y se pone a llorar. Casi no puede respirar y mi pantalón se moja con los mocos y las lágrimas que escurren por su cara.

Llevamos más de 13 horas metidos en esto. Rosa me llamó a las ocho de la noche, me dijo que Sara acababa de hablarle, que fuera a verla porque yo estaba más cerca. Nacho le había pegado otra vez. Cuando la recogí, Sara estaba muy mal y apenas podía hablar.

No he comido nada desde ayer en la mañana. La ciudad está vacía. A pesar del hambre me siento mejor, porque sinceramente, sin esfuerzo, la ternura avanza y atraviesa las capas de excitación en las que estaba enterrada. Y no es sólo ternura, es un sentimiento tranquilo que me hace sentir más grande. Como si los músculos crecieran y me hicieran más fuerte para protegerla de ese hijo de puta que otra vez le reventó la boca.

Volteo a ver la cara de Rosa reflejada en el espejo retrovisor. Ya puedo verla como realmente es: está demacrada y su pelo güero decolorado, que hace apenas un rato se me hacía un ramillete de ilusiones, ahora es un montón de paja que nunca podría despertar lo que Sara despierta en mí, esa fuerza pura, esa revoltura de realidad imperfecta, de amor y vísceras al aire libre.

Acaricio la cabeza de Sara. Me agacho, le doy un beso en el pelo y le digo que la amo. Me gusta que Rosa me haya llamado y Sara recargue su desesperación en mí. Y lo mejor es que Nacho está lejos, ya es sólo una sombra diluida en sus propias pendejadas, y Sara, después de esto, ahora sí se va a acordar de quién está a su lado, cuidándola.

Love Sick

5:21 *Track* 1 del *Time out*
of Mind, 1997

Hace dos semanas, con la cara reventada, Sara le decía a dos judiciales que su nombre completo era Tonatiuh Ignacio Fuentes Barrera, que entró a su casa borracho, le pegó y la violó. Hacía apenas dos semanas y de pronto parece que no pasó, todo fue una escena de una película de autor, de ésas que a Sara le gusta ver en la Cineteca y son crudas y duelen, pero no cambian nada.

Yo necesito sacar energía o ideas de algún lado, porque ya estoy harto de los sueños, de sentirme como un inválido atrapado atrás de esta historia. Ayer Nacho contestó el teléfono de Sara. Ella ni se dio cuenta. Yo pensé que me había equivocado de número, me esperé un rato y volví a marcar. Esta vez sí contestó ella. Se oía contenta, se reía y supongo que aunque no dije nada, sabía que era yo, porque dijo que era número equivocado y colgó.

Y ya no quiero. Ya no puedo repetir lo mismo. Las páginas pasan y pasan y el argumento en vez de avanzar gira sobre sí mismo, se muerde las piernas y escupe sobre su propio estómago: se repiten los sueños y las palabras. Tengo asco. Siento el estómago deslavado, como si hubiera tomado mucho café.

Como cuando salía de la secundaria y me compraba una de esas fotonovelas porno donde salen chicas monstruosas, gordas y con los dientes cascados y las nalgas rayadas de estrías, o de realidad, o de la mierda reseca que les queda después de que se las metan por el culo. Luego me fumaba una cajetilla completa de Delicados y me iba a la casa a arrastrar la cabeza del pene sobre el papel café de las revistas. Para ver si esa cosa parecida a un aliento espeso dejaba de presionarme y se me salía por el pito y yo me quedaba en paz, sin la desesperación pellizcándome los pulmones.

Otra vez siento lo mismo y no he tomado ni una gota de café. Estoy en mi cuarto y trato de calmarme, de regresar a la época en que Sara no existía y yo podía hacer que la angustia se durmiera, aunque fuera tantito.

Prendo la computadora y tecleo ampland.com en la barra del Chrome. Busco sexo anal y abro uno por uno los *links*. Pero no, todas las mujeres de los videos son muy rubias y bonitas, con culos perfectos, sin una sola mancha de realidad, sin un solo rayón de oscuridad: sus anos son como curvas suaves, de bordes de miel, y aunque se me para me siento estúpido porque quiero grasa, estrías, rayas blancas de piel deformada atascándoles la piernas. No más mierda inventada, no más ilusiones. No más putas mentiras ni putas mentirosas, sino algo que me saque de esta mierda y me grite que soy un pendejo, que llevo toda la vida masturbándome como un idiota, que si Dylan me viera, encerrado en este cuarto de niño, con *posters* de su cara tapizando la paredes y olas de olor a cloro por el semen que mancha mi alfombra, sentiría un asco parecido al que estoy sintiendo por mí mismo. Un asco que lo haría alejarse de mí y ponerme en la lista de sus fans de perfil peligroso.

Voy a Facebook y busco una foto de Julieta, pero no me puedo masturbar con ella porque tampoco fue real: inocente y delicada pero una mentira. La única cosa que tengo de verdad, y que me merezco, es Sara. Ella sí está llena de rayas: tiene estrías en las nalgas y en las tetas y en los dedos de las manos y en los dientes. Adentro de los huesos y en los ojos y en cada una de sus ideas. De sus chillidos y su boca reventada que se cura sola, se seca sola, se parte y se cierra sin dejar cicatriz. Entonces mejor voy a su perfil y me fijo donde dice "Tiene una relación con", pensando que seguro ahora sí ya está el nombre de Nacho. Pero no, no está, ni tampoco el mío, obviamente. Le doy *click* al *link* de "Amigos: 427", y ahí encuentro a Nacho.

No le hago caso.

Regreso al perfil de Sara y paso una por una sus fotos. Pero en todas se ve muy bien, como si el Omar que está enamorado de ella las hubiera tomado y retocado, como si no fuera gorda. Sin grasa ni oscuridad. Con capas y capas de Photoshop.

Pero tiene fotos que se acercan más a la verdad. Tecleo "mexican b Bunny" y Google se adelanta, completa la frase con sus poderes de oráculo y me abre http://latinwebcams.com/sex/latinamateur/mexicanbbunny y despliega su página de *shows*. Abro algunos *screenshots* de sesiones de *webcam* anteriores, donde sale masturbándose con una mano y con la otra contesta a sus invitados en el *chat*. Ahí, en ésa, doblada frente a su *laptop*, se ve cómo se le juntan las capas de grasa en la panza. Ahí sí se le ven claramente las rayas negras y podridas de quién es en realidad. A mí la verga se me hace más grande, se me hincha como los ojos de un ahorcado. Me doy dos jalones, rápidos, durísimos, y me aprieto la raíz muy fuerte para que me dé tiempo de pararme, acercarme a la computadora y soltar la venida sobre la pantalla.

Me quedo como si me hubieran inyectado una jeringa de depresión que me afloja un poco, pero que no calma la agitación ni los pensamientos desesperados que me arañan el cuello. Le pego a la computadora y trato de darme un cabezazo contra el escritorio. Pero sólo trato, porque aunque me duele y se me queda marcado en la frente, sé que me lo podría haber dado más fuerte y no me atrevo. Es sólo un *show*.

Bajo las escaleras hasta el teléfono y marco el 56 75 20 33 de Sara Reyes. El tono suena y suena y nadie contesta. Azoto el teléfono lo suficientemente fuerte para que mi público imaginario lo oiga, pero no tanto como para romperlo en serio. Lo reviso para ver que no le haya quedado ninguna grieta y entonces vuelvo a azotarlo contra la pared, más fuerte. Pero el pinche teléfono sigue intacto y sólo me dan más ganas de vomitar. Prendo un cigarro, me subo al cuarto y cuando llego a la computadora ya se me paró otra vez. Veo la huella que dejó el semen de hace rato, los caminos blancos que bajaron hasta el borde de la pantalla como si fueran lágrimas. Quiero que se concentren ahí y se metan adentro de la máquina y encharquen los circuitos, pero los limpio con la camisa para que no se me descomponga la compu.

Y entonces se me ocurre. La idea aparece así, flotando de pronto sobre un mar de aguas negras.

Los dientes se me aprietan. Dejo que el olor a intestinos que se desprende de la idea me diga en el oído: "Abre Facebook. Busca a Nacho. Abre Facebook. Busca a Nacho". El olor de las cosas prohibidas me acelera la respiración. Es el mismo ardor de la primera vez que abrí una revista porno, o de cuando me metí al cuarto de David y busqué una foto de su novia y me vine encima de su sonrisa, y luego la escondí, arrepentido, sintiendo que estaba loco y enfermo. Es el mismo olor oscuro, las mismas garras que me empujaron abajo de las cobijas de Julieta, cuando me puse el condón y me metí en ella.

Tecleo Nacho Barrera en el buscador de Facebook y el olor aumenta. Sólo quiero aventarme a la ola de rabia y vísceras. Más volumen. Prendo otro cigarro mientras los nervios siguen cayendo, aventándose uno por uno por el hoyo que se abre y se come lo que queda de los bordes de mis pulmones. Encuentro el perfil de Nacho y doy *click* en enviar mensaje. Se abre la ventanita del *chat* y antes de que me arrepienta, estrello los dedos contra el teclado y escribo:

"ERS UNPINCHE HIJO D ESPUTA. PINCHE PUTO HIJHO DE TYU PUTA MADR"

Le doy *enter*.

When the Ship Comes In

3:15 *Track* 8 del *The Times*
They are A-Changin', 1964

Camino desde Tlalpan a casa de Sara, pero cuando llego a la placita del Museo de las Intervenciones, al que veo es a Nacho. Viene caminando hacia acá, supongo que de regreso. Ya me vio y viene hacía mí y pienso que por suerte borré el mensaje de Facebook antes de que lo viera.

"Omar. ¿Qué haces aquí?", me dice, con la voz rasposa. ¿Y si sí lo leyó? ¿Qué tal que aunque decía que no estaba conectado sí estaba y vio el mensaje antes de que lo borrara?, "hace mucho que no te veía. ¿Todo bien?"

"Sí. ¿Y tú? ¿Ya no has ido a lo de Dylan?", le digo.

Nacho me ve como si no supiera de qué le hablo.

"Mira, cabrón. La neta no me caes bien. Tú y tu pinche Dylan ya me tienen harto."

Un temblor me sube por las rodillas.

"Mira. No sé qué haces aquí. Ni por qué quieres verla", me dice y se saca las manos de las bolsas del pantalón. "Ni creas que no sé que a veces andas por aquí buscándola."

"Sí, pero sólo es mi amiga", le contesto.

"Te estás pasando de verga. ¿Qué quieres?", me dice y pone la cara enfrente de la mía para que nuestros ojos queden en la misma línea.

Bajo la cabeza y veo el piso.

"¿Eh? Contéstame. En chinga, que tengo prisa."

Quiero decirle la verdad: que no sé lo que quiero. Me equivoqué y de todos modos Sara ni siente nada por mí. Eso es lo peor de todo, que la verdad no tiene que preocuparse por alguien como yo.

"Mira, no sé por qué esa vieja estuvo contigo. Eres un pinche chamaco pendejo", me dice y me levanta la cara, a la fuerza, para que siga viéndolo a los ojos.

Un pinche chamaco pendejo. A lo mejor sí, todo se resume en eso.

"Y Sara es mía y no quiero que estés cerca ni que vengas por aquí ni que te acuerdes de ella. ¿Está bien?"

Y al mismo tiempo que dice "¿está bien?" me empuja y luego luego me agarra el hombro con la mano izquierda, me jala hacía él y con la derecha me da un puñetazo en el estómago. Me caigo de rodillas y me quedo ahí para que la panza se me despegue de la espalda y pueda jalar aire. Lo que más me preocupa es que estoy a punto de llorar.

Nacho sigue hablando, empujándome con la planta de su tenis. Apoyo una de mis manos contra el piso y siento cómo los granos de la textura del cemento me marcan las palmas.

"Qué, ¿te dolió?", me dice Nacho y yo quiero levantarme, tener la fuerza para darle una patada en los huevos, o por lo menos irme corriendo. Pero el miedo y el dolor me jalan contra el piso más fuerte que la gravedad. Las piernas y los brazos no me responden. La verdad es que me estoy cagando de miedo, pero ni eso ni la vergüenza sirven de nada, porque sigo en el piso, aguantándome para no llorar, concentrándome sólo en eso: "No llores, por favor, no llores".

"¿Qué, vas a llorar? ¿En serio? ¡No mames! Si apenas te toqué."

Nacho levanta la otra mano y con la palma abierta me pega en la nuca. Yo me hago bolita y me quedo como un animal muerto, porque a lo mejor eso lo hace creer que me desmayé, o algo, o por lo menos que no vale la pena seguir pegándome. Pasa un ratito y como no oigo nada abro los ojos. Desde donde estoy sólo veo piernas con pantalones o medias acercándose desde el otro lado de la plaza, supongo que para ver el chisme. No quiero que me vean. No quiero que nadie más me vea así. Nacho dice algo pero ya no lo oigo. Sólo siento que con una de sus manos me remueve el pelo, como si acariciara a un perro. Lo bueno es que después de la caricia ya no me pega, y veo que se va caminando de regreso a División, a lo mejor otra vez con Sara. Mi cuerpo, en vez de sólo calmarse, se afloja, y eso me hace más difícil tragarme las lágrimas. Las piernas de los curiosos se hacen grandes y se acercan hasta donde estoy. Una, dos personas, y yo sigo luchando, respirando profundo, profundo, tratando de esconderme de la vergüenza, y cuando uno de los pares de piernas, el que lleva tacones altos y medias, me pregunta si estoy bien, lo único que hago es contestar con un quejido inentendible. La mujer pone la mano en mi espalda y aunque el contacto caliente me hace sentir un poco mejor, el río de vergüenza y rabia ya casi se desborda, ya casi rompe el dique y devora los coches, las personas, los árboles y toda la puta plaza. Eso me enoja más porque desde aquí veo que las piernas de la chica son bonitas y no quiero que sienta lástima por mí. Más bien quiero que entienda por qué alguien se queda tirado en el piso en vez de defenderse, por qué alguien se hace bolita toda su vida y se queda ahí, durante años y años, aguantándose. Pero si ni yo lo entiendo.

Se acercan más piernas. Con las dos manos apoyadas en el piso hago el primer intento por levantarme y veo que era más fácil de lo que creía. Tomo aire y veo que la chica de los tacones tiene como mi edad y es bonita y está preocupada por mí. Le digo que no necesito ayuda, pero de mis labios sólo sale otro quejido de animal enfermo. Suelto el brazo del tipo que me está ayudando y camino tres calles hacia el metro. Subo y bajo unas escaleras hasta el andén. Ahí me siento, recargo la espalda contra una columna de metal y me pongo a ver pasar los metros, un vagón tras otro, un vagón tras otro, sin saber qué hacer.

Después de un rato, cuando ya no tengo que luchar contra las lágrimas y la vergüenza se disuelve, las ideas que empiezan a surgir son lentas, pero avanzan firmes, abriéndose paso como un barco pesado entre las olas, un barco que después muchos años regresa a su país.

Ya dejé de temblar, pero estoy seguro que me va a dar temperatura. Me toco la frente para ver si siento algo, pero no, sigo normal. Ya sólo quiero que este nuevo sentimiento oscuro que borra la humillación me levante y me saque a la calle. No me cuesta mucho trabajo dejarme llevar por él. Salgo del metro y camino sobre Tlalpan. Camino rápido, dejando caer los pies con fuerza, como si tuviera prisa o fuera a algún lado.

Hay muchos coches sobre la avenida. Pasan rápido haciendo un ruido continuo que se aleja y regresa, va y viene, se aleja y regresa, se aleja y cuando vuelve se estrella contra mis oídos. Ese ruido como de mar me recuerda a Dylan cuando era un niño con ganas de comerse el mundo y andaba con Joan Baez. Me acuerdo de la historia que Joan contó de la vez que Bob la acompañó de gira. Del día en que a Dylan no lo dejaron entrar a su hotel porque se veía sucio y fachoso. Baez movió sus influencias y le consiguió un cuarto. Bob Dylan, un par de horas después, tecleaba en su máquina de escribir, furioso, con los dedos reventando las teclas, soltando la rabia acumulada contra los imbéciles que le habían dicho que no le alcanzaba la vida y no era lo suficiente para entrar a un lugar así. Y en medio de la furia se formó la visión, cobró vida en el papel:

Un barco pesado y antiguo llegando al puerto. No es el único, atrás de él vienen muchos, una flota que regresa a casa. Los invasores de la ciudad abren los ojos y se pellizcan y piensan que es un sueño. Tiemblan inventando pretextos para explicarles por qué viven en sus casas, por qué mataron a sus animales y se cogieron a sus mujeres. Los invasores bajan hasta la playa e imploran. Pero los verdaderos señores, sin pensarlo, les contestan: "No. Sus días están contados. Los veremos ahogarse".

Por lo pronto es sólo una visión y los señores duermen cómodamente. Y pueden seguir así: pateando a nuestros gatos, acariciando a nuestros hijos, cogiéndose a nuestras esposas. Tarde o temprano las cosas cambiarán. La visión de Dylan tomará forma el día en que el barco llegue, pienso y camino todavía más rápido sobre la larga avenida.

Thunder on the Mountain

5:54 *Track* 1 del *Modern Times*, 2006

Sueños pesados que me hunden más en la cama. En el último, mi corazón palpitaba en mi mano izquierda. Yo respiraba tranquilo hasta que me daba cuenta de que no era posible. No podía vivir sin corazón. Paraba un taxi y le decía a Bob Dylan, que era el chofer: "¡Al hospital! Ya llevo mucho así". Adentro del taxi mi vista se convertía en una de esas pantallas de datos del estado de mi sistema operativo, como si fuera robot:

Energía: 65%
Temperatura: ..... 36 °C
Tiempo posible de resistencia sin corazón: ..... 12 minutos

Entonces ya más calmado pensaba: ¡No mames! ¿Cómo puedo estar vivo? A ver, sin corazón no hay vida, y yo no tengo, pero sigo aquí. "Bob", le decía ,"ya no hay prisa". Mi corazón seguía en mi mano, chorreando sangre. Era oscuro con amarillo rancio en las arterias. Lo envolvía en una tortilla y lo mordía.

Sueños y sueños y sueños. Me levanto. Tengo la lengua pegada al paladar. En el espejo del baño veo mis labios llenos de grietas. Además de haber comido unos puños de zucaritas cuando ya no aguantaba el hambre, no he hecho más que dormir. Nada más que sueños pesados de los que no podía despertar. Si me metiera a bañar me sentiría mejor, creo, pero no tengo ganas. Me agacho sobre el lavabo, abro la llave, doy unos sorbos directo del chorro y regreso a mi cuarto.

Me gustaría volverme a dormir aunque el colchón esté lleno de pesadillas, pero tengo la espalda destrozada, como la tapa de una tumba agrietándose. Ya no sé ni qué decirme a mí mismo. Porque no siento nada: ya he sentido todo lo que tenía que sentir estos sueños y días y meses y años. Ya sentí más de lo que me tocaba, más de lo que podría tocarle a cualquiera.

Lo bueno de dormir tanto es que las cosas disminuyen y el resto de la vida se va con los sueños, el mundo se adormece y uno sigue vivo sin pensarlo mucho. Pero adentro, en el infierno *express* de los sueños, hay inundaciones y gente que se arrastra y hombres ahorcados colgando de los árboles y el fin del mundo. Aunque aquí afuera todo esté tranquilo, al parecer: sólo el dolor de espalda y el ruido de mis tripas.

Bajo las escaleras, me siento en el sillón de la sala y abro la revista que está sobre la mesita. Es un *Hola!* de mi mamá, de otra era, supongo, porque el papel ya se está poniendo amarillo. La hojeo hasta que se cae un papelito de en medio de sus páginas, lo recojo y veo que es un recado con la letra de Sara. Nunca lo había visto y pienso que tal vez lo dejó una de las veces que se quedó en la casa. La nota dice, como si fuera cualquier cosa: "TE AMO TE AMO TE AMO", escrito con su letra fea, al aventón. Dejo que esos te amos me hagan pensar en ella. En Sara. No pasa nada. Hago un esfuerzo. Me la imagino escribiéndola, emocionada porque por fin había descubierto que no estaba sola y yo la amaba desesperadamente y... nada... sigo sin sentir. Y eso que no estoy evitándolo, lo juro, al contrario, lo busco: vuelvo a leer el papelito y me lo acerco a la nariz porque sé que seguro huele a ella, a la única botella de perfume que tenía. Y sí, ahí está el olor. Respiro profundo, retándome, esperando a que las marejadas de ideas se me vengan encima, me sacudan, se metan en las grietas y me despierten... pero no. Estoy vacío: no hay gritos ni miedo ni tristeza.

Voy al cuarto de David y me acuesto en su cama, porque sé que ya no importa y por alguna razón ya nada me puede tocar. Luego voy al de mis papás y abro los álbumes que tienen en los cajones: veo una foto de David y yo de chiquitos con unas piyamas del Hombre Araña, abrazándonos. Veo otra de una de las vacaciones en Disney, todos juntos posando con Mickey. Veo otra de David solito, de 12 años, estrenando su primera guitarra...

... Nada...

... Nada me toca...

Estoy a un millón de años luz, en otro universo, en otro cuerpo.

Sigo probando para ver qué tan lejos puedo llegar sin sentir. Voy a mi cuarto, agarro el celular y busco el *bootleg* del concierto de Nara del 94, el que siempre me hace llorar. Le pongo *play*. Con *I Shall Be Released* de fondo, busco el video del primer día que cogí con Sara: en la pantalla hay una Diosa Porno, gloriosa y salvaje encima de un actor flaquito. No se ve eso en el video, que estoy flaco, porque lo estoy tomando yo y la cámara sólo la sigue a ella, torciendo la cara de placer, frotándose las tetas y sonriéndole al teléfono. No había vuelto a ver el video. Me resistía y ya sé por qué: no entiendo cómo esa actriz, esa superestrella, escogió a ese actor que ni la tiene tan grande ni es tan guapo y ni siquiera se ve bien en la pantalla. De todos modos me da igual. No me importa. Sigo desconectado y no reconozco los cuerpos del video. Es como si hubieran agarrado a ese Omar y a esa Sara y los hubieran volteado de cabeza y agitado hasta que se les vaciaran las últimas gotas de su esencia y sólo quedaran sus cuerpos de plástico, muertos, duros, frotándose uno contra otro, gritando de placer para las cámaras.

"¡Muertos, duros! ¡Muertos, duros!", empiezo a gritar mientras camino al otro lado del cuarto y agarro el teléfono. ¡Muertos, duros! Como yo y esta casa y este teléfono que levanto, empujándome, probando cuánto más va a durar este vacío, comprobando qué tan insensible me hace. El teléfono es de esos viejos, grises, con una rueda de plástico para marcar... arrastro uno a uno los números de la casa de Sara hasta el final de la rueda... cinco... seis... siete... cinco... dos... cero... tres... tres...

"Bueno."

Es Nacho. Sin pensarlo le contesto.

"Hola. ¿Estás con Sara?"

"¿Quién eres?"

"Omar."

"¿Y qué putas quieres?"

No le respondo, pero no por miedo. Más bien porque no se me ocurre nada.

Cuelgo. Bajo las escaleras sin prisas, y así, tranquilo, me salgo de la casa.

Otra vez estoy subiendo las escaleras de Londres 72. Las mismas escaleras con azulejos de colores. Las mismas escaleras pero sin nada adentro: pura escenografía. Así que entro al escenario entendiendo por primera vez que delante de mí hay un público y no debo de tomármelo tan en serio, porque sólo es eso, una representación. Toco la puerta vacía y la madera hueca resuena. En el fondo oigo el *dolby surround sound* de los pasos que se acercan y de la mano sin átomos girando la cerradura.

Es Nacho.

"¿Qué onda?", le digo, viéndolo a los ojos, "¿está Sara?"

Antes de que reaccione me meto y me siento en el sillón. Estoy tranquilo, porque no estoy aquí. Estiro las piernas y recargo la espalda. El viejo sillón está más cómodo que nunca y siento como si yo estuviera flotando y entre mis nalgas y los cojines hubiera un colchón de aire, de puros electrones vacíos.

Le pregunto: "¿Dónde está Sara?"

Recorro la sala con los ojos hasta que la veo venir por el pasillo, frotándose la cara, despertándose. Nacho azota la puerta y sin dirigirme la mirada le dice a Sara:

"¿Qué putas está haciendo este pendejo aquí?", y hasta se le marcan las venas del cuello. Me río y Sara se ríe pero porque está nerviosa y trata de disculparse con Nacho, pero sólo le salen balbuceos y pienso que así se ha de poner cuando este pendejo le pega y le baja los calzones para violarla.

"Hola", le digo a Sara, medio mamón.

Ya se le fue el color de la cara.

"No pasa nada", le digo, parándome del sillón, "nunca pasa nada."

Nacho voltea a verla y luego a mí sin poder creerlo, como si un virus entrara en una computadora vieja y todo fuera tan rápido, tan imposible, que la dejara calculando para siempre. Aprovecho que está atorado y le digo: "¿Y tú qué? ¿Ahora sí ya aprendiste algo de Dylan?"

A la vieja computadora / neandertal le tiembla la mandíbula de coraje.

"Mira pin-che... pinche", alcanza a decir, pero le cuesta. Parece un perro de pelea trabado.

Lo interrumpo antes de que encuentre la palabra que sigue después de *pinche*: "¿O no has podido por estarle pegando?"

Sara se dobla como si fuera a vomitar, pero en vez de eso se le salen lágrimas, de miedo, yo creo. Se acerca a Nacho y le dice: "Cálmate, ya se va a ir". Pero yo no me voy y les digo a los dos, pero más a Nacho: "Aquí sigo... y no me voy a ir nunca, pinche puto".

Y Sara se mueve tal como debería de moverse. Nacho también. Repiten la coreografía paso a paso, sin errores, como marionetas que han repetido la escena una y otra vez. Sé exactamente lo que va a pasar y lo que va hacer cada uno, excepto yo, porque yo sigo desconectado, manipulándome desde lejos con un control remoto.

Nacho la empuja y se me acerca. Me agarra de la sudadera y me avienta atrás del sillón. Me levanto, todavía lejos, todavía vacío, y me voy a la cocina.

"Déjalo. Espérate. Ya se va", le dice Sara, se tira enfrente de él y le abraza las rodillas con las manos.

"Mira pinche... tú cierras tu puto hocico..."

"No no no no no", repite Sara tartamudeando.

"Déjalo", le grito a Sara, enojado, por primera vez, porque me da pena verla así, repitiendo "no no no no no no no no" como si tuviera retraso mental. "¿Qué va a hacer, violarnos a los dos?"

"¿Tan quieres, que te rompa toda tu puta madre, pende-jo?", me dice Nacho, se quita a Sara de encima, llega hasta donde estoy y me empuja contra la estufa. Yo me caigo pero me levanto luego luego.

"No mames. Eres un pobre... ¡Un pinche...! ¡Por pendejos como tú..." Nacho me corta el discurso, ya no me deja seguir porque me tira de un madrazo en el estómago. Y sólo eso necesito, ese golpe para que se acorten los kilómetros de dis-tancia, para que se recorte el espacio y los años luz se vuelvan segundos y yo regrese aquí, al presente, ya sin actuar. Yo en carne y hueso, pero sin miedo. Con el estómago aplastado y un río de furia corriendo, vaciándose por todo mi cuerpo. Sara está también en el piso, llorando recargada en la alacena. Verla tan patética y débil hace que me encabrone más y me levante otra vez, porque ya no soy el mismo de siempre: esta versión de Omar se levanta una y otra y otra y otra y otra vez. Como un boxeador al que tiran en cada *round* y aunque tiene los dos ojos cerrados y el hígado hecho pedazos, se vuelve a parar. El yo que siempre he querido ser no tiene miedo al dolor. Por eso le grito, con todos mis huevos: "¡Pinche violador culero, puto retrasado mental hijo de tu puta madre! ¡Pinche puto pendejo!". Nacho me pega en la cara, me abre la nariz y la sangre escurre y me llena la camisa y sale y sale y sale y el dolor es tan fuerte que hasta me siento mejor, más libre, porque imagino que éste es el límite, que ya nada me puede doler más. Pero Nacho me patea las piernas, me las dobla, y ya en el piso me patea las costillas. Y ya no me importa, porque aunque el dolor crece, el mar de rabia y odio sigue saliéndoseme de los poros: él ya no me oye, porque yo ya ni puedo hablar, pero adentro de mi cabeza le sigo gritando que me da asco, que lo voy a matar: que voy a matar a todos los pendejos como él. No voy a descansar hasta que los haya matado a todos.

Pero él no se da cuenta y a lo mejor piensa que ya fue suficiente, porque me deja y se va con Sara. Se pone en cuclillas enfrente de ella, la agarra de la nuca y le gira la cabeza para que me vea.

"Mira, putita. Ya está. Mira lo que hiciste."

Le avienta la cabeza y la nuca de Sara rebota contra la puerta de madera de la alacena. Nacho le da una cachetada y luego un puñetazo. Sara llora bajito, sin gritar.

"Pinche puta. Mejor ni llores que esto es lo que querías", le dice, acariciándole el pelo. Y le da un beso, así, como si fuera lo mismo que pegarle. Le agarra la mano y la lleva hasta sus huevos para que Sara se los acaricie.

Mis músculos o mis neuronas concentran toda la fuerza que les queda en pararse. Y no sé cómo, pero me paro. Me agarro del borde de la estufa y estiro la mano buscando un cuchillo o un vaso o algo, lo que sea, hasta que encuentro el hornito eléctrico. Lo agarro con las dos manos y me aviento hacia ellos y lo azoto en la cabeza de Nacho.

Por un rato sólo hay silencio. Como si alguien hubiera puesto pausa y esperara algo para regresar y seguir con la película.

Un quejido en la garganta de Nacho hace que el sonido regrese, que el *play* se apriete solo y haga avanzar la escena.

Nacho abre los ojos. Cómo que no sabe dónde está y trata de pararse pero no puede y se cae otra vez.

Sara se seca las lágrimas y se da cuenta que Nacho está noqueado.

"Nacho", le dice y lo sacude, "¿estás bien?" Como no le contesta se para y viene a hacía mí.

"¿Qué le hiciste?", me dice.

¡No mames que me lo está preguntando!

"¿Qué hiciste? ¿Le pegaste con eso?"

"¿Qué?"

"¿Qué si le pegaste con eso?", me vuelve a decir y se pone roja y me grita, o trata de gritar, porque casi no le sale la voz: "¿Por qué viniste?". Se me acerca y veo que está llorando y me empuja, con las dos manos, y cuando se las quito de encima trata de pegarme. No es que me duela, pero de todos modos se me termina de ir la onda. La misma corriente de rabia y frustración me hace empujarla y pegarle. Se me hace muy natural, ese primer golpe que le doy en la cara, con el puño cerrado, hasta lo disfruto. Sonrío y quiero seguir. Me siento bien y no quiero que se acabe. Ella se cae al piso, se arrastra junto a Nacho y yo la pateo, a ella, a los dos juntos, hechos bolita. Y le grito lo que siempre le quise gritar: "¡Puta, eres una pinche puta!". Le pateo el estómago y las piernas. Los pateo como si no hubiera nacido para otra cosa más que para para destruirlos. Para hundirlos en la mierda en la que me hundieron. Los pateo hasta que veo que a Sara ya le está saliendo sangre, y entonces oigo un *click* en alguna parte de mi cerebro y me detengo. Los dejo tirados ahí, ahogándose, y me salgo. Azoto la puerta de su casa. Bajo las escaleras, me cruzo la avenida y corro y corro a pesar de que los pulmones me arden y tengo ganas de vomitar. Sigo corriendo, porque ya no tengo nada más que patear y todavía siento estas ganas de arrancarme de golpe los cuajos de veneno que he tenido atorados desde siempre.

Idiot Wind

7:48 Track 4 del Blood
on the Tracks, 1975

Sara Reyes es una puta de mierda. Sara Reyes es una puta de mierda. Sara Reyes es una puta de mierda. Sara Reyes es una puta de mierda. Sara Reyes es una puta de mierda. Sara Reyes es una puta de mierda. Sara Reyes es una puta de mierda. Sara Reyes es una puta de mierda. Sara Reyes es una puta de mierda. Sara Reyes es una puta de mierda. Sara Reyes es una puta de mierda. Me vale verga que tu mamá te dejara cuando estabas en la cuna, como si con sólo oír tus chillidos supiera que no valía la pena pasarse una vida contigo. Me vale madres lo que te pasó para que te convirtieras en lo que eres: una pinche puta de mierda. Una idiota que sólo abre la boca para decir pendejadas y mamar pitos. Apreté el corazón y cerré los ojos con todos mis huevos para no verlo, para saltarme las evidencias: las capas de grasa escurriéndosete, bajando por tu panza de cerda, descolgándose de tus brazos, de tus tetas tristes que te llegan a las rodillas. Eras una Pordiosera y te convertí en una Diosa. Le di de comer a los cerdos esperando que crecieran diamantes, o una historia de verdad, algo por lo que valiera la pena vivir. Pero no puede crecer nada dentro de ti, de una puta que sólo piensa en verga verga verga verga verga

verga verga verga. Vergas flacas pero tiernas, vergas de tipos altos y pelones, vergas gordas y lechosas, llenas de cebo y de la mierda que te sacan cuando te la meten por el culo. Eres una pinche puta acabada, desdentada, con las encías reblandecidas de tantos pitos que has chupado.

Una pendeja que no podría entender una historia aunque se la pusieran enfrente. Una pendeja que no ha entendido nada de lo que pasó entre nosotros y lo que podría haber sido. Una pendeja que le gusta que le peguen y después de la sangre y los ojos morados regresa arrastrándose para pedir su ración de verga. Porque no puede soltarla: es obsesiva y está enganchada y araña las paredes cuando le quitan su dosis. No puede sin ella. La necesita para aguantar en este mundo de mierda.

No sabes nada. No entenderías una canción de Bob Dylan aunque te la explicara con manzanas, con palitos y letras enormes en un pizarrón de jardín de niños. Te pasaría de largo porque seguirías ansiosa, esperando llegar a tu casa para que te revienten a madrazos. No entenderías ni el verso más sencillo. El mundo retumba a tu alrededor y no te das cuenta de nada: te quedas con la boca abierta viéndolo pasar, como un milagro demasiado hermoso para entenderlo. Porque estás enferma y nadie puede ayudarte: tus sueños se hacen realidad y viene ese hijo de puta y te rompe los dientes y tú babeas, como una cerda, y le dices que lo amas, pero que por favor ya no te pegue, aunque por dentro quieres que siga, que te rompa los dientes y la cara, te apague la conciencia y te mande al negro profundo donde ya no hay sufrimiento. Estás ciega y sorda y no puedes ver que estás enferma, que eres patética y estás obsesionada con una mentira. Que buscas respuestas afuera, en vez de ver que la verdad está parada enfrente de ti, con los brazos cruzados, esperándote.

Y ya nadie puede salvarte. Yo era tu única oportunidad. Te ahogarás con tu idiotez y lo único que quedará de ti será un rastro de vergüenza escurriéndote por las piernas como tus meados. El viento idiota sopla cada vez que abres la boca. Ya no eres ni una copia, ni un fantasma de lo que pensé que eras. Estás desapareciendo asfixiada por tu droga. Tus vicios te cegaron y te vas a morir, muy pronto. Un día te va a matar y vas a ser feliz. Vas a sonreír ahí, tirada en una zanja, con moscas revoloteándote en los labios. Eres tan idiota que no sé cómo todavía sabes respirar.

3

Father of Night

1:31 *Track* 12 del *New Morning*, 1970

Mi héroe tiene la voz de un cuervo. Ahora es un anciano pero se mantiene en pie frente al público durante horas y prende fuego a sus palabras a pesar de ser un vagabundo.

Mi voz vive en la suya. Mis ojos se apoyan en la espalda de sus poemas. Lo sigo a los infiernos, desciendo con él dentro de los pordioseros y las señoras bien educadas.

Vigila mi futuro como un antepasado. Me cuida la espalda. Se traga los cuchillos que me avientan los gitanos, los hombres llenos de cicatrices que se chupan los rayos del sol.

Mi héroe se acomoda el sombrero y susurra sus plegarias, recordándome quién quiero ser cuando me quedo solo.

Just Like Tom Thumb's Blues

5:28 *Track* 6 del *Highway 61
Revisited*, 1965

Quedamos de ver a Julio, el hijo de Billy, enfrente de la
catedral, aquí en Ciudad Juárez. En vez de esperarlo ahí nos
metemos a la iglesia porque es de noche y llueve y Billy dice
que se le va a ocurrir buscarnos aquí adentro.

"No te me pongas nervioso, carnalito", me dice Billy. Yo
ni estoy nervioso, a lo mejor porque me lo ha repetido mil
veces desde que salimos, o porque a mí no va a cruzarme ningún coyote. "Quiero fumar", le digo a Billy y nos salimos de
la catedral. Nos paramos abajo de un techito, prendemos los
cigarros y damos grandes caladas en la triste noche de Ciudad
Juárez. Me gusta cómo suena eso. Y pienso: por fin estoy perdido en la gran noche de Ciudad Juárez, y aunque no estamos
en Semana Santa es igual de deprimente que en la canción de
Dylan. Claro que también vine por eso, para ver Juárez con
mis propios ojos y sentir la gravedad estrellándonos contra el
piso. Es perfecto, porque en el disco, antes de *Just Like Tom
Thumb's Blues* está *Highway 61*, el gran viaje en carretera, y la
canción que sigue, la última del LP, es *Desolation Row*, y como
van las cosas a lo mejor al final ya es lo único que me queda:
formarme en la fila de la desolación.

Julio nos ve desde lejos y camina bajo la lluvia hacia nosotros. Abraza a su papá y le dice: "Mira nada más, viejito, estás todo mojado". Aunque yo no lo conozco también me abraza y me dice: "Qué onda, Omar. Qué bueno que nos hiciste el paro y te lo trajiste. ¿Y qué, ya están listos para los Uniteds?"

Nos subimos a su coche y avanzamos por la calles de Juárez mientras Billy le cuenta por qué ahora sí internó a Alex. "Sí, mijo. Ya estaba muy mal. Si no sí hubiera hecho algo." Yo voy con la cabeza recargada en la ventana, dejando que el vaho empañe el vidrio, viendo las banquetas y las casas a través de la mancha de mi aliento. "Pues ya está", nos dice Julio, "hoy dormimos aquí. Mañana en la mañana mi cuate te va a pasar, papá. No hay bronca, viejito, es de confianza. Omar y yo te esperamos del otro lado".

Ciudad Juárez es la canción perfecta para este momento de mi vida: sus ruidos grises y sus personajes rotos, las muertas y desparecidas, las putas soltando sus anillos de tristeza. Y yo en medio envuelto en el *soundtrack* de mi propia mierda: queriendo llegar más abajo, más rápido. Tomando todos los atajos para apresurar las cosas. Aunque no sé cuáles cosas. Ni a dónde me van a llevar.

"Pero antes de la meme", dice Julio, "les tengo una sorpresa". Da una vuelta y se sumerge en el laberinto de calles cafés, como si se las supiera de memoria, y se estaciona enfrente de un local. Parece una tiendita normal, pero nos damos cuenta que es un putero cuando una viejita nos invita a pasar por una puerta escondida. Adentro hay un pasillo muy largo y angosto, de piso de cemento, con unos cuantos focos en el techo y puertas y puertas, cada una con una silla al lado y una puta sentada. Ninguna silla se parece, a lo mejor cada prostituta se trajo la suya de la casa de su mamá para descansar las piernas entre chamba y chamba. "Les va a gustar. Es mi lugar favorito de Juárez", nos dice Julio, y luego a mí: "Tu date una vueltita.

No hay pedo. Yo te invito". Abraza a su papá, le dice que le va presentar a una señora y se lo lleva al fondo del pasillo.

No me siento muy bien. Alcanzo a oír que afuera ya hasta está granizando. El ruido de los pedacitos de hielo estrellándose contra el techo me pone nervioso. Como si fuera una señal de que algo va a pasar: los tambores de la oscuridad diciéndonos que ya es hora.

Una señora mucho más grande que mi mamá me pregunta: "¿No vas?", con ella, supongo, y yo mejor sigo caminado a ver si encuentro a Julio y a Billy antes de que se metan con la otra señora, pero no, el pasillo se retuerce y luego se inclina y hay más puertas y sillas y señoras sin dientes. Hasta que veo a la chica más gorda del mundo.

Está sentada en dos sillas, una para cada nalga. Lleva unos audífonos sobre su pelo güero, medio ondulado, a la Marilyn Monroe. El cuerpo lo tiene cubierto de capas y capas de grasa, como si fuera la protagonista de un comercial de sharpeis. No sé si sea eso, su pelo, o las llantas, o que creo que apenas tiene 17 años, pero me detengo y le pregunto cuánto es.

"Ciento cincuenta", me dice. Saco el dinero. Se lo doy y ella lo guarda en una bolsita rosa de plástico con la cara de Hello Kitty que lleva colgada en el cuello. Se levanta y con mucho trabajo, como un elefante recién nacido aprendiendo a caminar, se mete al cuarto.

La Marilyn tiene una cara muy bonita, eso sí. Aburrida y triste, pero bonita. Y me gusta estar aquí, porque es como si algo abajo de esa grasa se chupara mi tristeza, como si la fuerza de gravedad de su dolor absorbiera el mío.

Marilyn ni me pregunta nada, sólo me dice: "Acuéstate", me baja los pantalones y me lo chupa. Tiene la boca seca, como si no hubiera tomado agua en semanas, y me duele, pero aun así las punzadas de placer bajan desde la punta del pene hasta los huevos y me marean. Me marea la oscuridad y el olor de Marilyn, que no tiene nada que ver con su cuerpo, porque es fresco, demasiado nuevo y tierno para perderse entre los olores rancios del burdel.

El placer sube y sube y aprieta, pero no me quiero venir todavía, así que pienso en otra cosa: en el granizo de allá afuera, en la catedral de hace rato, en el camino de ida hasta acá: el autobús comiéndose la carretera y yo pegado a la ventana, viéndolo tragarse los kilómetros y kilómetros de líneas blancas y horas y segundos para llegar aquí. Y luego más atrás, hasta la casa de mis papás, después de haber regresado de casa de Sara con la boca reventada y la playera y las manos manchadas con su sangre y mi sangre.

Y eso es todo lo que necesito para desaparecer, para olvidarme del placer y la boca de Marilyn raspándome con su lengua de ballena, succionándome fuerte. Siento sus labios a lo lejos, como la música de un elevador, algo sólo para adornar el momento, y vuelvo a ver a Sara, pegándome, diciéndome que soy un pendejo, que qué le hice a su Nacho. Entonces el verdadero protagonista de esta novela empuja y me hace apretar los dientes y gritar, como si el animal rabioso me estuviera raspando por adentro. Y grito, con todos mis huevos. La ballena, mi pobre ángel de la desolación, se detiene y me pregunta si ya me vine. No le contesto, porque no me he venido y porque ya sé por qué la escogí a ella. Es más grande y más triste que Sara. Y menos falsa. Marilyn sí es una puta de verdad, lo acepta y no se hace pasar por alguien que no es.

Después del grito sólo me queda eso, la cosa roja, la rabia encuerada que me aprieta el estómago y me hace ser alguien enorme y sin miedo. Alguien ciego, que se levanta y empuja a Marilyn y le ordena que se suba a la cama y abra las piernas. Y ya así, toda abierta, me sumerjo sobre el pedazo de carne, que ya ni siquiera es un ángel triste, sino sólo es eso, una máquina de pliegues de oscuridad absorbiéndome más y más y más hasta hacerme desaparecer.

Stuck Inside of Mobile
with the Memphis Blues Again

7:03 *Track* 7 del *Blonde*
on Blonde, 1966

Y de la rabia roja y la oscuridad, salto hasta acá. Al coche de uno de los nietos de Billy. Pasaron algunas cosas en medio, entre el salto: dos días: recogimos a Billy y manejamos a Houston, conocimos a la familia de Julio y a su hija Diana, la Cholita, la hermana de Pepe, el que en este momento viene manejando muerto de miedo porque yo vengo alucinando a su lado.

Tengo un sabor agrio en la boca y las sienes palpitando, como si tuviera un corazón en cada lado de la cabeza. Voy en el asiento del copiloto, en otra dimensión, angustiado por los tirones de la mierda que aguanto para que no se me salga de la panza, y la mierda que se me revuelve en el cerebro, que va y viene de adentro hacia afuera. Lo único que me regresa, que me amarra al asiento y evita que mi mente termine de irse, son las punzadas de la diarrea y Pepe, que me dice en su español gringo: "Amm… lo siento, no sabía que te ibas a pasar así".

"Ah", le digo, "siempre me pasa así". Aunque no es cierto, porque es la primera vez que pruebo un ácido y un ácido después de haber fumado mota en casa de sus amigos del otro lado de Houston. Un ácido que me obliga a agarrarme de lo que sea para que mi mente no se desdoble y se funda con esa noche de cuervos blancos estrellándose contra nuestro parabrisas. Las visiones me arrastran y me regresan: soy un yo-yo y Dios está jugando conmigo, enredando la cuerda, soltando la muñeca, haciéndome girar sobre mí mismo hasta casi tocar el piso, hasta hacer el truco del perrito sobre el pavimento de una de sus ciudades, y luego regresar a su muñeca y volver a sentir cómo atravieso el mundo cortando sus átomos borrosos. Y con cada enrollada y cada caída entro y salgo del reino de las pesadillas y mi piel se abre y por esas grietas entra aire fresco hasta mis vísceras.

Uno de los cuervos blancos cae en picada, directo al vidrio, con el pico afilado apuntándome a los ojos. Estoy seguro que esta vez sí lo va a romper y me los va a sacar. Grito, pero tan agudo y fuerte que termino espantándome más. Pepe frena y se estaciona en cualquier lado: los pájaros van y vienen, suben a lo más alto del cielo para agarrar vuelo y aventársenos, como si ésa fuera su única misión: romper el cristal, reventarnos los ojos. "Cálmate, amigo. Ya estamos a llegar", me dice Pepe, pero creo que a mí me da igual si llegamos o no: por lo menos aquí el vidrio está aguantando y no sé si las ventanas de su casa resistan. Pepe me moja la cara y por unos segundos el dolor de estómago me aterriza, la visión se detiene y veo el cielo de una ciudad normal. Pero dura muy poco y cuando arrancamos el ejército de estrellas despliega sus alas blanquísimas como navajas de luz recién hechas. Verlas me arde y me hace cerrar los ojos, pero atrás de los párpados también los veo, los mismos cuervos picándome las pupilas desde adentro, y aunque no dicen nada, porque son pájaros y los animales no hablan, puedo leer sus pensamientos: "Argggg. Argggg. Irían juntos al templo. Irían juntos al templo. Argggg. Argggg", cantan mientras chorritos de sangre brotan con cada picotazo. "Argggg. Argggg. Irían juntos al templo. Irían juntos al templo. Argggg. Argggg". Grito y le pego a lo que sea, a lo que tengo enfrente para sacármelos de encima, porque no quiero que me quiten los ojos, todavía quiero ver, la vida, las calles, el futuro, así que mejor los abro: prefiero a los cuervos blancos aventándose en picada allá afuera que adentro de mi cabeza arrancando los hilos de mi cerebro.

Sudo, tengo frío y trato de enfocarme en el estómago, como si el dolor fuera mi salvación, el último recurso para alejarlos. Así que bajo hasta allá y me concentro en la diarrea, en la mierda líquida picándome las entrañas para que la deje salir... me concentro, me concentro hasta que encuentro algo más... una canción. Hasta abajo, ahogada en las aguas negras de mis tripas. Me la saco con las manos y la suelto dejando que sus notas me recorran el cuerpo. Es la única posibilidad que me queda: agarrarme a esa canción, a la voz de mi mamá cantándole a Cristo, cantando el viejo himno de Bobby. La canción crece hasta llegarme a los ojos y a la lengua y salir de mí y correr más allá de los cristales, hacia las luces que se mueven en el cielo: la estoy gritando, mezclando el himno de Bob y el de mi mamá: "¡Saber que vendrás... saber que estarás, the answer is blowin' in the wind!". Pepe frena y me dice que ya llegamos. Está cagándose de miedo porque yo no le respondo y cuando me abre la puerta me arrastro sobre el piso sin dejar de cantar a todo volumen. Pepe corre a su casa y mi voz, mi canción, lo persigue en largas sílabas de oraciones antiguas.

Cuando me doy cuenta ya estoy en el bloque de edificios, adentro de su departamento, acostado en el sillón donde había estado durmiendo los días anteriores. Enfrente de mí están Pepe, Julio, Billy y la Cholita, la virgen que conocí cuando llegué a esta ciudad, la única que puede entender mi canción y salvarme. Me agarro a ella como me había agarrado a la diarrea y dejo que mi melodía se ahogue en la suya. La Cholita me acaricia el pelo con sus manos místicas. "What the fuck did you gave him?", le dice a Pepe, "Don't you see he's just a kid?" Porque ella, aunque tiene 16 años, es más vieja y más sabia y ya no es una niña: lleva los labios pintados de rojo chillón, una de sus playeras de béisbol que le llegan abajo de las rodillas y los lentes oscuros, como los de Dylan, cubriéndole casi toda la cara, pero además de eso, se le está formando un manto brillante alrededor del cuerpo.

La virgen me habla en un lenguaje extraño y el rumor de sus oraciones me atraviesa el cuerpo. El ronroneo de sus rezos avanza como un ejército de ángeles eléctricos rodeando mi corazón, calmando mis latidos.

La canción de la virgen avanza y aclara mi visión, seca mis ojos, detiene el dolor. Por unos minutos todo está bien, en silencio, nada se mueve ni respira. Tomo aire y creo que ya me volví a salvar, que mi cabeza acabó de bajar y ya soy yo otra vez, pero en un segundo la imagen se me voltea de nuevo: el manto de la Cholita se deshace y la tela luminosa que todavía la envuelve se hace densa y oscura, como la materia negra del universo chupando la luz que se le acerca: un pozo de imanes tragándose los sueños. La materia oscura se desborda resbalándosele por la piel, deformando sus brazos y su cara: una marea negra devorando el cuerpo de la Cholita, transformándole los huesos y reordenando sus átomos.

Me levanto, grito y pateo el sillón. Me caigo y me arrastro por el piso hacia la salida del departamento, pero me agarran y me regresan. La marea negra termina de cubrir a la Cholita hasta formarla otra vez, hasta darle otra cara, otra sonrisa. Me cago encima del puro terror, porque la cara que veo en lugar de la de la cholita es la de mi hermano, pero como puesto al revés, volteado de adentro hacia afuera, una versión podrida, con tripas y órganos en vez de piel. Él, David el monstruo, me ve con odio porque sabe lo que estoy haciendo en Estados Unidos, sabe a dónde voy y a quién estoy buscando. Y no le gusta, porque habíamos quedado de ir juntos, de verlo juntos, de juntos oír su sermón. David-monstruo se espanta porque me acerco a él y lo empujo con la mierda escurriéndoseme por los pantalones. Lo tiro al piso y cuando voy a pegarle, Billy y los demás me detienen. Yo no me dejo, pataleo y le grito que es un puto mentiroso, porque se está burlando: sabe que nadie más puede verlo, que los engañó a todos.

This Land is Your Land

Original de Woody Guthrie

Voy en un Greyhound hacia Nueva York, a los cinco conciertos de Bobby en el Beacon Theatre. Al fin estoy viendo cómo la carretera se traga las millas de asfalto de la gran América con la que siempre soñé. El final del camino. Voy a llegar en un día y veintiún horas porque el camión sube lentamente por la costa este deteniéndose a respirar, a estirar las piernas y llenarse el tanque de gasolina. Ya llevo ocho horas aquí y no he hecho más que dormir. Todavía no me siento bien, siento el cuerpo raro y no puedo fijar la vista, por eso en vez de coches rebasándonos veo manchas borrosas afuera de la ventana. Me salí de casa de Billy porque cuando desperté me dijo que además de haberme cagado encima quise pegarle a su nieta. No me corrió ni nada. Según él no estaba enojado. De todos modos ya me tenía que haber ido y mejor me salí y agarré el camión de una vez.

Me arden los ojos. Prefiero cerrarlos y concentrarme en el ruido de la carretera abriéndose en cientos de venas a lo largo de la tierra gringa. En miles de caminos ramificándose como sangrientos contenedores de sueños. Es el mismo mapa de arterias que hace muchos años, más al norte, llevaron a Bob Dylan por primera vez a Nueva York, al misterioso corazón del país. Cuando llegó, lo primero que hizo fue visitar a su ídolo en un hospital psiquiátrico.

Woody Guthrie ya estaba muy enfermo. Bob se sentó junto a él y le cantó las canciones que Woody había hecho famosas. Y lo hacía muy bien. Era su mejor imitador: le copiaba la ropa, el acento y la forma de caminar. Porque quería ser cómo él: Guthrie era la mejor versión de sí mismo.

Por fin yo voy a hacerlo también: buscar a mi ídolo. Escuchar sus respuestas.

En el asiento de al lado mío hay una señora de unos ochenta años. Tiene la cara como una pasa güerita y los brazos llenos de tatuajes. Se da cuenta que la veo y me sonríe. Es tan vieja que no me incomoda, además su sonrisa me tranquiliza, no sé porque, me calma y me dice que está bien, puedo seguir de chismoso. Así que me pongo a ver sus brazos hipnotizado, como si fueran un animal peligroso durmiendo una siesta. La señora se arremanga para que los vea mejor: las líneas de tinta se tuercen encima de las arrugas deformando los dibujos, pero creo que ese de ahí es un venado recién nacido, como Bambi, a lo mejor, y el que baja del codo a la muñeca, un elefante con su hijo.

"Where you're headin', son?", me pregunta.

Le contesto: "Nueva York", pero pronunciándolo en español, o sea, nueva york, no niu york. Por eso me pregunta de dónde soy.

"De México", le contesto.

"Ahh. México. Yo tuve una novia ahí. Hace mucho. Hice un tatuaje para ella en mi cuerpo. Era una morena. Pero el tatuaje no lo enseño a ti, porque todavía estás un niño."

Se calla, como si supiera lo que dijo y tuviera que dar tiempo a que sus palabras entren en mi cabeza, despierten y me hagan imaginarla cuando tenía 25 años y bajó a la Ciudad de México para tatuarse el nombre de su chica en los muslos después de haberla acariciado por primera vez en un hotel de

Tacubaya, en los cincuenta. La veo alargando su cuerpo como una sombra sobre su muchachita mexicana, que todavía tiembla porque es la primera vez que una mujer la toca así, arrastrando la palma de las manos tan suave por sus nalgas.

"Me he enamorado. Y yo nunca había sentido nada como esto por alguien", me dice la señora, recarga la cabeza en el respaldo del asiento y cierra los ojos. "Se llama Rosario y estaba muy chiquita como una pulguita. Así como le decía: mi pulguita."

La señora no tiene prisa por contar la historia, por eso se tarda, como si dejarla así, suspendida en el aire, hiciera que durara más.

"Así que cómo te llamas tú", me pregunta, cambiando de tema.

"Omar. And you?"

"Norma. Ése es mi nombre. Y estoy 85 años de vieja", me dice sonriendo y hasta se acomoda mejor en el asiento, como para presumirme cada uno de sus años. "And you? Sorry. ¿Y tú? Ha sido mucho tiempo sin que hablo con nadie español. Pero me gusta mucho hablar tu idioma."

"Diecinueve años."

"Estás un niño. Qué bonito. Tienes los años que tenía ella", me dice y se hace para atrás en el asiento para verme mejor y aventarme otra de sus sonrisas de dientes de ocho décadas, increíblemente blancos, todavía. Sólo le sonrío. Porque si quisiera le probaría muy fácil que ya no soy un niño: podría arremangarme también y enseñarle los tatuajes, abajo de la piel, que prueban que ya me arrastré y me hundí hasta el fondo. Que ya no estoy limpio y ya pagué: Sara, Nacho, David, Julieta.

De pronto, Norma ya está roncando. Pero no ronca feo. Sólo respira más fuerte. Se queda así un rato y cuando vuelve al mundo de los despiertos regresa a la historia de su amada como si no se hubiera interrumpido.

"Ella ya era casada antes de mí. Y yo era más grande que mi Pulguita. Era así de alta. Mira, así, como en mi hombro. Y tenía el pelo taaaaan largo."

Norma suspira y deja que otro silencio llene los asientos, los contagie: los demás deben estarla oyendo o venir dormidos, porque no se oye nada más que el motor del camión empujando contra la carretera.

Los cincuenta fueron hace mucho. Me los imagino en blanco y negro, como en las películas de Pedro Infante de mi mamá. Veo a Norma escondiendo sus tatuajes con una gabardina larga, visitando a Rosario a escondidas, con los ojos perdidos en sus piernas, caminado adelante de ella en la Alameda de Santa María. Pienso en ese lugar porque ahí di mis primeros pasos, según mi mamá, agarrado de la mano de David.

"Tenía un olor muy bueno. Era tan chiquita que yo podía tocarlo muy bien y cubrirla a ella con mis manos. Pensaba que ella sí está enamorada. Aunque no me dijera algo yo sabía que sí es."

El Greyhound entra a una estación de servicio y suspira apagando sus motores. Aunque es una parada lejos de cualquier pueblo o ciudad es casi un centro comercial. Hay montones de tiendas y Burger King y Dunkin' Donuts. Yo estoy sentado en la terraza del área de comida y, aunque hace un frío de la chingada, me gusta estar aquí fumando, viendo cómo la noche termina de caer sobre esta parte de la historia.

Norma se acerca a donde estoy con dos cafés. Se sienta, me regala uno y me pide un cigarro. Se lo doy y le ayudo a prenderlo.

"Yo hacía cinco años de no fumar, pero bueno, ya no hay nada que me mate ahora", dice muy bajito, casi como si se lo dijera a sí misma. Tiene unos ojos transparentes. Ésa es la mejor manera de describirlos: ojos sin trucos, limpios y muy bonitos, supongo, si no fuera por las montañas de arrugas de alrededor.

"¿Y tú? ¿Cómo es tu historia?", me pregunta.

Me encojo de hombros y le contesto, sólo para que piense que soy más interesante: "Voy a Nueva York a buscar a mi amor". Ya sé que no es cierto, pero se lo digo de todos modos.

"¿Y cómo es ella? ¿Cómo se llama?"

"Julieta", le digo, porque aunque también es mentira, por lo menos fue más real que Sara: "Es bonita. Tiene unos ojos grandes y tristes. El pelo oscuro y una boca roja perfecta", le digo y me doy cuenta que cualquier mujer entraría en esa descripción: Julieta, Sara Reyes, Sara Dylan, hasta su pulguita. Se me hace chistoso saber que al final da igual: si uno estira las descripciones, las recorta y retoca, puede hacer que se ajusten a cualquier sueño y formen a la Diosa trágica de la historia que cada uno quiere vivir.

"¿Y está morena también?"

"Sí"

"Ahh. Cómo mi Pulguita."

"¿Y qué pasó con ella? ¿Se quedaron juntas?", le pregunto.

Norma se ríe, fuma y le da un trago al café: saca un montón de humo, como un tren viejo. Se tarda en contestar, y aunque no se tarda tanto, me da tiempo para imaginar que sí, al final todo salió bien: la convenció y se la trajo a Estados Unidos. Vivieron juntas en California hasta que Rosario se enfermó con una de esas enfermedades lentas que te hacen dormir en el hospital y cambiarle las bolsas de pipí y bañarla con una esponja.

"Supe que a veces toca así. Que hay alguna gente a la que tienes que seguir. Y aunque no quieras tu cuerpo no te deja hacer algo más."

Norma me enseña sus dientes blanquísimos imitando una sonrisa y suelta otra larga bocanada de humo.

"Que aunque duele mucho debes continuar hasta el final, porque ésa era la única forma para entender. El dolor está la única cosa y cada quien debe enfrentar su propio diablo."

Lo que me dice suena bien, pero es una de esas cosas pesadas y profundas que dice la gente grande, y yo lo que quiero es saber qué pasó con Rosario.

"¿Y ella? ¿Vinieron juntas para acá?"

"Nada nada. Ella se ha conseguido otro marido nuevo. Un viejo. Me dijo que ella no era así, que no la volviera a buscarla."

Cuando regresamos al camión y éste arranca y prende las luces para abrirse paso durante las millas que faltan, pienso que se siente muy bien estar aquí adentro con Norma. La noche avanza y atravesamos más estaciones de servicio y por primera vez en mucho tiempo me siento tranquilo, oyéndola roncar o hablando con ella, como protegido por paredes acolchonadas en una casa calientita, tomando fuerza para cuando lleguemos a salir otra vez a la tormenta. Porque creo que es como dice: no hay otra salida más que seguir, siempre seguir a alguien hasta el final, a alguien más hermoso, más interesante, mejor. Y entregarse por completo. Como Norma a Rosario, como Bob a Woody, como yo, finalmente, a Bob Dylan.

Talkin' New York

3:18 *Track* 2 del *Bob Dylan*, 1961

En este cuarto, el 305 del Washington Square Hotel, Bob Dylan pasó sus primeras noches en Nueva York en 1961. Unos años después, aquí mismo, se cogió a la reina del folk, a la princesa india de pelo largo: en estas cuatro paredes, agarrándola de la cintura y empujándola contra el papel tapiz, me imagino, sintió los gemidos de Joan Baez, como dagas plateadas, clavarse una a una en sus oídos.

Casi son las 12 de la noche. Me duelen las piernas y me estoy quedando dormido, pero no quiero que mis primeras horas en Nueva York desaparezcan atrás de la cortina de sueños. Abro la ventana y aunque no se puede fumar y afuera está helado, prendo un cigarro y me asomo para que no se meta el olor. Doy la primera calada, aviento el humo y veo cómo éste flota y avanza sobre los techos de Greenwich Village. Estoy contento. Por primera vez estoy donde tengo que estar. Por eso lo mejor es seguir pensando en Bob y Joan. Cierro la ventana, apago las luces, busco *Diamonds and Rust* en el celular, cierro los ojos, me bajo el cierre, y mientras Joan canta en mis audífonos sobre el tiempo que pasó con Bob en este hotel, regreso a la escena de hace rato, hace cincuenta años: los dos están sudando y Bob le aprieta la cintura y se la mete una y otra vez, dejando que Joan se deshaga, se derrita al venirse y se le escurra la dulzura por los muslos. Me vengo yo también sintiendo que soy Bob: jadeo aliviado al lado de Baez mientras la noche de este pedazo de Nueva York, con sus fantasmas, cafés y locura, grita que así se siente estar vivo.

Suspiro y me quedo oyendo los diamantes oxidados en la voz de Joan. Me meto en el edredón, igual que Joan y Bob en el pasado, y me pongo a pensar en ellos para dormirme. Las fuerzas se me van, pero antes de que mi visión se apague, Nacho y Sara alcanzan a meterse a la escena. Hacen un truco raro en mi cabeza y de último momento se intercambian por Joan y Bob. Pero ya tengo mucho sueño y se me hace fácil no hacerles caso, ignorarlos como si no estuvieran ahí, ensuciado la felicidad.

Despierto a las once de la mañana. Dejo las llaves en la recepción. Está el mismo señor de ayer en la noche. Es negro y tendrá unos setenta años, a lo mejor nació el mismo año que Dylan y hasta lo conoció y ahora él está aquí y Bob... pero no importa, porque el señor se ve contento con su vida: a pesar de no haber dormido tiene una sonrisa de oreja a oreja y me dice entre carcajadas. "Hey! Listen, man. Did you sleep tight? Did the motherfucker Bob Dylan's ghost knock you out last night? Haha! Man, we were really lucky that room was available for you." Le sonrío y Benjamin, así dice el nombre en su gafete, me dice: "Hey! You have a nice day, mister!"

Afuera, en West Fourth Street, aunque hay mucho sol, el frío está peor que ayer. Nunca pensé en eso, que hiciera tanto pinche frío. Regreso con Benjamin y le pregunto dónde puedo comprar una chamarra más caliente. Él me da la dirección de un lugar a una calle de aquí, atrás del hotel.

La tienda, Goodwill Store, es una de esas del Ejército de Salvación, de prendas usadas. Saludo con la cabeza a la chica atrás del mostrador, de pelo amarillo y una playera de los Sex Pistols. Me pongo a revolver entre los percheros. Busco la chamarra de Bob en la portada del *Freewheelin'*, para prepararme, porque ya sólo estoy a unas calles. "¡Ya sólo estoy a unas calles!", me repito muy contento, como si no terminara de creerme que la visión es real y puedo pararme sobre ella y brincar sin que se desbarate. Sonrío y arrastro una hilera de chamarras para encontrar una parecida a la de Dylan, de ante café. Pero no hay nada y creo eso es lo mejor, porque en serio está haciendo un chingo de frío y la del disco era muy delgada y lo hacía temblar, encogerse de hombros y apretarse más a Suze.

Cuando salgo de la tienda me da mucha hambre, pero no puedo comer en cualquier lado, hay demasiados puntos importantes como para desayunarme un *subway*. Así que bajo por West 8 hasta el Washington Square Park, para sentarme y planear el desayuno y las paradas imprescindibles en la ruta de los sueños.

Por supuesto, cuando llego se me olvida el hambre y atravieso el gran arco que cuida la entrada al parque. Me siento como cuando íbamos a Disneyland con David y mis papás: como si cruzara la frontera donde empieza el reino mágico. No hay mucha gente, a lo mejor porque es jueves y el frío está muy cabrón, pero es aquí: ésa es la fuente donde los domingos se juntaban Dave Van Ronk y los demás *folkies*, y unos años después Bob, a cantar viejas canciones apalaches.

De pronto, me doy cuenta, por primera vez desde que llegué, que las calles y los edificios ya están listos para la Navidad, decorados con sus ropas de temporada: alcanzo a ver árboles navideños adentro de los departamentos y oigo, además de los pájaros, los ladridos de perros y los coches alrededor del parque, una canción que antes odiaba: *Jingle Bells*. Pero estoy tan contento que hasta me gusta. En vez de ponerme los audífonos para mejor oír a Dave van Ronk sigo escuchándola, acordándome de la guitarra de juguete que le trajo Santa a mi hermano y que apretaras la tecla que apretaras sólo tocaba esa canción, ésta canción: "Oh, jingle bells, jingle bells, jingle all the way, oh, what fun it is to ride, in a one horse open sleigh". Y aunque dije que no me iba a poner los audífonos, ya me los estoy poniendo, porque acaban de apagar la guitarra de juguete o el disco o de donde sea que salía la canción, y yo sigo con ganas de Navidad: de las cenas en casa de mis abuelos y las repeticiones infinitas de *Mi pobre angelito*. No tengo *Jingle Bells* en el celular y no hay WiFi, pero encuentro algo mejor: *Must Be Santa*, versión Dylan. Subo el volumen y me dejo caer, con mi nueva chamarra de tres dólares, en la banca más soleada.

No aguanto mucho, después de un rato el hambre me levanta y me lleva al primer punto del *tour*: Panchitos, un restaurante de comida mexicana en Macdougal Street, la calle donde empezó todo.

Estoy tomándome una Corona después de que la mesera, una chica morena y preciosa, se llevó mi plato vacío de enchiladas, mejores que cualquiera de México, en serio, hasta lamí la salsa.

Seguro porque estoy en el lugar donde Bob escribió *Blowin' in the Wind* hace 45 años, me dan ganas de sacar el cuaderno de mi mochila y escribir: lo que sea, un poema o algo. La leyenda dice que Bob hizo la canción aquí en diez minutos, en un pedazo de servilleta, cuando este lugar se llamaba The Commons. Aunque ahora venden comida mexicana, el aire del lugar sigue inyectado de inspiración, porque estoy clavado en mi cuaderno, escribiendo sin parar, como si las palabras fueran una fila de suicidas aventándose una tras otra al papel. Escribo escribo y escribo y no sé cuánto tiempo ha pasado porque la mesera regresa y me pregunta, medio de malas, si quiero algo más. Son las dos de la tarde y apenas estoy al principio de la carretera de los milagros, así que le digo que no y le pido la cuenta, y luego, antes de que se vaya a la caja, saliéndome de mi papel, le digo: "Oye. Yo también soy mexicano. ¿Tú de dónde eres? ¿Cómo te llamas?". Ella ni me contesta, sólo tuerce los ojos aburrida y me da la espalda.

Lo mejor es que no me importa, porque este Nueva York me protege, es como si de las banquetas se desprendiera algo, una niebla que transformara el frío y me hiciera invencible. Me siento como The Dude en *The Big Lebowski*, feliz, flotando sobre la ciudad, viendo las esquinas y los cafés y los semáforos resplandecer. Yo floto también y salgo a la calle cantando: "Oh, what a wonderful feeling, just to know that I'm here, sets my heart a-reeling, from my toes up to my ears", y me pongo el uniforme de guía turístico del *tour* de los sueños y empiezo el recorrido por Bob Land:

¡Queridos Dylanólogos.! A unos pasos de Panchitos, aquí en el número 61, donde ahora hay una tienda de uñas postizas, antes era el Folklore Center. ¡Sí! Donde Izzi Young, Seeger y Bob se volvían locos oyendo discos y aprendiéndose nuevas canciones. Bueno, a su izquierda, a mi derecha, tienen el mítico Gas Light, "¡No mames no mames no mames el Gas Light!". Vengan. Bajen estas escaleritas: aquí en esta puerta con letrero de "se renta", miren, tóquenla, sientan la madera, ahí fue la actuación de Bob que Robert Shelton reseñó para el *Times*. ¡El Gas Light, el Gas Light! Dave van Ronk y Phil Ochs y Baez rasparon sus guitarras aquí mezclando sus voces de poetas con el crujido de la vida. ¡Imagínense! Es una noche cualquiera y ustedes bajan a Greenwich y ven por primera vez a un Bob Dylan de 20 años, minúsculo y al mismo tiempo inmortal, cantando *I Was Young When I Left Home*. Pero hay que seguir, todavía hay mucho que ver.

Y ahí, queridos visitantes de Dylanlandia, mugrientos cazadores de leyendas, en esta esquina tenemos el Cafe Wha?, uno de los primeros lugares donde nuestro héroe tocó en ese Nueva York casi igual de helado que éste. Un poco más allá, enfrente de mí, el café Regio, de los más clásicos y místicos del Village. Y ahora… ¿ya se cansaron?, ¿fue demasiado para sus pobres corazones? Detengámonos tantito a descansar.

¿Y qué mejor lugar para hacerlo que el café Dante? Enfrente de la casa en la que Dylan, Sara y sus hijos vivieron después de Woodstock.

Doy la vuelta y regreso sobre Macdougal hasta el 194. Me siento en una de las mesitas de la banqueta del café Dante, enfrente de la vieja casa de Bob. Lo imagino con Sara sentado en esta mesa, tomando un *expresso* doble. Dylan estaría donde estoy yo y enfrente de él su dulce Gitana con el pelo chino cayendo en pliegues y pliegues de misterio. Y en las noches, cruzando la calle, subiendo las escaleras, después de acostar a María, Jessie, Samy y Jacob, Dylan se habría deslizado con Sara abajo de la noche, abajo, envuelto en los ojos y los tatuajes invisibles de su esposa.

Saco otra vez mi cuaderno, escribo la palabra *Gitana* y veo cómo se descompone sobre la hoja, cómo las letras se desordenan y forman otras palabras y más líneas y frases y golpes de vida sobre la página: escribo la cara de David y los ojos de la señora del camión, las lágrimas de mi papá llorando por el Conde y las plegarias de mi mamá atravesando mis oídos, con el ritmo lento y gangoso de la angustia. Escribo la sonrisa de mi hermano recargado en la puerta de mi cuarto y la sonrisa de Nacho después de pegarme, y a Bob, apretando las cuerdas de su garganta, cantando a unos metros de aquí la primera canción original que escribió para despedirse de su ídolo y empezar a ser él mismo. Escribo el crujido de los huesos de mi muñeca agarrando la pluma, empujando contra el papel, y el ruido alrededor de mí. Mis dedos siguen y la tinta llena las páginas y ya hasta estoy sudando y las gotas de sudor cortan el invierno y se mezclan con mis palabras.

Respiro. Me despego del papel y volteo hacia la casa para describirla: el color de la puerta 194, las ventanas y a A. J. Weberman sumergido en los botes de basura. A. J. Weberman... porque... chale, enfrente de mí estoy viendo a A. J. Weberman de verdad, revolviendo la basura. ¡No mames! No sé cómo saltó del pasado hasta acá, pero ahí está, en la realidad, ni en mi mente ni en el cuaderno. ¿Pero cómo chingados va a estar ahí? Me levanto para ver mejor porque no puede ser... Pero sí, hay alguien revolviendo el bote de basura. Aunque no es A. J. Weberman. Es un tipo de 20 años, más o menos, gordito. Nadie más se da cuenta, porque nadie aquí tiene idea de que ésa fue la casa de Bob y porque a lo mejor podría ser un vagabundo buscando latas para reciclarlas. El tipo está nervioso, y luego de dejar la basura se limpia las manos y asegurándose que nadie lo ve se acerca a la puerta de la casa, acaricia el cerrojo como si fuera una reliquia y se asoma por la ventanita. Voltea otra vez a su alrededor para checar que nadie lo está viendo, pero esta vez se da cuenta que alguien, yo, del otro lado de la calle, tiene la mirada fija en él. Agacha la cabeza, la cara se le pone roja y camina hacia mí, tambaleándose como borracho. Cuando llega me habla en inglés, creo, me dice algo como *sorry*, pero a mí me suena a *zorro*, porque pronuncia la z como en España. Le digo en español que no hablo inglés y el tipo se emociona y se sienta en mi mesa.

"Joder, tío. Qué bien que hables castellano."

No le contesto. Parece un hámster inflado y gordo, con el pelo largo y chino.

"Lo siento, tío. No creas que yo... bueno, que soy un cerdo cualquiera escarbando la basura", se rasca la nariz grasosa: "Sí, tío. Un-cer-do, un we-ber-man. Hostia, es que tienes que entenderme, si se te ve en la mirada que eres un *bobcat*".

"Sí...", le digo, y no me deja terminar de hablar, me atropella con sus palabras.

"¡Lo sabía, tío! Se te ve en los ojos o en el aura. ¡Qué puta alegría encontrarte! Este puto país es muy frío, y mi inglés, pues ya te has dao cuenta, que no es gran cosa. Pero bueno, anda, que ya veo que te estás tomando un cortao. Joder, déjame pedirme lo mismo."

Le traen su café y sin importarle que conozco la historia mejor que él, me cuenta sobre la vez en que A. J. Weberman, el primer Dylanólogo, se metió a escarbar en esos botes de basura para encontrar alguna pista, romper el código y entender el significado de las canciones del Maestro.

"Hostia. El tipo fue el primer Dylanólogo y eso hay que reconocérselo. Mira que meterse en la basura de Bob. El tipo fue un pionero, aunque bueno, sí, ya sé, un poco friki, pero mira, al final ha abierto una línea de investigación que de otro modo hubiese quedao oculta para el resto del mundo. Y ya, vale, que no creas que yo estaba buscando nada, joder. Que allí no hay nada que buscar, que ese bote hace 30 años que no es del Dylan. Pero quería saber qué se siente al ser como el Weberman y tal: tú sabes, la emoción que te cojan mientras haces tu tarea de detective. Y ya está. Que eso hay que reconocérselo, el tipo tuvo un par de cojones bien puestos, y aunque sólo encontró los pañales cagados del Jacob y las toallas íntimas de la Sara, abrió brecha, tío. El tío abrió brecha para tíos como nosotros. Ya, vale, que se habla muy mal de él en los círculos, pero sin el Weberman ninguno de nosotros estaría aquí. ¡Que fue un pionero y yo y todos los *bobcats* somos sus descendientes!"

El tipo suda y suda a pesar del frío. Se acaba el café de un trago y pide otro igual. No le importa que no le conteste, sigue hablando. Me recuerda la grabación donde Dylan habla por teléfono con Weberman y hasta imita la voz aguda de Bob diciéndole: "You are a pig man, nothing than a pig, scratching the garbage like a pig".

"Hostia, jodío Weberman, la verdad es que podía haber aceptado su oferta de trabajo y haber dejao de hincharle los cojones. ¿Te imaginas? Habría sido su puto asistente, habría podido trabajar con él y hasta estar cerca de la Sara, y el muy gilipollas terminó aquí, donde estamos nosotros, con otra banda de petardos con sus pancartas del frente de la liberación de Bob Dylan, gritando que Bob tenía que ser liberao de sí mismo."

Que Bob tenía que ser liberado de sí mismo.

Lo peor es que cuando habla escupe y las gotas de saliva se sienten frías en mi cara. Él no se da cuenta de nada. Sigue metido en su historia, hablando y hablando de Weberman y que si él hubiera sido Bob en vez de haberle partido el culo a patadas le habría dado las gracias.

"Bueno, pues ya está. Que seguro ya te sabías esa historia, colega. ¿Y ahora qué? Yo ya lo he visto todo. Ya he ido al Superclú. Está chulo el lugar, cerca del Central Park. Ya fui al Güite jorse tavern y, en fin, que llegué el martes pero he estado más solo que una cabra. Si es que cuando llegué pensé que esto iba a estar plagao de *bobcats*, pero bueno, colega, que ahora tú y yo seguimos juntos... así que andando... nada nada, no te molestes que yo pago éstos, anda, vamos al primer apartamento de Bobby... ¡Hostia, ¿ya sabes que ahora es una seshop?! Jaja, coño, qué puto surrealismo. Una puta seshop ahí, en la primera casa de Bob Dylan en Nueva York."

El tipo paga y nos levantamos.

"Vamos, que los tíos como nosotros no tienen tiempo que perder".

Me encojo de hombros. Sí, los tíos como nosotros no tenemos tiempo que perder. Debemos seguir y verlo todo.

Don't Think Twice
It's All Right

3:37 *Track* 7 del *Freewheelin'*
Bob Dylan, 1963

Y sí, en el edificio del primer departamento de Bob Dylan en Nueva York ahora hay una *sex shop*. Ya lo sabía, no necesitaba que el español me lo dijera: he arrastrado mil veces el *mouse* acercando y alejando las fotos de las cámaras de Google, aprendiéndome de memoria las calles, las esquinas y los cafés de Greenwich Village.

La *sex shop* se llama Tic Tac Toe y es mucho mejor verla aquí, en vivo, con sus maniquíes perversos, sus vibradores relucientes y el *soundtrack* de la vida a mis espaldas, que a través de la compu.

José, así se llama el español, me avienta adentro de la tienda. "Joder, tío. A ti sí que te van a entender. Anda, pregúntales sobre Bob." Como entro de golpe los que atienden me ven raro, así que mejor me meto a un pasillo y me pongo a ver cualquier cosa para hacerme güey en lo que se me quita la pena. Agarro un juguete de uno de los estantes y hago como que lo reviso. José se me acerca y me dice: "Ya vale, no sea tímido. Hostia, que si yo hablara inglés igual que tú ya habría preguntao".

Uno de los empleados se me acerca y como si yo fuera estúpido o no tuviera dinero para comprar, me dice: "Hey, Man. What's up? That's the biggest size you're gonna get. Are you buying it or what?". "Yes, sure", le contesto, como si en serio fuera a comprarlo. Lo llevo a la caja, que atiende un chico negro, también con un humor de perros. Agarra el juguete, un consolador gigantesco, de color piel, repleto de venas gruesas y brillantes, y me dice que son 150 dólares.

"Vamos, colega, dile, dile", me insiste José, atrás de mí.

Me quito la mochila y busco la cartera. "Venga, tío."

Estoy sudando. Saco el dinero y lo cuento varias veces para hacer tiempo.

"Tío, tío, vamos", y mientras hago como que se lo voy a entregar le pregunto por fin al de la caja que si ya sabe que este es el edificio donde vivía Bob Dylan. El chico suspira. Hace los ojos para atrás como si confirmara que soy un idiota, y le grita a otra empleada que aquí hay otro de ésos. Luego, sin disimular su desprecio, me dice: "So. What's gonna be, chief. Are you ready to pay for this juicy friend of yours?". "¿Qué te ha dicho, tío, qué te ha dicho?", me pregunta José y eso hace que me distraiga y ni siquiera me dé cuenta cuando el chico me arrebata el dinero y me empaca el consolador en una bolsa. Por si fuera poco, agarra una paleta en forma de pene, muy venudo también, y me la echa al paquete. "So, here you have a little gift. Just in case your new buddy isn't enough for you". "Que te ha dicho, tío. Venga, dime ya". Me doy la vuelta y me quito a José de encima, todavía tratando de parecer *cool*. Me salgo. Me siento en las escaleras del edificio para que el aire frío me calme. Prendo un cigarro, respiro y trato de concentrarme en cómo me sentía antes de encontrar a este cerdo que sigue preguntándome qué chingados me dijeron de Bob.

"Nada. No me dijeron nada", le contesto.

"Joder, pensé que te había dicho algo importante, tío. ¿Y ese juguete que has comprao qué? Es decir, no me mal interpretes. Que mientras seas fan del Dylan a mí me da igual si te follan por el culo o por la boca. Que, a ver, aquí cada quien con su gusto, colega. Lo que sí es que ese consolador que te has comprao es muy grande. Hostia, es que es biológicamente imposible que algo así... ¡hostia! ¡Que me cago en la puta de oros! Y que quede constancia que no estoy en contra de los homosesuales y tal, ¿eh? Es sólo la impresión, es que ese grosor es impresionante, tío."

El piso de los escalones está muy frío, los granos del cemento me congelan las nalgas. Respiro profundo. Respiro profundo y me bloqueo para no oírlo, para que su voz chillona se diluya en el tráfico de la calle. Doy una fumada y mejor cierro los ojos y me concentro en Bob y Suze. El sol de Nueva York cruza las nubes y se mete por la ventana del lugar donde dormían juntos, aquí arriba: ella, de diecisiete años, tiene el pelo claro, como un nido de sueños decorando su cabeza llena de poemas de Bertolt Brecht. Su cuerpo es un colchón relleno de misterio en el que uno pudiera acostarse para siempre. Bob está junto a ella, flaquito, como yo, con el pelo alborotado, tocándole una canción en la guitarra.

La voz chillona de José me regresa a las escaleras del edificio de este Greenwich Village. Se sienta junto a mí. "Tío, ¿me das una calada de tu pitillo?" Le doy el cigarro y le digo que se lo quede. El pendejo apenas le da una fumada y le viene un ataque de tos, me escupe encima y me regresa el cigarro todo babeado.

"¿Me creerías si te digo que ésta es la primera vez que pruebo un pitillo? Hostia, es que debe de ser este lugar que te hace hacer cosas que no habías hecho antes. Cosas mágicas, tío. Que te lo digo yo. ¡Joder!, ¿será que estamos demasiao cerca de él o qué? Es la fuerza, tío, su puta fuerza. ¡Éste es un lugar de poder!"

Tiro el cigarro y lo piso. Me levanto, le doy la espalda y me pongo a caminar. No sé a dónde voy ni me importa. Oigo a José levantarse y seguirme. "Espera, tío, que la jones strit está aquí ¿A dónde vas? ¡Oye, que has dejao aquí tu juguete!" Empiezo a correr, doy vuelta a la derecha sobre Bleecker y a la derecha otra vez, mis brazos y piernas se me mueven como pinches gelatinas, pero sigo corriendo, esquivando a los gringos que caminan en la banqueta, diciéndoles, sorry, sorry, tratando de no chocar con ellos, y pienso que esto es lo peor que me ha pasado en mucho tiempo, que nunca había conocido a alguien tan patético, a ese pinche gordo lento que seguro no me va a alcanzar pero igual mejor corro, sigo corriendo para estar seguro, y paso por un lugar de comida rápida, uno de tatuajes, un cine, y cruzo la calle porque del otro lado hay un parquecito con juegos y un letrero de un lugar conocido donde puedo meterme a esperar a que el cerdo desaparezca.

El lugar conocido tiene la clásica letra eme en la puerta, pero plateada, y abajo un letrero que dice: "MCDONALD'S OF GREENWICH VILLAGE. 24 HOURS". En cuanto entro el olor de la comida me pega como una ola de calor en medio de la nieve. Me marea. Me siento en la primera mesa que veo mientras el olor termina de metérseme: las papas, las hamburguesas, los *nuggets* y los pepinillos se concentran y se riegan por mi cuerpo, por los brazos, las uñas, la cara, los ojos, los recuerdos, hasta casi hacerme llorar. Y como ni siquiera sé por qué de pronto me estoy sintiendo tan mal, mejor me voy al baño. Me veo en el espejo, me mojo la cara y para calmarme me digo que ya, que no mame, no es para tanto. Sólo es un Mcdonald's. Después de un ratito medio lo consigo. Entro al escusado, me bajo los pantalones y saco el teléfono para ver cualquier cosa y dejar de pensar: Expecting Rain y Bobdylan.com y The Examiner. Me quedo un rato ahí, anestesiándome, hasta que las piernas se me duermen.

Me lavo las manos. Salgo al mostrador y pido tres hamburguesas chicas, porque ésas son las mejores: las mismas de las cajitas felices del Mcdonald's de Periférico, cuando David y yo éramos niños y para mí lo mejor del mundo era abrirla, respirar el olor de la hamburguesa calientita y romper la bolsa de plástico para sacar mi juguete. Le doy la mordida a la primera y me acuerdo de un día en que mi hermano se metió a uno de los túneles del área de juegos a rescatarme, porque yo ya no me quería bajar. Aunque no es un recuerdo triste pienso que tal vez por eso me estoy sintiendo mal, y mejor me voy: me salgo de ahí, del túnel de plástico verde y del recuerdo, para mejor pensar en otra cosa. No puedo estar triste en la tierra de los sueños.

Salgo a la calle media hora después. No creo que José siga por aquí, pero igual me fijo a ver si no sale atrás de una esquina. Cruzo la avenida grande y agarro otra vez West 4th.

Son las cuatro y media de la tarde. El sol ya se está metiendo, poniéndose anaranjado, pero creo que todavía hay bastante luz para ir a Jones Street, encontrar el lugar exacto de la portada y quedarme ahí un rato viendo a Suze y a Bob bajar abrazados desde Bleecker.

Debe de ser aquí. En internet hay varias fotos donde superponen la portada del disco con las imágenes actuales de esta calle en Google Street View. Ahí se ve claramente cómo el punto exacto está muy cerca del número 9. La clave está en los rombos que se ven en un edificio atrás del hombro izquierdo de Suze. Y los rombos siguen ahí, cincuenta y un años después. El lugar debe de ser sólo dos o tres metros adelante de ahí. Pero de todas formas recorro la calle varias veces para estar cien por ciento seguro, hasta que me detengo en una tienda de discos, donde, por supuesto, tienen exhibido el *Freewheelin'*. Me pongo en cuclillas en la banqueta para fijarme en los detalles de la portada del disco través de la vitrina: ahí están los rombos: esa escalera de incendios debe de ser esta escalera de incendios. Seguro parezco un idiota contemplándolo, pero no tengo ganas de levantarme: aunque estoy a unos metros del lugar sagrado quiero seguir adentro de la foto, hipnotizado, escuchando el ruido de los pensamientos de Bob y Suze, oyendo el crujir de la suela de sus zapatos contra la nieve. Siento el mismo amor que sintieron, respiro el mismo aire helado y veo el aliento de Suze salir de su boca en forma de vaho, elevándose sobre los techos de Nueva York. Pienso en Sara. Sólo por un segundo aparece otra vez. Me acuerdo cuando le juré que un día íbamos a venir: nos pondríamos la misma ropa que Bob y Suze, recorreríamos Greenwich Village y bajaríamos por Jones Street mientras ella se recargaba en mi brazo, pensando, igual que ellos, que siempre estaríamos juntos. La boca se me llena de un sabor amargo. Trato de hacerlo a un lado, de escupirlo, el sabor y el recuerdo de Sara, y regresar a los ruidos que me rodean: los coches bajando por West 4th, las campanas de la puerta de discos que se agitan al abrirse, y, otra vez, la voz de José saliendo de la tienda de discos.

"¡Coño! ¡Pero si pensaba que te había perdio! ¡Joder! Mira que echarte a correr así tan rápido, tío, como una puta gacela!", me dice y me da un abrazo. "No lo vas creer, pero he lograo que el dueño de la tienda me enseñe el lugar exacto. ¡Hostia! Creo que no entendía ni jota porque llevo allí dentro como veinte puñeteras horas explicándole!" Sale el que supongo es el dueño de la tienda, un tipo alto de pelo largo y gris. Está muy enojado. Seguro por haber estado aguantando al español tanto tiempo. El dueño jala a José de la chamarra para que se baje de la banqueta y lo arrastra hasta la mitad de la calle, a tres metros de la tienda, justo donde yo había calculado que era.

"¡Lo que te he dicho, has llegao en el momento perfecto!", me dice José mientras se zafa de la mano del dueño, viene hasta mí y me jala hacia el lugar. Le tiemblan las manos por la emoción y por eso le cuesta abrir la mochila y sacar su cámara. Cuando la encuentra se la da al dueño y con sus chillidos de cerdo le grita: "tankyu, tankyu", y me jala calle arriba para que bajemos caminando juntos y nos detengamos en el punto exacto para que nos tomen la foto.

Things Have Changed

5:07 *Track* 1 del *soundtrack*
de *Wonder Boys*, 2000

A una hora de Bob Dylan
a treinta metros del Beacon
los segundos se arrastran
gatean hasta mi cara
me gritan en el oído:
¡Ya casi ya casi!

A una hora de Bob Dylan
a una hora del miedo:
del pobre diablo
balanceándose en los vagones
del enterrador culpable
y el gato siamés y el ejército
de huérfanos
esperando a su papá

Nuestro ejército huérfano
mirando los relojes de saliva
hundiéndonos en el tic tac
en el tic tic tac de la locura
de los árboles rotos y los camellos sacrificados

A una hora de la noche humeante
de los graznidos negros
de los demonios sellando los contratos
y los ángeles y profetas
aprobando
la listas de preguntas
para entrar al lugar sagrado

A una hora

de BOB DYLAN

Estoy escribiendo, otra vez, no porque esté muy inspirado ni
nada, sólo para que pase el tiempo, más rápido. Desde aquí,
desde el Starbucks de la esquina donde espero, veo la entrada
del Beacon Theatre: la marquesina anunciando el concierto de
Bob y a los *bobcats* formándose, pasando poco a poco a través
de las puertas de la iglesia, ocupando sus lugares, preparán-
dose para la ceremonia. Yo me aguanto aquí, con las manos
sudadas y el corazón temblándome como si tuviera parkinson.
Me aguanto hasta que falte menos, hasta que ya casi empiece.
Porque quiero estar solo y no tengo ganas de mezclarme ni
compartir a mi Dylan con nadie. Y, además, porque no quiero
encontrarme a José.
    Ayer me siguió. Caminó conmigo desde Jones Street como
uno de esos animales que inevitablemente se le pegan a los
tiburones, para según ellos, quitarles los parásitos. Pero José
es al revés, porque él no me limpiaba, sólo me hacía sentir
perdido, con más ganas de desaparecer. Después de Jones me
llevó al Bitter End y al White Horse Tavern y a otras esquinas, a lugares de Greenwich en los que, según él, Dylan se
había casado, o había conocido a su quinta novia, pero que
no era cierto, porque este hijo de puta apenas y ha leído una

biografía, y la de Howard Suns, además. Me lo pude quitar de encima ya casi cuando llegué al hotel.

Hoy estuve todo el día ahí. Encerrado. No salí del cuarto. Dormí y dormí y dormí, según yo para estar listo y recuperar fuerzas. Ni siquiera tenía ganas de comer y a las cuatro de la tarde salí para acá: subí caminando desde el Washington Square Park, con la ropa planchadita, porque aunque ya sé que es una mamada, me acordé de mi mamá diciéndome que por lo menos para lo importante planchara mi ropa. Subí por Broadway, crucé parques y edificios y puntos obligatorios en el *tour* de los milagros, pero sin detenerme, dejando que la noche cayera despacito mientras yo subía y, justo hace dos horas, recogí mis boletos en la taquilla del Beacon y me vine a este Starbucks a esperar.

Los segundos avanzan. Se estrellan contra el presente y el sonido de sus cuerpos rotos me acelera el pulso. Sus espaldas se rompen contra las ventanas, sus huesos se quiebran contra las banquetas. Pero avanzan, siguen cayendo desde el futuro, y cuando faltan diez minutos y ya no puedo aguantarme, me paro y aunque sólo son unos metros, corro hasta la puerta del Beacon.

El vestíbulo del palacio de las revelaciones sigue repleto de Dylanólogos y reporteros y curiosos. Alcanzo a oler desde aquí, eso creo, el Nag Champa, el humo místico del incienso que Bob prende antes de cada concierto, como para asegurarse que sólo los demonios invitados crucen las puertas del umbral.

Sólo los invitados.

Los *bobcats* se sonríen unos a otros y piensan que son únicos, en el fondo, y que Dylan se les va a quedar viendo sólo a ellos en medio de *Long and Wasted Years*. Respiro profundo, me meto entre los soldados rasos y los generales y los capitanes del ejército de huérfanos, y cruzo otra puerta, la que separa el *hall* del teatro. Corro hasta la segunda fila, porque los focos parpadean y pienso que a lo mejor Bob se adelanta y arranca la ceremonia sin mí. Llego a mi lugar a tiempo. El corazón me pega en los oídos tan fuerte que siento mi cabeza como el estómago de un volcán a punto de vomitar su materia roja. Me acomodo en el asiento para agarrar aire y recuperar la respiración, pero apenas las nalgas tocan el cojín, se apagan las luces y, como si fuera la llamada a la oración, adentro del Beacon Theatre suenan tres gongs: ¡pooooang... pooooang... pooooang! El sonido metálico se retuerce en las esquinas del teatro y de mi corazón: sobre el escenario, atrás de las sombras, está Stu Kimball, rasgando la guitarra, picando las cuerdas suavemente: rugimos y aplaudimos y gritamos esperando el momento. El instrumento de Stu prepara la entrada al reino de los sueños: el Nag Champa todavía flota sobre nosotros y antes de que las manos de Stu se detengan, alguien atrás de mí grita: "Alright, Bob!", porque sobre el escenario el resto de la banda, Charly Sexton, Tony Garnier, Donnie Herron, George Receli y Bob Dylan, toma sus posiciones. Nos volvemos locos. Aplaudimos y vemos cómo Donnie desliza sus dedos sobre el pedal y el resto de la banda empieza con los acordes para que cuando la luz caiga sobre Bob, éste abra la boca y cante: "I'm a worried man, I got a worried mind. No one in front of me, no one behind", y aunque he oído esta canción diez mil veces, esas primeras palabras se estrellan en mis intestinos, me sacuden y pienso que nunca las había entendido, pero sí, soy un hombre preocupado y no hay nadie adelante de mí ni nadie atrás. Nadie. Estoy completamente solo, en la orilla. A punto de caerme. Me seco las lágrimas con una mano y con un nudo en la garganta le grito: "I know Bob! I fucking now! Thank you!".

Dylan lleva su sombrero blanco y un traje negro. Su bigotito tiembla, como bailando: "Estoy en la horca, con la cabeza en la cuerda, ya sólo espero a que se desate el infierno", dice y se agarra la cadera con la mano izquierda mientras el público se convulsiona: "Estoy encerrado, fuera de lugar, antes me importaba, pero las cosas han cambiado". Su voz de cuervo es oscura y cae sobre nosotros como una roca. Los versos avanzan en la noche y el verdugo espera adelante de su público, soltando verso tras verso como si el mundo fuera a explotar hoy mismo. Ésta era la canción favorita de David, fue la última que lo oí tocar dos semanas antes del accidente, y no puedo creer que haya tenido que venir tan lejos para entenderla por primera vez. Bob espera unos segundos, voltea hacía el monstruo de 10,000 mil cabezas, dobla un poco las rodillas haciendo su bailecito y dice: "He caminado más de 40 millas en un camino destrozado, si la biblia tiene razón el mundo va a explotar. He estado huyendo lo más lejos que puedo de mí mismo".

Miles de millas de un camino destrozado para venir aquí y escuchar esto, que estoy en el borde, que lo único que he hecho toda mi vida es huir de mí mismo, que me enamoré de la primera mujer que conocí y estoy arriba del puente, viendo el río correr abajo de mis pies, listo para saltar.

El profeta y sus discípulos terminan el primer sermón mientras sus hijos le gritan: "I don't deserve it! I don't fucking deserve it! Anything you want! Go Bobby! Show them who's Boss!".

Me tapo los ojos con las manos porque alguien de seguridad se acerca y nos lanza la luz de su lámpara a los ojos.

El brillo se me mete al cerebro y me hace algo raro: me empuja al fondo de mí mismo. A lo mejor no sólo es el lamparazo, sino que estoy hecho mierda: con hambre y cansando y emocionado y roto. El lampareo me marea y me tengo que sentar. Cuando empieza la segunda canción, *She Belongs to Me*, yo sigo sumido en mi asiento. En el escenario Bob se saca los pulmones en la armónica, pero yo ya estoy en otro lado: mi cabeza me proyecta su propia película, como se supone que pasa cuando te mueres y en un segundo lo ves todo, pero diferente, porque mi mente de pronto se detiene, se atasca y sólo me enseña el mismo momento, en *loop*:

Mis papás no saben nada de David. Yo sí. Me habló y me dijo que se iba con su novia a Tepoztlán, que les inventara algo. Pero no les dije nada. No porque no me importara, sólo se me olvidó. Se me borró totalmente hasta que abro la puerta y David está enfrente de mí con los guantes de box colgados del cuello, porque los sábados va a sus clases. "Se me olvidó avisarles", le digo. Él se encoge de hombros y me dice que no me preocupe. Pero mi papá está parado en las escaleras oyéndonos desde hace rato.

"Se me fue la onda", le dice David cuando lo descubre.

Mi papá se me acerca.

"Tú sabías, ¿no?", me dice, me agarra el abrazo y me lo aprieta hasta que sus dedos se me quedan marcados en la piel. "Tú ya sabías y mira, estás como si nada."

"Perdón", le digo, pero él me agarra de los hombros y me sacude.

"Eres tonto, eres tonto, eres tonto", me dice y me sigue sacudiendo hasta que David lo detiene y se para entre él y yo.

"Aquí el único pendejo eres tú", le dice, así, como si todos lo supiéramos desde hace mucho.

Mi papá no se atreve a verlo a los ojos, mejor se hace a un lado para volver a quedar enfrente de mí.

"Ya ves. Mira cómo pusiste a tu hermano."

Se le salen las lágrimas y tiene el cuerpo apretado de coraje. "Tonto, tonto, tonto, mira cómo lo pusiste", me vuelve a decir hasta que David lo empuja. Y aunque ni siquiera lo hace muy fuerte lo tira al piso: "Dímelo a mí, yo te estoy hablando".

Mi papá se queda tirado repitiendo la palabra *tonto*. Yo le digo a David que ya lo deje, no importa.

El *riff* de Charly Sexton me regresa al Beacon. No sé cuánto tiempo pasó pero el crujido de su guitarra es real: los golpes caen y caen sobre el puente de su instrumento como si marcaran el ritmo de una marcha fúnebre, como si siguieran los pasos de una procesión avanzando adentro de la mente, recorriendo los surco del cerebro hasta llegar al centro, al ataúd donde los familiares y el sacerdote, con su bigotito, los ojos azules y sus uñas largas y sucias, grita que está enfermo de amor: está harto de subir y bajar por las calles cargando esa locura.

Cuando acaba *Love Sick* Bob Dylan dice desde el escenario: "Well, thank you! We are gonna leave the stage for a little while and we'll be right back!". Se prenden las luces y el tipo a mi lado me da una palmada en el hombro y me dice: "That was really something. Almost as strong as the Hammersmith back in 93".

Salgo al vestíbulo pero ya está atascado. Necesito tomar aire pero no quiero salir a la calle. Me abro paso entre la marea de *bobcats* y voy al baño. Me formo y en la fila adelante de mí hay dos señores como de la edad de mi papá, pelones, igual que él. Dicen que es el mejor *show* que han visto en 10 años: Bob está en forma, trabajando duro.

"He has really sweat it, man."

"Yeah, this is my 112 Bob show. And I'm telling you. The old man is really nailing it."

Tengo hambre y ganas de vomitar. O a lo mejor tengo ganas de vomitar porque tengo mucha hambre. No comí nada en todo el día y además siento el estómago revuelto con la culpa, porque me acabo de perder la mitad de uno de los mejores conciertos de Never Ending Tour. Mi cabeza está en otro pinche mundo cuando lo importante está pasando aquí.

La fila avanza lento y me preocupa porque a este paso va a empezar la segunda parte antes de que orine. Ni siquiera traigo chamarra, la dejé en el asiento y aún así estoy sudando como un cerdo, escurriendo ríos y ríos. Por fin paso al baño y en lo que se desocupa me mojo la cara y respiro profundo, pero lo único que me trago es el olor de los pedos de los fans de Bob Dylan. Se abre uno de los escusados y en cuanto entro me bajo el cierre, rápido, pero me orino tantito. Arranco papel y me limpio, para que nadie vea que el *bobcat* más idiota del mundo no sabe ni hacer pipí.

Afuera sigue repleto. El ejército compra coca-colas y palomitas y con sus acentos de Nueva York comparan conciertos pasados y se ríen a carcajadas en medio de la tormenta. Me abro paso y me pongo contra uno de los barandales del segundo piso. El teatro se parece mucho al Metropolitan del DF. Sólo fui una vez cuando David me llevó a ver a Zoé o una de esas mamadas. En frente de mí, justo del otro lado del teatro, hay un mural pintado sobre un muro circular. Es una escena de una campiña romana: hay un cielo azul claro y en el fondo se ven unos volcanes nevados: es un día tranquilo y el sol ilumina dos casas hechas de esas columnas clásicas de mármol blanco. Al lado hay dos ciervos comiendo de un pasto bien recortado. Parece un día perfecto y pienso que así debió ser justo antes de que uno de esos volcanes hiciera erupción y cubriera el cielo de nubes negras, escupiendo lava y pedazos de roca, arrasando las columnas, las casas, los árboles y a los ciervos, como un río de sangre devorándolo todo.

"¡Joder, tío! ¿Has oído qué concierto? Hostia. Bob es el amo. El puto amo", oigo atrás de mí. Volteo y siento otra vez el aliento de José. No sé cómo me encontró, pero se me pega. Saco los codos para que no me toque, pero no le importa y se me pega más. Se ríe y me abraza y repite como una máquina descompuesta: "El puto amo el puto amo el puto amo", mientras me escupe con su baba puerca apestando a café y a comida atorada en los dientes por días y días. La sala se vacía y los huérfanos entran poco a poco al templo, pero José no me suelta. No sé qué quiere. Le digo que ya empezó, que me deje en paz, pero mis labios no se mueven. "El puto amo el puto amo el puto amo"... lo empujo. Es mucho más grande que yo pero lo aviento y le pego. La gente que queda se hace a un lado y nos grita: "Easy, guys! Just take it easy!". Alguien, a lo mejor otro señor como mi papá, trata de agarrarme, pero me suelto y me voy sobre José y lo tiro. Me le subo encima. Él no lo quiere creer, porque chilla y me grita que por favor no, que ya vale. Yo forcejeo para quedarme arriba de él y pegarle con el puño derecho en la cara: él manotea como un niñita y ni siquiera sé cuánto tiempo pasa, a lo mejor son segundos, pero pienso que es mucho, porque de pronto ya estoy muy cansado, así que me quito de encima apenas antes de que lleguen los de seguridad. De todos modos uno me taclea y otro, un gordo, me alza con una mano y me lleva colgando como si fuera un pedazo de ropa.

Ya sé lo que va pasar.

Me va a sacar.

Pensar en eso me da un jalón más, de fuerza o de odio, y mientras el guardia cruza conmigo el vestíbulo pataleo y tiro golpes a donde sea para ver si le alcanzo a dar en los brazos y me suelta. Le grito, temblando de rabia: "Let me go!". El tipo ni se inmuta, es tan grande que no le llega ni un golpe… pero yo sigo ahogado de coraje, tirando más patadas: "Let go! Let go!" No me suelta. El tipo llega a la entrada. Los demás de seguridad abren la puerta para que el hijo de puta me aviente a la calle: "Get the fuck out of here!".

Like a Rolling Stone

6:11 *Track* 1 del *Highway 61
Revisited*, 1965

Tengo el oído contra la puerta de la salida de emergencia del
Beacon. El sermón de Bob apenas se oye, pero alcanzo a reco-
nocer la canción. *Stay with Me.* Sigo temblando, pero de frío:
mi chamarra se quedó adentro así que tengo que brincar y
frotarme los brazos para no congelarme. La voz del viejo cruza
metros y metros de concreto hasta llegar a donde estoy. Está
en el último verso, diciendo que se alejó del rebaño, empieza
la noche y él está perdido y congelado. Oigo los acordes, los
gritos y aplausos finales. Los corderos salen del teatro y caminan al metro o a sus coches. Yo debería de esperar a Bob, para
aunque sea verlo salir y caminar hasta el camión del Never
Ending Tour. Pero tengo mucho frío y necesito preguntar por
mi chamarra, porque además mi cartera y mi teléfono se quedaron en una de las bolsas.

Voy a la entrada del Beacon. No veo a los que me sacaron
y me acercó con una chica con uniforme de *staff*: "Sorry, miss.
I forgot my wallet somewhere. And my jacket. Do you have
a place where you put all the lost stuff? Please. I got all my
money in there." A pesar de que es gorda, cuando me sonríe veo que es bonita, que abajo de la grasa tiene una de esas

sonrisas que te calientan. "Sure, sir. Don't worry. Give me a second, just let me check with my team... wait for me", me dice y desaparece adentro del teatro.

Me hago a un lado y me recargo en el edificio. Volteo a ver la marquesina arriba de mí, con el letrero anunciando a Bob Dylan durante cuatro conciertos más, y pienso que al final todo saldrá bien. La sonrisa de la gordita debe de ser una señal, y yo, de todos modos, tengo cuatro boletos esperándome en el hotel. Seguro está pasando por algo, a lo mejor me sirve para después contar en los foros de Expecting Rain cómo me echaron a patadas del Beacon Theatre. Sigo temblando de frío, pero ya estoy emocionándome. Voy a transformar esto en algo hermoso: las lágrimas escurriéndome mientras unos gorilas salvajes me arrastran afuera del teatro. La cara de José chillando como un puerco desvalido mientras de fondo, en la noche congelada de Nueva York, las almas en pena toman trenes y bajan por las calles escarchadas agarradas de la mano, y yo en medio, contando la historia como un narrador cansado de haber visto tanto.

La chica de la sonrisa abre la puerta, me llama y me dice: "Sir, sorry for the delay. I have asked all my people. Even the concierge who usually finds stuff and everything. But we only found this packet of cigarets, a belt, this bra and this hunter hat. My god! Someone's gonna have his ears frozen!"

"Are you sure?", le pregunto, porque estoy seguro que dejé mi chamarra en el asiento.

"Yes, sir. Pretty sure. I'm so sorry", me contesta todavía sonriéndome, a pesar de la mala noticia.

"But, maybe you can ask again... or something... please", le digo, para que vuelva a preguntar, pero me dice, ya sin sonreír: "Sorry, kid. I'm really sorry".

"I'm not a kid! I'm really not a kid!", le grito.

"Sure you aren't. I'm sorry. But still we got nothing. I can call the cops if you want, though. And you can fill a report. That's everything I can help you with, kid."

Me vuelve a decir *kid* y quiero aclararle que no soy ningún puto niño, que seguro tenemos la misma edad, pero me doy la vuelta y camino sobre Broadway. Caminar y caminar para que se me quite el frío.

En mi cabeza trato de regresar a la historia donde soy un viejo curtido salido de los bajos fondos: "Esto también lo voy a escribir esto también lo voy a escribir", me repito en voz alta para que el miedo no me aplaste... pero no funciona: el techo de la ciudad se cierra encima de mí, baja poco a poco sobre mi cabeza, me asfixia.

Deben de ser como las once y sigo caminando sobre Broadway. Paso junto al Central Park: todavía está abierto y me dan ganas de meterme y descansar en una banca, aunque sea tantito, pero está haciendo un chingo de frío, muchísimo, en serio, y a pesar de la caminada sigo con las orejas congeladas y las manos y los dedos de los pies, así que mejor me voy directo al hotel. Paso al lado de estaciones de metro, taxis, puestos de comida todavía soltando el humo de sus carritos hacia el cielo y vagabundos tirados en las esquinas con letreros pidiendo ayuda, gritando que ya es tarde y tienen hambre y no pueden solos. Cruzo más calles, me paro en los semáforos y atravieso avenidas hasta llegar al corazón de la ciudad. A Times Square y sus pantallas gigantes pegadas a los edificios como ojos, proyectando anuncios de vidas perfectas: de güeras buenísimas de labios rositas y cuerpos tibios que nunca han sufrido y sonríen gritándole al mundo lo buena que es la vida.

Todavía a esta hora hay un montón de turistas, disparando sus *flashes*, tomándose fotos para presumir que estuvieron adentro del Monstruo, parados entre sus dientes de neón. Me gustaría ser como ellos, sonrosado y gordito, sólo paseando, tomándole fotos a la vida, viéndola desde afuera con unas palomitas en la mano. Pero ya no puedo. Estoy del otro lado, adentro de la acción, y los espectadores son los que esta vez me observan revolviéndome en mi dolor desde la comodidad de sus salas, atrás de un libro.

Cuando llego a Greenwich Village siento como si hubiera regresado a mi casa, aunque ya sé que no es mi casa y apenas tengo dos días aquí. Camino el último tramo hasta llegar a Washington Square, cruzo la plaza y al ver el edificio del hotel que tiene mi mochila y las pocas cosas que conozco, me siento un poco mejor, más seguro. Hasta casi sonrío cuando entro y está calientito y atrás de la recepción Benjamin me sonríe.

"Hey! Man. How you doin'? Everything's alright?"

"Yes. Can you give my key?", le digo, pensando que mi cuarto debe estar todavía más caliente.

"Where's your jacket, man?", me dice él, "It's fucking freezing outside or I'm just too old?"

"Yes. I think is cold", le digo, medio cortante, porque ya quiero llegar y meterme a bañar y dormirme, "I got the 305."

"Oh, yes. Sure, man. The Bob Dylan Room.... Let me see...", me dice y va a buscar la llave, pero se detiene, revisa algo apuntado en un cuaderno y regresa conmigo:

"Hey! Listen up, man. They were tryin' to reach you. It wasn't my turn, but the manager told me that they called you to your mobile. But they didn't found you, and..."

"Huhh... Ok."

"Well. The thing is that the last payment ended this evening, and you didn't pay for this day. We ran your credit card but it didn't went through."

"Sí, se me olvidó", le contesto en español.

"What?"

"Nothing... I mean... I know."

Benjamin no dice nada, y después de unos segundos me pregunta si ya puedo pagarle. No le contesto. Creo que tengo unos veinte dólares en la mochila, pero con eso no me va a alcanzar ni para el peor cuarto. Benjamin me cae bien y me da pena que se dé cuenta de que no tengo dinero ni a dónde ir.

"¿Y mis cosas?", le contesto otra vez en español.

"Is that spanish, man? Yes. I know is silly, but I never learn it. What was that?"

"Where's my bag?"

"Oh, the maid brought it. It must be in the back, do you want me to bring it for you? Or I can send it back to Bob's room if you like."

Me encojo de hombros y en vez de decirle lo que realmente le quiero decir, que me ayude y me deje quedarme aunque sea un rato en la recepción porque no sé qué chingados voy a hacer y afuera hace mucho frío, le digo que no se preocupe y me dé mis cosas. Benjamin desaparece en un cuartito al lado de la recepción, regresa con mi mochila, me la entrega y me pregunta qué voy a hacer. Me vuelvo a encoger de hombros y le pregunto si me deja ir al baño. "Yes. Sure, man. Do what you must!"

En el baño me meto a un escusado y vacío mi mochila. Traigo cuatro playeras, cuatro calzones, una sudadera, otros pantalones, dos libros de Dylan, el Kindle, el pasaporte, mi cuaderno, tres calcetines y los cuatro boletos para los conciertos que faltan. Busco en todas las bolsas y por ningún lado encuentro los veinte dólares que según yo tenía: en total junto dos dólares con treinta centavos. Me pongo las cuatro playeras una encima de otra y luego la sudadera. Me acomodo otros dos calcetines arriba de los que traigo y pienso que no está tan mal. Salgo sin despedirme y cruzo las puertas del hotel, de regreso a la noche. Camino como si fuera un oso de peluche, con capas y capas de ropa. La única idea que se me ocurre es llamar a mis papás, así que me voy al parque a buscar un teléfono.

Doy vueltas y vueltas por las calles alrededor de la plaza pero no veo ninguna cabina ni nada, hasta que después de media hora finalmente encuentro una en Waverly, enfrentito del hotel. El teléfono estuvo ahí desde el principio y no lo vi. Lo descuelgo y leo las instrucciones para hablar por cobrar. Aprieto las teclas y le digo a la operadora que llame a la Ciudad de México. Ella marca, pero el teléfono suena y suena y nadie contesta, así que la chica me pregunta si quiero llamar a otro número y le digo que no, que por favor trate otra vez. La línea suena y suena y nadie contesta. Cuelgo.

En Macdougal Street todavía hay gente: salen y entran en los cafés, compran cigarros en los delis y caminan borrachos. Me detengo enfrente del café Reggio y veo si tienen una carta o precios para ver si me como un sándwich o algo, porque el hambre me pica la boca del estómago, sus bordes se me encajan otra vez en la panza. Pero no veo nada y de todos modos ya sé que no me alcanza. Estoy mareado. Me siento igual que cuando tenía siete años y me perdía en el súper: estaba seguro que me iban a dejar y yo tendría que hacer mi nueva vida en los pasillos, dormir en los colchones del departamento del hogar.

Llego a los mismos puntos del *tour* de los sueños: el Cafe Wha?, el Folklore Center, el Gaslight. Doy vuelta en Minneta Street, en la otra entrada del Panchitos, donde desayuné ayer. Me quedo enfrente del restaurante porque pienso que tal vez la mesera mexicana siga ahí, acabando su último turno, trabajando duro para mandarle dinero a sus papás a Michoacán. A lo mejor me ayuda y me da un mollete y en una de ésas hasta me invita a su casa a dormir en el sillón. Pero Panchitos ya está cerrado. De todos modos me acerco a la ventana y me asomo para ver si la veo: a lo mejor como acaba de llegar a Nueva York la dejan quedarse aquí. Eso estaría bien. Y puede ser, porque veo como que algo se mueve. Tal vez sí sea ella y esté a punto de salir a fumarse un cigarro. Podríamos platicar un rato. Le voy a decir que estoy en la calle porque me asaltaron. Ella me va a dar una fumada y va a preguntarme si no tengo hambre: siempre los dejan comer de lo que quedó y ella ya está harta de tanta pinche comida mexicana. Le digo que sí, está bien, y ella me sonríe. Sólo con eso se derrite el hielo: su sonrisa purépecha relampagueando en su cara morena. Me dice que se llama Ana y me invita a pasar.

La cocina de Panchitos sigue igual de oscura que la calle y apesta a cebolla y mariguana. "Lo mejor son los burritos. Aunque los burritos ni siquiera son mexicanos", me dice Ana. "Pero ven. Siéntate, que no muerdo." Hace calor aquí, a lo mejor porque los hornos están prendidos todo el día o por el aire acondicionado o porque ella está cerquita y se sienta junto a mí. "Y de dónde eres", me pregunta. Tiene unos ojos cafés inmensos y unas pestañas larguísimas y creo que podría enamorarme de ella, muy fácil. Por eso, para no parecer tan patético, le inventó que tengo 25 años y vivo solo en el DF, pero que ya estaba harto de esa vida vacía y mejor me la jugué y me vine para este lado cruzándome el desierto. "Y tú. ¿Cómo llegaste?", le pregunto. "Pues en avión, bobo. Aquí vive mi prima y tengo visa." "Ahh. Órale."

No sabemos qué más decir. El ruido de su silla arrastrándose rompe el silencio. La acerca para que estemos pegaditos. Me agarra la mano y me acaricia la cara. "¿Qué raro, ¿no? Conocernos así. Es como un milagro", me dice y yo no le contesto, sólo la beso. Me pego a sus labios mexicanos y me quedo ahí, sintiendo la vida descongelárseme.

Estoy muy bien con ella, adentro de ese beso, y todavía no me quiero ir, no quiero regresar a esta puta noche y a esta puta calle vacía, pero supongo que tengo que moverme porque me estoy congelando y ya llevo como veinte minutos pegado al vidrio para ver si la visión, por algún milagro, se convierte en la Ana de carne y hueso y me invita a pasar. Aunque no me bese y aunque sus labios no sean tan dulces como en mi imaginación.

Me froto la cara para que corra la sangre y dejen de arderme los cachetes. Cuando camino otra vez hacía Macdougal me siento peor, más desesperado y con más hambre. Sigo dando vueltas y paso por la casa de Bob y Sara, por la *sex shop* y Jones Street, hasta que me acuerdo que el Mcdonald's de Greenwich Village es de 24 horas. Doblo por West Fourth, salgo a Six Avenue, me cruzo, y sí, está abierto. Entro y el golpe del aire acondicionado me abraza y hace que se me olvide el frío y me concentre en el hambre y luego luego pida una hamburguesita de las que me gustan, de un dólar y medio. Me la como de tres bocados pero en vez de quitarme el hambre me da más. Volteo a las otras mesas por si alguien dejó sus papas o algo, pero el lugar está casi vacío. Sólo hay un señor durmiendo en una mesa del otro lado. Me cambio de lugar y me voy hasta atrás, junto a los juegos de Ronald Mcdonald, porque ahí es más difícil, creo, que los empleados me vean y me saquen. Dejo la mochila en el piso y me la amarro a las piernas para que no se la roben si me quedo dormido. Saco uno de los libros, el de *Crónicas*, para desaparecer en el mundo de Bob y olvidarme de quién soy y en donde estoy metido.

Only a Hobo

3:29 *Track* 18 de *The Bootleg Series,*
Volume 1, 1991

Son como las seis de la mañana. Afuera está oscuro y no quiero despertar, pero tengo las piernas dormidas y de todos modos pienso que el día no puede estar tan mal porque todavía tengo los boletos de Bob en la mochila. Deben seguir ahí, me dormí abrazándola y no creo que ninguno de los empleados de Mcdonald's se imagine que ahí guardo una mina de oro.

Me voy al baño y le doy varios tragos al agua de la llave. No sabe mal, me quita la sed y cuando salgo a la calle me siento mejor.

Camino sin saber a dónde, pero muy rápido, porque el aire sigue congelado. Camino y camino mientras el negro del cielo se deshace y se vuelve anaranjado, rosa y, finalmente, azul. A lo mejor el sueño sí me sirvió porque, aunque el hambre me agrieta la panza y siento el cuerpo entumido, estoy menos dramático: no siempre hay hoteles calientitos y tarjetas de crédito y seguridad. No. Ésta es la vida real y es fría y es una hija de puta. Bob Dylan es real y se ganó su lugar en esta ciudad por sí mismo, durmiendo en los sillones de sus amigos, gastándose los pulmones por un dólar al día. Esto es real y yo también voy a reclamar mi lugar y voy a llegar a cada uno de esos conciertos, pase lo que pase.

Me detengo en Lewis Street porque en la esquina de enfrente hay un teléfono. Me cruzo la calle, descuelgo, le hablo a la operadora y mientras marca descubro que desde aquí se ve el mar. El tono suena y suena y nadie contesta. Otra vez le digo a la operadora: "Please, try again". Hace mucho que no voy al mar. Antes íbamos muy seguido. No sé por qué mi papá dejó de llevarnos a Veracruz, a lo mejor David ya no quería ir. Nos la pasábamos jugando en la alberca del hotel Mar y Tierra hasta que las manos se nos hacían pasitas. Después David y yo nos íbamos al centro a dar vueltas y a comer nieves de güero-güera. "I'm sorry, sir. They don't seem to be there. Do you want me to dial an other number?", me dice la operadora, porque siguen sin levantar el teléfono. Cuelgo, pensando que mi mamá siempre corre al teléfono como rata nerviosa creyendo que es algo de vida o muerte. Tarde o temprano tiene que contestar.

Otra punzada de hambre me quema la boca del estómago y me dobla. Camino al final de la calle y luego me subo a un puente que me cruza hasta un parquecito con canchas de tenis y árboles. Enfrente del parque se extiende un malecón, como al que íbamos David y yo en Veracruz después de esperar horas a que nos recogieran: me llevaba para que me calmara y dejara de pensar que nos habían abandonado. Nos sentábamos en la orilla con las piernas colgando sobre el mar, que a esa hora de la noche estaba negrísimo. David prendía cerillos, los aventaba y me juraba que al caer sobre las olas en lugar de apagarse se transformaban en las luces de colores que veíamos flotar sobre el agua, pero que en realidad eran los reflejos de los focos de los barcos. Yo me lo creía y se me hacía tan alucinante que juraba que David era un mago.

Me siento en una banca donde pega el sol. Me quedó tranquilo, viendo cómo se mueve el agua, escuchándola chocar contra el muro de concreto.

No hay mucho viento y conforme el tiempo pasa el ruido de la ciudad crece y crece, y crece más porque viene un vagabundo empujando un carrito del supermercado a lo largo del malecón: las ruedas raspan contra el pavimento, se atoran y crujen hasta que el viejo se detiene enfrente de mí y me saluda con la mano. Yo hago como que no me doy cuenta. Pero él sigue ahí y no se mueve hasta que respondo el saludo. Entonces acomoda su carrito junto a la banca. "Dont'cha worry. I'm not gonna ask you for money. Just wanna chat", me dice, con una voz gangosa. Se sienta a mi lado y pienso que va oler mal, pero respiro profundo y no sé si es porque me está dando gripa, pero no huelo nada.

"So how you doin?'... and... how old are you, anyway?", me pregunta.

No le contesto.

"So you are not exactly a mouthy, dont'cha? Well, that ain't a problem for me. I can do all the talking." Saca unos cigarros de una cajetilla metálica. "Well, this is all I got, son. Do you want one?", le digo que sí, agarro el cigarro y el encendedor que me da. "You should talk more, though. Don't let the cat take your tongue, boy. Those lousy animals are all over this city eating all the tongues they can! Happily, I have a strong one and I'm not gonna let those son of a bitches take mine! I still have plenty of things to say!"

Prendo el cigarro. Le doy una calada y luego luego me marea y la panza se me llena de agua y asco. Pero el señor me distrae: manotea gritando que ningún hijo de puta ha logrado callarlo todavía ni nadie lo va a hacer mientras siga vivo. Tiene un gorro de lana gris y una sudadera negra y sucia. La barba está muy larga y blanca. Encaja en la descripción perfecta del vagabundo ideal, con el bigote amarillo por el tabaco y una cara roja marcada por surcos que se cruzan como las líneas de una carretera. Fuma con la mano derecha y con la izquierda agarra su carro, como si a pesar de estar relajado supiera que no debe de soltarlo porque esta ciudad está llena de ladrones y nadie va a sorprenderlo y llevarse su vida rodando por las calles de Manhattan. Tiene los ojos azules y las uñas largas y las botas deshechas. Si el destino de Bob Dylan hubiera dando un giro en otra esquina, el profeta podría estar aquí, en lugar del vagabundo.

"I don't know where are you from. Certainly, you don't seem like your are native, boy. Which is pretty good, actually. 'Cause you haven't sucked up all the dirt and, well, your eyes are fresh. Yeah. They certainly are, son."

El viejo habla saltando de un tema a otro, sin orden. Brinca de una anécdota de cuando era niño a otra de la semana pasada, cuando uno de sus amigos, un hobo llamado Whisky, se murió porque unos drogadictos lo mataron a patadas. No sé si es por el ritmo de sus palabras o porque el sol está más alto y me calienta, pero me estoy sintiendo muy tranquilo. Mi cabeza se engancha a su voz y dejo que la arrastre a cualquier lugar lejos de aquí: lejos del ardor de estómago, del dolor de piernas y el frío. Sé que es una tontería, pero entre más me voy de mí, entiendo más claramente la parte de la historia en la que estoy: puedo verme en medio de los últimos capítulos, adentro del gran y trágico final neoyorquino. Sonrío de verdad. El viejo se da cuenta y me guiña el ojo, porque me entiende: él ha estado donde estoy, perdido y sin dinero, al principio, antes de que se le cayeran los dientes. Ahora me cuenta de cuando se robó el carrito de un vagabundo muerto, lo vació y metió sus cosas: una muda de ropa, su pañuelo y la foto de su mamá y su hermano. Lo único que agarró antes de subirse a un tren de mercancías y recorrer los surcos del país hasta acá. Sonrío más. Tengo mucha suerte: el vagabundo perfecto aparece de la nada con la dureza y la dulzura de una vida de verdad, llena de mierda y alegría, virtud y dolor, amor y hambre. Una vida como la que quiero vivir.

La historia del viejo regresa al invierno pasado, cuando, según él, hacía mucho más frío y dejó convencerse por unos trabajadores sociales para dormir en un albergue. Pasó lo que ya sabía que iba a pasar: quisieron robarle sus cosas, porque, me dice, no todos los vagabundos son iguales, muchos son unos verdaderos hijos de puta y hay que tener cuidado con ellos, no importa lo que te digan. Tose y me asegura que ya casi no hay gente de la calle como él, con principios: gente sin casa pero con una historia que contar y ganas de defender hasta el final su libertad. Y salta a otra historia, y a otra, y termino enredado, perdido en sus palabras. No puedo seguir el hilo de su lengua nebulosa, pero me gusta oírlo: su voz acolchonada mezclándose con el sol, arrullándome, cerrándome los ojos para descansar. Es como si el viejo fuera mi nuevo papá y me diera la bendición de la vida real, cantándome la canción de cuna más hermosa, cuidándome mientras me quedo dormido.

Cuando despierto no sé cuánto tiempo pasó. No creo que tanto porque el sol sigue en el mismo lugar, aunque el vagabundo ya no está. Me da pena: al final fui como los demás, los que no escuchan y se duermen en las mejores historias. Me paro a buscarlo. A lo mejor lo alcanzo y le puedo decir que yo sí lo oí y no soy como ellos. No lo veo. Regreso a la banca y me doy cuenta que mi mochila no está. Tranquilo, me digo, no pasa nada, seguro está por aquí. A lo mejor el señor la guardó atrás de un árbol para que no me la robaran. La busco en el pasto, abajo de los arbustos, en los botes de basura y en las canchas de tenis, pero ya sé que no la voy a encontrar: soy un pinche chamaco pendejo y no voy a volver a verla.

It's Alright, Ma
(I'm Only Bleeding)

7:29 *Track* 10 del *Bringing It
All Back Home*, 1965

Corro sobre el malecón pensando que los cuatro boletos están
adentro y que lo demás me vale verga; los libros, el pasaporte:
"no mames no mames no mames mis boletos". Esto es lo que
me faltaba, la culminación de toda mi pinche ridícula vida,
porque el vagabundo no está en ninguna parte. Me doy vuelta
y corro hacia al otro lado, pero ahí tampoco está, y como voy
muy rápido choco contra una pareja que me grita: "What the
fuck are you doing?", pero sigo y esquivo a más personas y
bicicletas, pero ya me arde el pecho y la cabeza me late como
si me fuera a explotar. Me detengo dos, tres, cuatro segundos y luego cambio de dirección. No puede ser tan rápido,
es un pinche viejito. Vuelvo a llegar a donde estaba sentado
y me detengo para jalar aire y porque que a lo mejor vi mal y
mi mochila sigue escondida en algún lado. Pero no. No está
y vuelvo a correr hacia el puente dándome ánimos, jurando
que si no él, por lo menos mi mochila tiene que aparecer,
en una banca o tirada en el pasto porque qué va a hacer con
mis boletos, ni siquiera lo van a dejar entrar. Doy un último

jalón, aunque las rodillas se me van a partir, porque creo que veo algo, una mancha café que podría ser él, pero sólo avanzo unos metros y las piernas ya no me responden y me caigo. Trato de pararme luego luego, pero estoy como desmayándome. Se me cierran los ojos y una oleada de vómito me sube por la garganta y se me escurre por los labios, pero no me sale comida, sólo agua amarilla, pura y pinche agua amarilla. Me duele el corazón y el brazo izquierdo y no me quiero morir. Pero a lo mejor me está dando un infarto y si me muero, si termino aquí frío y revuelto en mi vómito, por lo menos no quiero que me vean y me compadezcan. Así que mejor me arrastro hasta el pasto. Todavía no puedo mover las piernas, pero aprieto los puños y me empujo con los antebrazos para alcanzar la orilla, y cuando llego, me empujo más, para estar lejos del paso de la gente y que nadie me encuentre y diga. "Ay, pobrecito, mira cómo se murió". Ya sobre el pasto me aflojo. Me suelto y me dejo ir en el dulce negro profundo.

Cuando despierto, una cosa roja, que me quema el estómago pero no es hambre, me endereza. Tampoco me cuesta trabajo pararme, ni empezar a caminar con este nuevo odio hacía mí que me hace más fuerte. Doy un paso tras otro pisando con toda mi rabia la espalda de este puto mundo de mierda. Camino sin detenerme como si supiera a dónde voy. Y sí, es la primera vez en mi vida que sé exactamente qué es lo que tengo que hacer.

El teléfono suena y suena soltando sus aullidos de espera, hasta que por fin, kilómetros más allá, en la Ciudad de México, mi mamá contesta y la señorita le dice en español que hay una llamada por cobrar de Nueva York, "¿La acepta?" Mi mamá dice que sí.

"¿Hola?"

"Mamá."

"Mi hijito ¿Cómo es…"

"Les hablé desde ayer", la interrumpo

"¿Sí?… ¿Estás bien, sigues allá?"

"No tenía dinero. Quería que me mandaran…"

"¿Qué te pasó? ¿Cómo que no tienes dinero? ¿Y lo que te dio tu papá? ¡Ay, hijo, era un montón!"

"¿Está? ¿Mi papá? Dile que descuelgue."

"¿Estás bien? ¿Qué pasó? Ay, hijo, ¡era un montón de dinero!"

"Dile a mi papá que conteste."

"Sí. Está en su estudio."

Mi mamá deja el teléfono descolgado y yo espero a que cruce el pasillo, baje las escaleras, toque su puerta, él le abra y ella le diga que Omar está hablando de Nueva York, se oye muy raro. Mi papá se va a tardar en contestar. Como siempre, va a dar otra ojeada a su colección de insectos y se va a ir muy lento, sin prisa, al escritorio del otro lado del cuarto. Y está bien. Que se tarde lo que sea. Puedo esperar: oigo mi corazón subir a mi garganta y caer de golpe y volver a subir, hasta que mi mamá regresa y me dice:

"Ya, mijo. Ahorita contesta, ya le dije."

"Tú también."

"¿Yo también qué?"

"Tú también quédate."

Todavía pasa un minuto hasta que escucho a mi papá descolgar: "Hola, Omar".

Aunque sé lo que quiero decirles no me sale nada. Tengo los dientes y el corazón apretado: lo estoy guardando, aguantándolo un poquito más…

"Les hablé ayer", le digo por fin, "me robaron y no tengo dónde dormir. Estoy congelándome. Los busqué toda la pinche noche."

"Omar, sin groserías", me dice mi papá, como si no decir groserías fuera lo único importante en su pinche puto mundo.

Mi corazón sigue amarrado, duro, hasta que lo suelto: aflojo los dientes y la lengua y dejo salir lo que he estado guardándoles toda la vida. "¡Hijo de tu pinche madre!", le grito, sin darle tiempo a que me cuelgue. "Les iba a pedir dinero. Pero ya no, ya sólo... que sepan que tú y mi mamá y mi hermano... que...", me detengo, solo tantito, porque aunque no quiero ya estoy llorando. Las arterias se me destapan y las cañerías de odio se rompen y riegan sus aguas sobre la ciudad. Del otro lado no dicen nada, pero tampoco cuelgan, así que sigo: "Quejándose de su hijito muerto como si cuando estaba vivo... como si cuando estábamos vivos, juntos... ustedes...", me ahogan las lágrimas, pero igual les digo, "y él también... su David y su accidente y sus... eso es lo que quiero que oigan: ¡que estoy harto de su pinche hijo muerto!". No sé si me entienden, porque ni yo me entiendo. Las palabras salen deformadas a través de un muro de mocos y saliva y lágrimas... "es igual que ustedes, es lo mismo..."

Silencio.

Mi papá tose del otro lado y antes de que la tensión se me escape y me vacíe, recojo lo último que me queda y les grito: ¡Chinguen a su puta madre!", y les cuelgo.

Azoto el teléfono y como no sé qué hacer, camino otra vez, a dónde sea. Todavía no puedo detener la hemorragia de mierda: sigo llorando, escurriendo mocos y mocos. Mis pies avanzan como si no estuvieran aquí, como si fueran de otra persona y nadie les hubiera avisado del hambre o el cansancio que otra vez empieza a comerme desde adentro, a arañarme y hacer que se me nublen los ojos y regrese el mareo y la sensación de desmayarme. Me recargo en una pared para no caerme. Ahí se me escurre lo último que tengo. Y me quedo vacío. Sin rabia ni lágrimas ni mocos, sólo con el hambre y la vista nublada y esta tristeza que siempre ha estado en el fondo de las cosas que hago, de cada palabra que digo: una masa café subiendo y bajando por mis venas, respirando al mismo tiempo que yo, hablando a través de mi boca, caminando con mis propios pies. Sus pies.

Sus pies que cruzan el puente de Brooklyn.

Sus pies que se tropiezan.

Sus pies que no aguantan y se caen y se levantan para seguir caminando.

Sus pies flacos, frágiles, que no sirven para pisar esta vida.

Sus pies ciegos enredados en las calles, tragándose el resto del cuerpo.

El resto del cuerpo separándose de mí. Desenganchándose y saltando a otra dimensión, a otro lugar que me hace ver cosas que no existen, me hace oír voces que atraviesan los años y se oyen claritas y forman la lengua, el paladar, los dientes de la persona que los dice: el cuerpo de un fantasma volviéndose real con cada nueva sílaba: las piernas, el tronco y la cabeza de Bob Dylan acabándose de formar enfrente de mí.

"Carnalito", me dice, "estás todo pálido", y me doy cuenta que vi mal, porque ya no es Bob, es David, y aunque yo sé que él no está de verdad y debe de ser una alucinación, lo primero que hago es tocarlo: estoy seguro que mis dedos lo van a atravesar como a un fantasma, pero no, mis yemas se hunden en su carne y aunque ni siquiera lleva chamarra, sólo una playerita blanca en medio de este frío, está caliente.

"No manches. Hasta parece que viste un monstruo. Sí. Soy yo, güey", me dice y me da un zape en la cabeza, pero suavecito, en buena onda, como cuando estaba vivo. Yo supongo que si no me estuviera volviendo loco me pondría a llorar. Pero ya estoy seco y sólo abro mucho los párpados, tocándole la cara y el pelo, muy rápido, porque se me hace que va a desaparecer en cualquier momento.

"Está chingón esto. ¿No?", me dice David con los brazos en la cadera viendo hacía los rascacielos del otro lado del mar.

"¿Qué?", le contesto por fin.

"Pues esto, güey. Nueva York. Está chido que apenas se te esté yendo la onda ahorita y me trajeras hasta acá, para volver a ver esta ciudad."

"Ahhh."

"Estás muy serio, güey. Anímate. ¿No querías que me fuera a la chingada?"

"No."

"¿Cómo que no?"

"No. No sé."

"Pues eso pediste y aquí estoy. En la chingada. Contigo", me dice y voltea alrededor: estamos en una calle a la que la sombra del puente alcanza a manchar de negro. David suspira.

"Vente, güey. Hay que caminar, ya nos están viendo medio raro. No vayan pensar que estamos locos."

Jokerman

5:10 *Live David Letterman Show*, 1984

Con David agarrándome de la mano me detengo en un anuncio de un gimnasio de box en un edificio. El lugar se llama Gleason's y dice que ahí entrenó Muhammad Ali, Roberto Durán y otros.

"Lo más cagado es que yo ni siquiera fui boxeador. Digo, tomé clases seis meses, pero para ti es como si hubiera sido profesional o algo. Tenía buenos movimientos, eso sí", me dice David, y lanza una ráfaga de golpes al aire, como peleando contra una sombra. Yo estoy sudando, a pesar del frío. Todavía no puedo fijar la mirada y menos si se mueve así, soltando los puños tan rápido. Me duele tragar saliva y se me doblan las rodillas, tanto que David deja de presumir sus movimientos y me detiene antes caerme.

"¿Estas bien, güey? Espérate. Ven, hay que meternos", me dice y se pasa mi brazo por arriba de los hombros para ayudarme a caminar. Cruzamos una puerta con el letrero del Gleason's y subimos las escaleras. La subida se me hace larguísima: el ruido de nuestros pasos contra los escalones negros rebota en las paredes y se me clava en los tímpanos. Me siento en cada descanso, porque no tengo fuerzas, pero David me jala y arrastrándome me lleva hasta el pasillo del cuarto piso, donde hay una puerta

---

de metal con la pintura descarapelada, abierta completamente contra la pared. En la mera entrada del gimnasio hay una mesa con papeles y una silla vacía, donde supongo que se sienta el de la recepción. David se asoma y como no ve a nadie me dice: "Ven, métete de una vez". Adentro la luz se cuela a montones desde las ventanas, como si saliera de una llave de paso que acabaran de abrir, mojando los cuadriláteros y a los boxeadores y a los aparatos que se extienden a lo largo de la planta. David me lleva entre los *rings*: oigo los golpes rozando las cinturas y sacudiendo la piel de las peras de entrenamiento. El olor del sudor y el sonido de los guantes chocando contra los cuerpos crece, se me meten a la cabeza, me sacan de la bruma y me dejan fijar mejor la vista. Me recargo en una pared, recorro el lugar con los ojos y veo que David ya no está. Lo busco, camino a las ventanas y vuelvo a cruzar los cuadriláteros con la cabeza agachada para que no me digan nada. Nadie me pela: están en lo suyo, esquivando golpes y soltando ganchos. Y no sé si es porque ya no estoy alucinando, pero siento otra vez cómo el hambre estrella sus *jabs* en mi panza.

Me detengo en un rincón del gimnasio donde venden plátanos y *hotdogs* para los boxeadores. Arriba de la comida hay un letrero que dice: "Now, whoever has courage and a strong and collected spirit in his breast, let him come forward, lace on the gloves and put up his hands". Yo no tengo ni el coraje ni la fuerza ni el espíritu del letrero, y sólo entré aquí para seguir a mi hermano, pero él ya no está y no sé qué chingados estoy haciendo aquí. Los plátanos hacen que el hambre me acelere el corazón. A lo mejor no sería tan difícil robarme uno: el tipo que atiende está hablando por teléfono y sólo tendría que estirar la mano y guardármelo, pero cuando lo voy a hacer, otra vez el mareo me pega en la nunca, me cierra los ojos y tengo que sentarme junto a unos *lockers*: no me desmayo ni nada, pero otra vez regreso al mundo de las brumas, otra vez veo borroso y tiemblo. Trato de aguantarme, de luchar contra las sacudidas de mis brazos, y cuando creo que ya no puedo más, David vuelve a aparecer.

"Chale. Si nada más fui a mear. Cálmate, carnalito", me dice, me ayuda a levantarme y me lleva al baño. Él mismo me moja la cara y la base del cuello y hace una cazuelita con sus manos para que tome agua. Por lo menos, cuando salgo de ahí, ya no estoy temblando. Estoy mojado, eso sí, y el aire que entra por las ventanas me pega en el pecho y me refresca, porque a pesar del frío siento que estoy hirviendo.

"¿Ya ves? Ya pasó, güey. Tienes que dejar de pensar tanto. Aquí está todo. ¿Ya viste? Mira, vamos a ver a estos güeyes."

Los güeyes son dos boxeadores con sus protectores de cabeza y guantes peleando arriba de uno de los *rings*. Hay varias personas alrededor viéndolos, algunas con *shorts* y camisas del gimnasio y otras con trajes y ropa de calle. Arriba del cuadrilátero mueven la cintura, esquivan golpes, sueltan los puños: el del *short* y guantes azules es un chavito negro de unos diecinueve años que pelea contra otro que parece árabe y tiene una barba gigante. A lo mejor es una pelea más o menos importante porque la gente habla del chico negro, le aplauden y dicen que les recuerda al gran Sugar. David está en una esquina, abajo del *ring*, agarrando las cuerdas y asomándose adentro del cuadrilátero. Me voltea a ver y me dice que me acerque, pero no quiero, tiene la cabeza casi adentro y creo que lo pueden patear. Como no le hago caso, David viene a donde estoy, a lo mejor porque hace mucho que está muerto y de pronto se da cuenta que yo soy más importante que una pelea de box amateur.

"Ya sé. Ya sé", me dice y me da un vaso de Gatorade que no sé de dónde sacó. "Yo también te extrañé, güey", me da otro de sus zapes cariñosos y yo le doy un trago al vaso, pero el líquido desaparece, se evapora o algo y pienso que esto también lo estoy alucinando, porque no me quita la sed. Mi boca sigue igual de seca.

"¿Entonces?", me pregunta David, "¿Ya sabes qué vas a hacer?"

"¿De qué?"

"Pues de todo. Cómo chingados vas a salir de esto. Digo, ya sabes que estás solo, ¿no? Porque yo no estoy aquí de verdad, nada más estoy en tu cabeza."

"¿Sí?"

"Pues sí, güey."

En el *ring* el chico negro hace otra finta y de un gancho al hígado tira al árabe. Tal vez sí es muy bueno, a lo mejor David pudo haber sido como él, aunque diga que sólo tomó unas clases, si no se hubiera muerto, podría haber estado en su lugar, boxeando. Se lo voy a decir pero ya no está. Sólo veo al resto de los espectadores y entre ellos a un tipo flacucho medio encorvado, con una sudadera de gorro negra haciéndole sombra sobre la cara. Se parece mucho a la figura con la que siempre he soñado, pero no quiero empezar otra vez, seguro me estoy volviendo loco y a lo mejor él tampoco es real y ni siquiera hay nadie ahí, sólo un espacio vacío que ya estoy llenado con alguien todavía más importante que David y yo y cualquiera.

Trato de aterrizarme, de respirar profundo, porque siento que el temblor vuelve a arrancar desde el fondo de los huesos. Pero mi cabeza no me suelta y me hace caminar hacia él. Los engranes del cerebro se mueven, rechinan y hacen teorías, porque si sí es quien creo, todo tendría sentido. De cualquier forma, para estar seguro, aprieto los ojos para ver si al abrirlos la figura desaparece. No. El tipo flaco, fachoso y de uñas largas sigue ahí. Doy dos pasos hacía él, hasta que la figura abajo de la sudadera voltea hacía mí. Es él, Bob Dylan. Como no sé si me lo estoy imaginando y va a desaparecer en cualquier momento, le digo lo primero que se me ocurre:

"My brother was a boxer."

"Huhh?", me contesta, como si no me hubiera oído.

"Yes. He was many things, but he was also one of the greatest boxers."

"… Alright."

Pienso en esas otras cosas que David era: cantante en una banda de rock, un chingón para el ping pong, bueno con los chistes y las mujeres, mi hermano y mi papá.

"So, where are you from, kiddo?", me dice Bob, con esa voz de cuervo misteriosa que he oído durante años.

"From México", le contesto.

"Huhh, well, you have had greate fighters there. In Mexico. Huhh, this guy… Ratón…? What was he's name? And of course: el-gran-cam-peón-me-xi-ca-no."

Tengo los brazos cruzados y con las manos me los aprieto fuerte contra el cuerpo porque el temblor sube, como una alarma o una premonición.

"Bob", le digo, "I don't have too much time."

"For what, son?"

"For talking… I mean. I just wanna…"

"Take it easy, kiddo. God! Are you alright? You are shaking like a madman."

"Yes. I know. But… I'm ok, I just wanna…"

"Just wanna?…"

Silencio. Por un segundo ya sólo escucho el ruido de mis huesos temblando, aventándose contra la carne. Moliéndola, tratando de calentarla.

"Tell you that you are the only one that can help me. I've traveled so long. Just to be here. With you."

"Oh, com'on! Don't give me that, boy."

"No. Please, listen to me. Only you can help me, because… because only you can feel the way I feel…"

"Christ! Not again!", me interrumpe, "Are you one of those lunatics?"

"But only you can understand, Bob. Only you feel the pain I feel. You have sung about it all your life."

"Com'on! Everybody feels the same! It's the same fucking pain for everyone", me dice y regresa la mirada al *ring*, como si no pudiera creerlo. De todas formas le digo:

"You did the same. You were searching for answers... you went looking for Woody, you were lost too."

"Shut your mouth!", me grita. La cara se le transforma y me ve directamente a los ojos con la cara llena de odio. "So who the fuck are you to know who I am and how I feel? For christsake! You don't even know me!"

"I know you. I swear I know you. I know all about you, I've read all your biographies, I've read *Chronicles* a thousand times. I feel the same. I know about your father not listening to you. I've paid attention. It's in your songs! It's in your songs!", le contesto, gritándole también. Ya ni siquiera trato de controlar el temblor, debe parecer que me está dando un ataque o algo, yo creo que por eso Bob se contiene, da un paso para atrás, pero todavía muy enojado me dice, como si fuera estúpido y sólo así pudiera entenderlo.

"My-songs-are-fiction. I'm fiction writer."

"No. You listen. You listen to me any..."

"I don't! I just listen to myself. That's the fucking point!"

Bob Dylan se calla. Se acomoda el gorro de la sudadera.

"I just..." le digo, agarrando el poco valor que me queda: "Where do I go from here?", pero parece que es lo peor que le podría haber dicho, porque eso lo enfurece otra vez, se me acerca y aunque está flaco y chiquito, cuando me empuja y me caigo veo que sigue siendo muy fuerte.

"Fuck! Just listen to you, man... I mean, there's nothing I can do to help you. Is that simple! Don't you see? Nobody can say anything to help anybody. Just you. That's the only thing I've been singing all my life!"

El empujón me revienta y transforma el miedo en odio y cuando me levanto y trato de empujarlo también, me esquiva. Yo me caigo de nuevo y desde el piso le digo, aunque ni siquiera sé si me escucha, porque dos tipos me cargan y me sacan del gimnasio mientras trato de explicarle: "That's what I've been doing! Everything on my own!... but if just for once somebody help me..."

No sé ni cómo bajo las escaleras pero cuando me doy cuenta ya estoy en la calle, arrastrándome sobre el piso, moviéndome apenas, a punto de desvanecerme. Lloro y lloro y lloro, como un huérfano, como el más huérfano de todo el mundo, y me pongo a gritar, ya sin importarme nada, que necesito ayuda, que alguien me ayude, por favor.

'Cross the Green Mountain

8:41 *Track* 10 del disco 2
de *The Bootleg Series Volume 8*, 1991

Me acompaña el ruido de esta máquina, del Amtrak, internándose en las montañas verdes de Estados Unidos. El tren suspira, hace sus ruidos de monstruo poético y cruza el pecho del país. El regreso es tan dulce porque sé que no voy a regresar realmente, por lo menos no a México.

Ayer nevó y las montañas y los pueblos por los que me asomo desde la ventana del tren están cubiertos de una capa blanca. Aunque el sol caiga sobre ella, hace tanto frío que no la derrite, sólo la hace brillar más, le saca reflejos de ésos que te pican los ojos con sus luces.

Por ratos saco las hojas y reviso lo que escribí estos últimos días después de que Khalif y Johanna me recogieran afuera del gimnasio, pero no les entiendo, es como si las letras estuvieran en otro idioma, escritas por alguien que no conozco. Mejor lo dejo y hago lo que todos hacen: seguir viendo la nieve, ir al baño o pedir algo en el comedor con el dinero que me mandó Billy.

Cuando se hace de noche me estiro en el asiento, me dejo abrazar por el calorcito del aire acondicionado, y me acuerdo de lo que soñé en casa de Johana y Khalif, hace quince días. Dicen que dormí dos días seguidos. En todas esas horas de seguro soñé mucho, pero sólo me acuerdo de la escena del cementerio, antes de despertarme.

En el sueño estoy buscando la tumba de mi hermano. Llevo un traje que se supone es nuevo, pero está sucio y desgarrado. Me detengo en una lápida igual que las otras y con una pala quito la tapa de la tumba. Ahí sigue mi hermano, como si se acabara de morir. Bajo al fondo del hoyo y le aprieto el hombro.

"David", le digo. "Ya, hermano. Ya te toca."

"No manches. ¿Cómo estás?, güey", me dice de buen humor y se sacude el polvo del traje, aunque no tiene polvo y está impecable, como si lo acabara de comprar. Se sale del féretro y escala la pared de tierra para irse de la tumba.

Cuando ya está afuera voltea hacía abajo, a donde me quedé yo, y me dice: "Gracias por venir, hermanito. Te quiero mucho", y se aleja caminando hacia el sol, tapándose los ojos para no deslumbrarse.

Yo me meto al ataúd para ocupar su lugar. Cierro los ojos y me concentro en hacer cara de muerto, hasta que me muera de veras y ya no tenga que fingir nada. Intento representar bien mi papel, pero no puedo. Hay algo que me molesta: a lo mejor estoy acostado sobre piedritas. No sé, algo me dice que me levante y voltee a ver a David por última vez. Eso hago, pero antes de pararme me veo las manos porque las siento raras. Y también mis brazos y el cuerpo, que aunque siguen abajo del mismo traje sucio y raído que traía, ya no es el mío. Es el de David. Sí, ahora yo soy mi hermano: me levanto de la tumba y escalo la pared de tierra sólo lo suficiente para asomarme y ver que el que camina hacía el sol, con su traje nuevo, soy yo. Eso me pone a aullar de alegría, y como ya no tengo prisa, me quedo un rato viendo a Omar con su traje de tres piezas, impecable, caminar lejos de todo esto.

Luego luego que me desperté cerré los ojos para que no se me escapara y me quedé un buen rato aprendiéndome el sueño de memoria. Después me salí del cuarto porque tenía hambre y afuera olía a café. Fui a la cocina. Ahí estaba Khalif, aunque todavía no sabía que se llamaba así. En cuanto me vio entrar me dijo: "Yo! What up...", y no sé si porque esperaba a ver a Johanna, se le cayó la taza de café. Agarró un trapo, secó el piso y me dijo que ya sabía que no tenía nada grave y me iba poner bien.

Le pregunté que en dónde estaba, porque en serio no tenía idea.

"Yo! You slept like a fukin' elephant, bro."

"Yes?"

"Yeahh, bitch, com'on. You have two days in there, man. Just sleepin' and all, I' mean..."

"Two days?"

"Shit, yeah. Nice to see you alright, bro. You sure scared the shit out of my girlfriend, it's like... where's she?", me dijo y se asomó al pasillo a buscar a su novia, que supongo debía estar por ahí, a lo mejor en el baño porque se oía el ruido de una secadora. "Aren't you hungry, bro. Sure you feelin' alright? You still look like shit, man. A little better than yesterday, though."

No tenía hambre.

"So, how did you end up like that, bro? Like, in, I mean, the street where we found you... So, ok, just wait. Let me warn her before she founds you here. You know? She was really mad, she wanted me to call 911 to pick you up... but well, you will kind of understand her, you know? She's still a little princess came out of a Disney movie and... well, she's cool, though. You'll like her", me dijo y le gritó a su novia: "Yo, bitch! Watch out! Look who's up!".

Esa misma noche mientras comíamos pizza sentados en los sillones que según ellos habían recogido de los basureros de los ricos, me siguieron contando cómo es que me habían encontrado y llevado a su casa.

"Tell him, bitch. You really didn't want to pick him up", le decía Khalif a Johanna, una chica que antes fue chico, altísima y rubia y hermosa.

"Hun, take it easy now. Not everyone can be a cute Robin Hood like you."

"Hahaha. Don't give me that. Ohh, you were so so scared... Tellin' you, bro, this bitch here can really be a bitch sometimes, but when she saw you, she went all white. You feel me? All this fuckin' 1% of the 1% always thinks everyone in the street is a fuckin' serial rapist or a bump or whatever, you know, bro?"

"Come'on, love. Look, I'm not one of them anymore. Touch this", le dijo Johanna a Khalif, le agarró la mano y se la puso sobre el escote para que le sintiera la tetas: "If I still where one of them I'll have this?"

"Yo! Sure you'll do. But better quality, bitch", le contestó Khalif bromeando y dejó que sus manos se hundieran en la carne de su novia.

"Anyhow", me explicó Johanna, "I'm afraid he's right. He's kind of always right. Well, kind of. Anyway, if I have dialed the 911 you'll have ended in a hospital and you'll be in debt by now. Like, I mean, for forever or something."

"Those fuckin' bitches!", dijo Khalif, emocionándose, hasta pegando en la mesa, "You'll be so drown in debt by now, bro, that you'll couldn't even breath. Those bitches will have sucked you up like tons of greens each day. Like 50,000 a day. You feel me, bro?"

I felt him.

Casi dos semanas después, cuando ya estaba mejor y ya había hablado con Billy, Khalif y Johanna me acompañaron a Penn Station a subirme al tren.

"Yo! Just take it easy, bro. You feel me?", me dijo él. Su novia me abrazó: "Write to us, hun. Keep in touch".

Así que aquí vengo, en el tren, alejándome de Nueva York. Los viajes de regreso siempre me gustaron más que los de ida.

No sé por qué: eran sólo ruedas y carreteras, sin ideas y ni esperas ni ilusiones. Sólo regresos vacíos. Éste también me gusta, aunque todavía sienta el cuerpo raro, ligero. Debe ser la libertad que se siente cuando todo el mundo ya te mandó a la chingada y ya no tienes el peso ni las ganas ni la obligación de buscar un papá, ni una idea, ni a una persona ni a nada.

El tren tarda todavía más de día y medio en llegar, pero la mañana del 10 de diciembre del 2014, hace exactamente seis meses, los vagones del Amtrack llegan a la estación de Houston. Me bajo ligero porque sigo sin mochila: sólo llevo la ropa que me regaló Khalif y el nuevo pasaporte del consulado. Billy y Julio ya están esperándome.

Last Thoughts on Bob Dylan

El agua está casi congelada y el jabón y la espuma me abren surcos en la piel. Me duele, pero ya tengo unas semanas así y ya hasta me acostumbré. No me molesta eso. Lo que me tiene nervioso no son las montañas de trastes que no bajan, ni el dolor de espalda, ni pasarme horas y horas aquí parado. No. Desde la madrugada ya me sentía así, con un hoyo latiéndome en el estómago.

Me despertó un sueño con Sara. Me levanté y caminé con cuidado para no pisar a los que duermen conmigo en la alfombra. Me fui a la cocina y me subí en una de las sillas del desayunador para alcanzar la ventanita. La abrí, prendí un cigarro y lo saqué para que no se metiera el humo. La mano se me enfrió porque, aunque ya estamos en primavera, todavía se siente frío en las noches. Cuando me lo acabé me senté en la mesita y dejé que los nervios y las ganas de salir corriendo y gritar se me revolvieran adentro del cuerpo. Me fumé otro cigarro y me regresé a la sala, al huequito de la alfombra junto a los primos de la Cholita, pero ya no pude dormir.

Me vine con Pepe así, todo desvelado, a este lugar donde me consiguió trabajo.

Trato de concentrarme: agua-jabón-tallar-enjuagar-agua-jabón-tallar-enjuagar, como si estuviera en una fábrica y mi única misión fuera enfocar mi atención en cada plato sin que entre nada más: ni pensamientos ni miedos ni recuerdos. Claro que no se puede, siempre estoy piense y piense. Pero por lo menos se me pasa más rápido el tiempo: agarro ritmo y juego a ver cuántos trastes puedo lavar en 10 minutos, y los próximos 10 minutos le echo más ganas para romper el récord y así, cuando me doy cuenta, ya es hora del *lunch* y Pepe me lleva con otro grupito y comemos juntos algo de lo que preparan en el restaurante. Pero esta vez, cuando llega la hora y Pepe viene por mí, le digo que no tengo hambre, que mejor me voy a dar una vuelta. Agarro la mochila que me regaló la Cholita y cuelgo, antes de salir, el delantal empapado. A dos calles de aquí hay un parque donde a veces voy con Pepe. Camino hasta allá y me siento un ratito para que el sol me caliente los pies, tratando de relajarme, de dejar que las ganas de gritar se apaguen. Prendo un cigarro y me lo acabo, pero los nervios todavía me siguen creciendo como ramas de árboles adentro de las venas.

Enfrente de mí hay un edificio muy grande con unas letras en uno de los muros que dicen Jesse R. Jones Building, Houston Public Library. No sé por qué, a lo mejor por el brillo del sol sobre las letras de metal, pero cuando lo veo me pongo todavía más nervioso. Algo me muerde por adentro y hasta siento que me falta aire. Sin pensarlo me levanto, cruzo la calle y me meto al edificio. La última vez que entré en una biblioteca tenía los audífonos puestos y estaba escuchando a todo volumen *Sad Eyed Lady of the Lowlands*, la canción que Bob Dylan escribió para su esposa, embobado, como si contemplara una visión.

No hay mucha gente, algunas señoras y un vagabundo pasando las páginas de un libro. El techo de la biblioteca es altísimo y las salas son muy grandes, con espacio suficiente para respirar. De mi mochila saco un cuaderno y me pongo a escribir. Entierro la punta de la pluma sobre el papel y describo el sueño con Sara. Lo cuento y sigo escribiendo aunque ya me duele la muñeca. Es como si no pudiera terminar de vaciarme y, a pesar de estar solo y lejos, los recuerdos me siguieran reclamando, pidiéndome que me sumerja más, que los traspase y vea qué hay atrás de ellos.

Me paro y me pongo a caminar entre los pasillos para descansar la muñeca. Voy al baño y me mojo la cara y me quedo viendo en el espejo, un rato, respirando profundo para ver si el hoyo de las tripas se me cierra. No. Se abre más y más. Crece y se come sus propios bordes. Salgo del baño y cruzo más pasillos y más libreros y más estantes con tomos y tomos de historias con títulos con la letra *W*, con la *A*, con la *D*, con la *I*: pilas y pilas de hojas apretadas con sus párrafos y sus palabras y letras muy pegaditas formando algo que antes no estaba. Algo que antes no estaba. Y pensando en eso, cuando vuelvo a sentarme, ya sé lo que voy a hacer.

Abro el cuaderno y clavo la pluma sobre el papel dejando que los nervios se me salgan por la punta de los dedos: vuelvo a subir las escaleras de Londres 72. Con la mano acaricio los azulejos de colores de las paredes y en el primer piso toco la puerta de Sara. Y mientras en mi mente oigo a Bob gritar que debo irme ahora, que todo se ha acabado, empiezo a contar mi historia, toda, desde el principio, para sacármelos, para despedirme de Sara, de mis papás, de David, de México.

Para decirle adiós a Bob Dylan.

Adiós a Dylan de Alejandro Carrillo
se terminó de imprimir en noviembre de 2016
en los talleres de
Litográfica Ingramex, S.A. de C.V.
Centeno 162-1, Col. Granjas Esmeralda, C.P. 09810
Ciudad de México.